ルーセリス
ゼロス
アド
アルフィア

デルサシス
フューリー
アーレン
メルラーサ

セレスティーナは再開された臨時講師のストレスを発散させるため、魔導ランプの明かりの下、一心不乱にペンを走らせていた……。
セレスティーナ
「……あとでゆっくり休みますから大丈夫ですよ」
ミスカ
「……お嬢様、そろそろお休みになられては？」

アラフォー賢者の異世界生活日記 19

Kotobuki Yasukiyo
寿安清
イラスト：ジョンディー

Contents

プロローグ　おっさんは遊んでいた

　ゼロス宅の地下は、法律的な規制がないことから好き勝手に拡張され続け、簡易的な鍛冶《かじ》場や燻《くん》製《せい》工房などの施設が移設され、ちょっとしたシェルターのようになっていた。

　これも家主であるゼロスの『秘密基地って燃えるよねぇ～』といった思いつきから、暇なときに少しずつ趣味全開で増改築を行った結果だ。

　そのデキはどこかの土木職人が見たら間違いなく、『あんちゃんよぉ～、暇こいてるならちょいといい汗掻《か》こうや』と現場に強制連行されることだろう。

　もはや地下倉庫の範疇《はんちゅう》を超えてしまっていた。

「フフフ……できた。とうとうできたぞ！」

　魔導具の照明から広がる淡い光のなか、おっさんはまるでマッド・サイエンティストのように喜色の笑みを浮かべ、完成したものを見つめていた。

　それは試行錯誤の連続であった。

　何度も試し、何度も素材を変え、何度も挑戦と失敗と挫折を繰り返した結果、ようやくその努力が実ったのである。

　その喜びは、とても言葉などでは言い表すことができない。

　まさに感無量である。

「長かった………。どうしてもイメージ通りにいかず、どれだけ素材集めに苦労したことか……」

　ゼロスは震えていた。

理想とするものを脳裏に思い浮かべることは簡単だが、実際に形にすることは難しい。

だが、その努力の成果が今、目の前に存在している。

「地球と違うから、どうしても妙な反応が出てしまう。化学反応すら学んできたものとは異なる結果を示すし……だけど、やっぱり諦めることができなかった。フッ……まさか自分がここまで執念深い性格だったとは、な……」

自嘲気味に語るその苦労とは、どれほどのものだったのか。

何にしてもレシピは完成した。

数えきれないほどの試行錯誤の結果、辺りには素材配分表や使えないと判明した素材名などが書かれたメモが散乱し、山のように積み重なった紙屑《かみくず》でゴミ箱の姿すら見えない有様だ。

これが今まで積み重ねてきた努力の足跡だった。

「だがこの苦労も、もう終わりだ！　ついに完成したのだぁ、理想の【お好み焼きソース】がぁっ!!　フハハハハハハハ！」

「「「「なんでだぁ（じゃ）!!」」」」

「おぉうっ!?」

鍋で煮込まれている、香《かぐわ》しきお好み焼きソース。

そう、ゼロスが異世界に来てから人知れず長い時間をかけて試行錯誤を繰り返していたのは、理想のお好み焼きソースづくりのためだった。

「貴様ぁ、我の神器ではなく、そんなものを作っておったのかぁ！」

「そんなものとは酷《ひど》い。これを作り出すのに、いったいどれだけの苦労を重ねてきたと思っているんです？　人の努力を軽く言わないでもらいたいねぇ～」

「いやいやいや、おじさん？　ルーセリスさんの神官服と神器はどうしちゃったの⁉　先にやることがあるのに、なんでお好み焼きソースなんて作ってるのぉ⁉」

「そら、元々手掛けていたものですからねぇ。このお好み焼きソースは凄《すご》いよ？　お好み焼きやタコ焼きはもちろん、コロッケやメンチみたいな揚げ物だけでなく、なんとカレーにかけても味を壊すことなく馴染《なじ》む万能さ！　むしろ引き立てるほどの旨みまであるときた‼　フッ……我ながら恐ろしいものを作っちまったぜ」

「だから、ルーの神官服と神器はどうしたんだよ！　こっちの方が重要だろうが！」

「ジャーネさんや、あなたは僕を見縊《みくび》っていませんかい？　そんなの三日前に終わらせてますよ」

「「「「三日前……」」」」

おっさんは仕事が早かった。

神官服と神器の依頼を受けたのが一週間ほど前。

つまりは四日で作業を終了したということになる。

「それだけ早く仕上がっていたのなら、完成したタイミングで渡してくれてもよかったんじゃない？　それから三日間そのソースを作っていたのかしら？」

「レナさんの言い分も分かるんですけど、僕にとってこのソースはライフワークですから、ここにきてよい配合が見つかったんだから研究にも熱が入るってもんでしょ。おかげで最高のものに仕上がりましたし。これは【漢前《おとこまえ》まよねぇ～ず】に匹敵するほどの傑作。我ながらいい仕事をしたなぁ～」

「それで、私の神官服はどうなりましたか？　妙な改造はしてませんよね？」

「ルーセリスさんも人聞きの悪い。ちょっと【魔法耐性】と【光魔法効果増幅（中）】のスキル効果がついてますが、それ以外はいたって普通のローブですよ」

「「「「凄く破格の性能なんですが!?」」」」

しかも余計なスキル効果まで付与していた。

このおっさんが手掛けると余計な能力が追加される。

「それで……我が頼んだ神器はどうなっておるのじゃ？」

「おや、アルフィアさん。お怒りかい？　とりま【光魔法効果増幅（大）】と【魔力増幅（強）】と【魔力強制吸収（激強）】の効果をつけましたよ。残念ながら、僕は呪い関係は苦手でして」

「本当に残念そうな顔をするなぁ！」

「こう、なんて言えばいいのか分からない不定形で捻《ね》じくれ曲がった、いかにも暗黒神話系統のデザインにしようと思ったんですけど、設計までしたはいいが計算で耐久値に問題が出ましてねぇ。魔法文字で『フグルム・フグルィ・アルフィア・アルフィミィ・イア・イア』と刻むことしかできなかったんですよ」

「ささやかな嫌がらせのつもりかぁ!?」

「ゼ～ロスさんのお宅でぇ～、イア・イアよ～♪　這《は》いよるの～はぁ～暴食神、イア・イアよぉ～♪」

「歌うなぁ！」

おっさんは神様への扱いが酷かった。

まぁ、突然現れては大量の食事を強請《ねだ》るふざけた存在なので、敬う気は全くない。崇《あが》め奉る気も更々ない。

「ブツは入り口脇の箱の中に入っていますぜ。適当に確かめてください」

「雑ッ!?　ぬっ……お主、何をしておるのじゃ？」

いそいそとゴミを片付け始めるおっさんに、邪神ちゃんは怪訝《けげん》そうな目を向けそう言う。

「遅まきながら食事の用意ですよ。作業に没頭し続けましたんで、あまり食事をしていないんですよねぇ。もう腹が減って……言っておきますが、君の分は作りませんよ？」

「そうやって名指しで確認するほど、我は物欲しそうな顔をしておったのか!?」

「それはもう、口からよだれが出るほどに……。気付いてないので？」

無意識に口から大量のよだれを流す邪神ちゃん。

鍋で煮込まれているお好み焼きソースの香りが、彼女にダイレクトアタックをかましていたようだ。

「これが神器？　うっわ〜、凄く綺麗《きれい》な杖《つえ》だぁ〜！」

「これは……凄いですね」

「何の素材で作られているのか分からないが、信じられないほどに綺麗だ。これなら神器と言われても誰もが納得するだろうな」

「頭頂部の水晶……魔石かしら？　宝石にしては透明度が高いし、これほどのものは見たことがないわね」

神器のベースとなる杖は、まだ神気を付与されていないにもかかわらず、誰もが息を呑《の》むほどに

美しい仕上がりであった。

素材は不明だが純白の杖で、上部に十二の翼を持つ女神像が背中合わせに二体彫られており、その翼が包み込むように水晶球を固定している造りだ。

「ほぅ、なかなかのデキじゃのぅ。補強に仕込まれている芯柱は、ミスリルとオリハルコン、ダマスカス鋼の合金か？　打撃武器としても使えそうじゃな。デザインも悪くはない……。気に入った、褒めてつかわすぞ」

「邪神ちゃん素材の下準備と造形で、徹夜を入れて二日ほど掛かってしまいましたよ。組み上げに二日かなぁ～。その合間にルーセリスさんの神官服を手掛けてみました」

「合間にって、遊び感覚にしても……おじさん、よくそんな暇があったね？」

「イリスさんの装備の時と同じく生地を強化して、あとは細かい調整だけだったからねぇ。足踏みミシンもあるし、短時間での強化改良は楽なもんでしたよ。デザインに関しては各方面からパクったものですし」

「改良って……これは、司祭服と言われてもおかしくないぞ……」

「片手間でこれって、凄いわよね……。私の装備もゼロスさんに整備してもらおうかしら？」

ルーセリスの神官服は見習い神官の着る地味なものでなく、随所に金糸が使われており、背中にはアルフィアの姿を模したと思われるシンボルが描かれていた。

中世の地味で野暮ったい神官衣装から、ファンタジーゲームの神官衣装へのビフォーアフター。

これを着たらかなり目立つことであろう。

おっさん渾身《こんしん》のパクりセンスが光る。

「ちなみに、こっちは試作段階で作った別の杖なんだけど、こうして横のスリットからコインを入れ、持ち手を捻《ひね》ると――」

『イーグル!!　シャーク!!　パンサ!!　ビーストドライブ、ファイナルアタック』

「――と、高出力の魔力収束砲が放てるんだ。威力がどれほどのものか分からないが、お試しに使ってみるかい？　おっと、キャンセルしなくては……」

「「「「そっちがメインじゃね!?」」」」

やはりゼロスは遊んでいた。

妙に手が込んでおり、どう考えてもこちらの杖の方が機能の面で優れている。

それ以前に完全な攻撃型だ。

形状が同じなのに製作の手間の差に極端な開きがあった。

「いやねぇ、最初はカートリッジシステムを採用しようかと思ったんですよ？　ただ、一つのカートリッジに込められる魔力量が決まっちゃってねぇ。全弾数を使用しても威力の面で納得できなくってさぁ～、代わりに魔力を高圧圧縮によって凝縮したコインを使うことで、砲撃時の出力を大幅に引き上げることに成功したんだよ。問題はこのコインの量産が難しいことかな。生産性のコスパがもの凄く悪い。一枚のコインでカートリッジが二十個ほど作れるんですよ。イリスさんや、使ってみるかい？」

「なんか、どこかで聞いたようなギミックが気になるけど……私に魔砲少女になれと!?　神器と同じ形状だと怪しまれるよ！」

「なら、もっと手頃で厳《いか》つい形状に作り直すとするか。少女が大型武器を振り回すのって、こう……萌《も》えるだろ？　そして燃えるだろ？」

「おじさんのロマンがちょっと理解できちゃう自分が悲しいよ」

「消し飛ぶ街並み、一瞬で無意味に蒸発されていく敵ども。一撃必殺のロマンがここにある！　さぁ、倫理観など捨ててコイツを手に取るんだ。一撃必殺はいいぞぉ～」

「一撃必殺……波〇砲《ウェーブディストラクター》、重力波砲《グラビティブラスト》、光子力砲《フォトンブラスター》……。いい、凄くいいよぉ～。ビバ、大艦巨砲主義……」

「待てぇ、イリス！　それはおっさんの罠《わな》だぁ!!」

強力な武器の誘惑に誘われ、ふらふらと試作神器を手に取ろうとするイリスを、ジャーネが咄嗟《とっさ》に止める。

確かに集団を一掃できる一撃必殺の武器は凄いが、それだけに使いどころが限られる。

魔導士が持つ一般的な杖ならともかく、ここまで偏った杖など傭兵《ようへい》には使い道がないのだ。どう考えても兵器扱いだろう。

それも最終兵器だ。

「ゼロスさん……こんな武器を作ってどうするつもりだったんですか？　イリスさんに大量虐殺なんて大罪を犯させるつもりですか！」

「いや、普通に魔導士の杖――魔杖《まじょう》としても使えますよ？　こっちの杖は毎日少しずつ魔力を蓄えておけば、いざというときに強力な一撃を放てる仕様にもなっていますし、要は使い方次第ですよ。なんならルーセリスさんが使ってみますか？」

「私は物理攻撃一択の中重量派ですから……。モーニングスターやメイスも持っていますが、アックスも使えます」

「ルーセリスさんって、見た目とは裏腹に豪快よね……。叩《たた》き潰《つぶ》すか叩き割るかのどちらかじゃない。よくよく考えれば、かなりエグいわ」

「ルーは昔から薪割《まきわ》りとかが好きだったからな……。当時、一撃で薪が真っ二つに割れる瞬間が気持ちいいとか言っていたぞ」

「それ、なんとなく分かる。薪がパッカァ〜ンって割れる瞬間って、不思議と爽快になるよね」

「余計な技術を必要としない単純明快な武器が性に合っているんですよ」

つまるところ魔法よりも物理攻撃主義。

おっさんが作ったような魔杖などは、むしろ余計な威力を注《つ》ぎ込んだ過剰武器であり、ルーセリスの趣味ではないことになる。

「ぬぅ……単純な物理攻撃による一撃必殺派でしたか、これは難しい。物理攻撃だと大概のことはスキルで補えますし、改造するにも威力という点においては付け入る隙《すき》がない。切れ味くらいなら強化できそうですが、それだと鈍重な打撃とは関係ない。重力系魔法で瞬間的な重量を増やすこともできるが、片手サイズだと手間が……」

ゼロスにとってのロマン武器とは、ド素人が使用しても敵を一撃粉砕できるような必殺攻撃であり、使い手自身の技量など求めていない。

だが、モーニングスターやメイス、片手用アックスなどは、武器の重さと腕の振りによる遠心力による威力で敵を倒すのであって、単純攻撃ならではの醍醐味《だいごみ》をぶち壊すような改造をする意味を見いだせなかった。せいぜい魔法による属性効果を加える程度だろう。

そもそも人間を一撃で肉片に変えるような威力など、とてもではないがルーセリスが手にするとは思えず、おっさんを大いに悩ませる。

狩りに出て獲物を粉砕してしまうような武器はお呼びではないのだ。

『なんかのぅ……。別にそこまでこだわる必要はないと思うのじゃが、ロマン武器とはそれほどよいものなのか？　我にはよく分から……んん？』

アルフィアが足元を見ると数枚の紙が無造作に放置されており、そこには自分を模したと思われる紋章のデザイン画が描かれていた。

それを見た邪神ちゃんは、ルーセリスの神官服に使うために描いたものだと理解し、同時に、自分を人間に崇めさせるつもりはない、という観測者としてのスタンスを再認識する。

だが……。

『ふ～む……。信仰などどうでもよいのじゃが、四神共の残滓《ざんし》が地上に残されたままというのも腹立たしい。ならば人間共にコイツを使わせてみるかのぅ』

地上に四神の痕跡が残されたままというのは、邪神ちゃんにとって凄く不愉快なことのようで、この機に乗じて全て歴史の闇に消し去ろうと思いつく。

そしておっさんが考えている合間に、邪神ちゃんは誰にも気付かれることなく、紋章のデザイン画をこっそりと回収した。

「なら、投げた武器がブーメランのように戻ってくるというのは……ありきたりで面白くないな。そもそも加速をつけた武器が戻ってきたら、使用者自身の命も危険に晒《さら》される。それなら自爆装置を最初に組み込んだほうがマシだろう。分離して異なる武器に変形……、これだと耐久性に不満が出るだろうし、何より変形した武器を扱える技術が求められる。単純明快な攻撃とは程遠い……」

「あ、あの………ゼロスさん？　私は武器の改良までは頼んでいないのですが………」

「あっ、術式を刻んだ魔法符《アルカナ》をスリットで読み込んで、組み合わせ次第でいくつかの特殊効果を発動させる仕様というのはどうです？　魔法符の効果によってその効果の幅も千差万別で面白くありませんかねぇ？」

「それ、私が使うんですか？」

「決めゼリフに、『貴方《あなた》に相応《ふさわ》しいアルカナは決まった！』とか言って、相手に合わせてトドメの組み合わせを変えることができるんですよ。カッコいいと思いません？」

「は、はぁ……」

ルーセリスにはゼロスが何を言っているのか分からなかった。

逆にイリスは豊かな想像力でその光景を思い浮かべていた――。

荒廃した街並み。

凶悪な魔法を行使して悪事を働く悪漢と、その取り巻きである犯罪者達。

そんな悪党達に一人で立ち向かうルーセリス。

戦いも山場を迎え、最後の必殺技の前に敵に向けて言い放つ決めゼリフ。

『冥府に誘《いざな》う暗き闇、重崩爆破《グラビティ・バースト》！　裁きを与える無慈悲なる光、輝照神罰《シャインジャッジメント》！　穢《けが》れし魂を浄化する優しき風、緑包慈愛《ウィンドピュア》……』

次々と魔法符を戦斧《せんぷ》のスリットに通し、それぞれの魔法効果を一つに集約させる。

準備が整ったことを知らせる『逝ッテイイヨォ〜』の音声が響く。

そしてクライマックスへ。

『逝っていいそうです。では、神の威を借りて今必殺の——黒轟爆断災禍《ダークネスカタストロフィ》!!』

無慈悲に放たれる合成魔法。

その威力は周囲の建物ごと悪党達を巻き込み、強力な破壊力に転化され尋常ではない被害をもたらす。


——そんな妄想を終えたイリスは、なぜか凄くいい顔をしていた。

「いい……実にいいよ、ルーセリスさん！　早速おじさんにロマン武器を作ってもらおうよ!!」

「えっ？　えぇ〜〜っ!?」

「おいイリス……なんでお前が食い気味なんだ？」

「ゼロスさんの話を聞く限りだと、もの凄く物騒な武器になりそうなのよね？　そんなものをルーセリスさんに使わせる気？」

「それがいいんじゃん！　必殺技はロマンだよね！　ねっ!!」

ゼロスとアルフィアを除く三人娘はイリスにドン引きしていた。

何が彼女をここまで熱くさせるのか分からないのだ。

これが理解できるのは、ある種の探究者である異世界人くらいだろう。

「た、確かに必殺技といいますか、切り札は多いほうがいいと思いますけど……」

「そうだよね！　複数のカードを使ってのコンボとか、コインの組み合わせで変化する技とか、でっかいUSBメモリーを二個使用しての二属性連続攻撃とか、燃える展開よね!! フォームチェンジも凄く熱いよ!!」

「イ、イリスが珍しくグイグイきてるわね……」

「ルーに何をさせたいんだ……」

ヒートアップするイリスちゃん。

そんな彼女達を無視して、おっさんは鉄板を温めていた。

熱を持った鉄板の上に油を引きつつ、インベントリーから次々と材料を取り出しては、お好み焼きを焼く準備を進めていた。

いや、正確には事前に準備を済ませていたようだ。

どれほどお好み焼きが食べたかったのだろうか……。

「お主、マイペースよのぅ」

「肉はミートオークとベーコンの二種類ありますが、どちらがいいですか?」

「むっ……いいのか?」

「このままだと、焼きたてのお好み焼きによだれを垂らされそうなので……」

「普通にブタタマもよさそうじゃが、塩気のあるベーコンも捨てがたい。悩ましいところじゃ……」

「まぁ、食材に限りがありますから、いつものように大量に作ることはできませんぜ? 食材が尽きたらそこで終了です」

「たまには味わって食べるのもよかろう。最近、どうも食べることに執着して、食材そのものを味わうことを忘れておった気がする」

「それ、調理した料理人に対して失礼だと思いますがねぇ」

オタマを使い、水と卵で溶いた小麦粉の生地を円形に流し入れて鉄板で焼きつつ、その上に大量のキャベツの千切りとベーコンをのせ、アクセントに紅ショウガを散らす。

その上から再び生地をかけると、フライ返しを使って器用にひっくり返した。

「これで麺があれば焼きそばも味わえたというのに……」

「麺を打たなかったのか？」

「その時間がありませんでしたよ。神具の製作のこともありましたし、小腹がすいたときのために準備していただけですからねぇ」

「じゃが、その時点ではソースは完成しておらんかったのじゃろ？　ちと先走っておらぬか？」

「未完成のソースでもそれなりの味でしたし、完成しなかったらそれでも別にいいかなぁ～と思っていましたからねぇ。納得のできるものが完成して実に気分がいい。さぁ、ソースの出番だ」

「おぉ……♡　この焼けたソースの香り……たまらんな」

最後にコッコの目玉焼きをのせ、その上にソースをかけ回してお好み焼きが完成した。

焼きたてを皿の上にのせると、割り箸《ばし》と一緒に邪神ちゃんに手渡す。

「さぁ、味わうがいい。究極のソースを使った最高のお好み焼きを！」

「ふぬぉ!?　これは……絶対に美味《うま》いやつではないか……」

期待を膨らませながら器用に箸を使い、邪神ちゃんはお好み焼きを口に入れる。

その瞬間、世界がはじけ飛んだイメージが脳裏を駆け抜ける。

「シャキシャキのキャベツから出る野菜の甘み、その甘みを刺激する紅ショウガの塩気とベーコンの濃い旨み。このベーコン、普通のものではないな？　おそらくドラゴンの肉じゃ。じゃが、互いに味を殺すことなく引き立て合い、その調和を濃厚な酸味と旨みのソースとコッコの卵の味が更なる次元へと引き上げておる。これは……う～～まぁ～～ぃぃ～～～ぞぉ～～～～～～っ!!」

「ふむ………なかなかイケる。ただ、もう少しさっぱりしているほうが僕好みですねぇ」

目と口からレーザーを放ちそうな勢いの邪神ちゃん。

対しておっさんは少し不満げだった。

「ハッ!?　もう……皿にないじゃとぉ!?　馬鹿な、いま一口食べただけじゃというのに………」

「凄い勢いで口の中に放り込んでいましたが？」

「なんとぉ、箸が止まらなかったということか……。このお好み焼き、危険すぎるぞ。あまりにも美味すぎる」

「危険なほど美味いお好み焼きとは、いったい……」

「それに、この青海苔《あおのり》はどうしたのじゃ？　お主、いつ海へ行ったのじゃ」

「それは河海苔《かわのり》といいまして、オーラス大河上流の岩場にびっしりと生えていましたよ。普通に苔《こけ》と思われているのか、誰も食用にできるとは思わなかったんでしょうねぇ」

お好み焼きを焼きながら暢気《のんき》に答えるゼロス。

まるでなんでも拾ってくる収集癖のあるゴミ屋敷の住民のようだ。

よさそうな食材や素材を見かけたら集めずにはいられない。

しかも根こそぎ回収する。

彼はどこでも生きていける図太さと逞《たくま》しさがあるようだ。

「へい、嬢ちゃん達も食うかい？」

「ん？」

邪神ちゃんが振り向くと、物欲しそうな女性陣が一心に鉄板を見つめていた。

ソースの香りが彼女達の食欲を刺激したようである。

「すみません……なんだか催促したようで」

「この香りが悪いよ。凄く食欲をかき立てるんだもん」

「分かる。こんな美味そうな香りは初めてだ……」

「こんな香ばしい匂いを立てられたら我慢なんてできないと思うわ」

気恥ずかしそうにしどろもどろに話す女性陣。

そんな彼女達を視界に留《とど》めると、『へっ、また客が来たぜ』と言わんばかりにニヤリと笑い、凄い速さで人数分のお好み焼きを焼き始めた。

その見事な手際にイリスは、『もしかしておじさん、屋台販売の経験者？』と思ってしまった。

「へい、お待ち。箸じゃなくてフォークにしておいたぜ」

「わ〜、間違いなく美味《おい》しいやつだよ、これ！」

「見た目も食欲をそそりますね」

「なんだか外堀を埋められている気がするが……」

「よく女性が男性の胃袋を掴《つか》むっていうけど、これは確かに掴まれるわね。ジャーネもルーセリスさんも、もう逃げられないんじゃない？」

魔導士の極致に君臨し、しかも魔導具などを製作すれば容易に稼ぐこともでき、おまけに家事万能ときた。

おっさんはどう考えても優良物件である。

分かってはいるのだが、いまだにジャーネは恋愛症候群《ラブ・シンドローム》の衝動に流されるままで、自分の気持ちに決着をつけられずにいた。

「冷めたら不味《まず》いぜ？　とっとと食っちまいな」

「なんで、ノリノリで屋台のおじさんになってるの？」

「でも熱々で簡単には口に入れられそうにないのですけど……」

「ふふ、本当に美味しそうね。では、さっそく一口……」

女性陣がお好み焼きを口に入れた瞬間、あまりの美味さに着衣がはだけるイメージが脳裏によぎったとか。

そして四人同時に『筆舌に尽くしがたし!!』と叫んだという。

彼女達の横では暴食神が珍しく丁寧に一口一口味わう姿が見られたが、『ところで、神器のことを忘れているのでは？』と思うと同時に、『普通に食べられたんだ……』とも思ったとか。

普段から暴食しまくる姿しか知らないおっさんは、一口一口を味わうように食べる邪神ちゃんの姿を見て、『食に意地汚いわけじゃなかったんだなぁ～』と認識を少しだけ改めたのであった。

◇　◇　◇　◇　◇　◇　◇

「――以上、報告は終わりです」

モニター越しに事務的な口調で報告を済ませるルシフェル。

そんな彼女の話を聞いていたモニター越しの人物は、満足そうに頷《うなず》いた。

『順調なようだね。次元崩壊を防げただけでも充分な成果なのに、まさかこんなに早くシステムを掌握できるとは思ってなかったよ』

「ただ、問題もありまして……」

『うん、召喚された者達が所属している世界の選別だよね？　一応、僕達以外の世界からも誘拐された人達のリストは集めているけど、既に滅びた世界から召喚された人達もいるようでね……。まぁ、これは別にいいんだ。問題は無差別召喚されたのに被害届を出していない神もいるってことなんだよ』

「主様《あるじ》のように無責任な方々もいるようですね。どうせこの世界のように適当に管理しているんじゃないですか？」

『酷いね……。まぁ、その通りだから何も言い返せないけどさ。僕のせいじゃないからね？』

異世界から召喚された被害者（魂達）は大勢おり、彼らを元の世界に送り届けるべく被害に遭った世界が協力して選別作業を行っているのだが、作業は難航していた。

モニター越しの人物が言うように、自身が管理する世界が無断召喚の被害に遭っても報告をせず、まるっきり無視を決め込んでいる管理者もいるからだ。

だが、これも無理はない。

彼ら観測者は長い時を存在し続けるため、時間的概念にもの凄く疎いところがある。

比較的若い世代の神族であれば、生態調査のため頻繁に様々な惑星へと降りていくのだが、那由《なゆ》他《た》の時間を過ごす古き世代の神々においては、管理や現地調査が杜撰《ずさん》になっていく傾向がある。だからこそ早い段階で後継者を用意することにしているのだ。

無断召喚の被害届が出されていない世界は、観測者が古き者達であることが共通していた。

『彼らは再生の時を待つばかりのご老体だからね。しかも次世代を担う観測者を用意していなかったから、下にいる者達も大慌てなんだよ。僕だって後継者は何柱も用意しているのにさ』

「杜撰すぎませんか？」

『仕方がないさ。ご老体達は増大した自身の力を抑え込むのに必死だし、それで管理が疎《おろそ》かになるのは必然なのさ。あとは虚無次元に転移して昇華の時を待つんだ。その後、自身がまっさらな存在として新生するときに、拡散した高位次元のエネルギーが放出されて宇宙——新世界が創られる。人間が言うところのビッグバンだね。僕達も所詮《しょせん》は大きなシステムの歯車なのさ。ちなみに先輩は例外だからね？』

「ご老体達から見れば、主様もまだまだ若い世代ですけどね……」

『だから僕も自分の世界で育った子らと遊びたい。彼らの独創性は見ていて飽きないから、ついつい手を出しちゃうんだよね～』

「私のツッコミは無視ですか……。そのせいで奇跡やらオーパーツやら、各地に色々と痕跡を残しているのですが？　後始末をする私達の身にもなってください」

へらへらと軽い口調で話すルシフェルの上司、【ケモさん】。

そんな近況報告や世間話も終わり、本題に入ることになる。

『それで、今後そちらはどんな世界になりそうなんだい？』

「抗体システム《勇者》が摂理に食い込んで一体化しています。ムラのある霊質のレベルアップシステムを取り除くのは難しそうですね」

『まぁ、先輩の創造した自動管理システムは秀逸だからね。そのぶん歯車が少しでも狂うと異常事態が拡大しやすい。僕は採用しなかったけどね』

「管理が楽になるのはいいのですが、異常事態が起きても管理する者がいないのが問題ですよ。新たな管理者も頭を抱えていますから……」

『だろうね。一見して便利そうなシステムでも、逆の視点では融通が利かないんだ。普通ならそれらの調整を管理者に任せるんだけど、先輩は完璧な世界管理システムを目指してたし、滅多に眷属《けんぞく》も創らなかったから……。残された管理能力の低い天使達じゃあ、どうしようもなかったんじゃないかな？』

「従属神クラスの情報処理能力を持つ私でも、とても手に負えませんでしたよ。天使レベルの処理能力では、この世界のシステムは強固すぎて調整なんて無理です」

『創造主である先輩に対するせめてもの抵抗だったのか、天使達は使徒システムを改良して、消滅していく自分達の力を地上世界に住む人間達の中に残した……。微々たる力だけどね』

使徒とは、地上世界を管理するユグドラシルシステムの調整や、抗体システム《勇者》でも手に負えない異常事態を治めるため、霊質的な存在である天使達が使うアバターのようなものだ。

そして、この世界の神域において天使達が自ら調整可能な唯一のシステムでもあった。

「創造主が戻ってくることを信じていたのか、あるいは霊質な存在である自分達のいた証《あかし》を残したかったのか……。いずれにしても切ない話ですよね」

『今は人と共にある一種族か……羨《うらや》ましいね』

この世界の天使達が何を思い、何を願っていたかは分からないが、彼らの想いはルーフェイル族という種族の中に今も息づいている。

その天使達の想いを慮《おもんぱか》り、ケモさんとルシフェルの間にしばしの静寂が流れた。

『……話を戻すよ。それにしても、この不完全なレベルアップ制……本気で再利用するの？　そりゃ霊質的な進化の可能性は広がるだろうけどさ、どうしても限界値は来るよ？　それに魂の資質には個々に極端な差があるし、進化しない者達はどうやっても進化することはない。肉体的な進化のみだと淘汰《とうた》される運命にある』

「そうなんですよね。そのための輪廻転生《りんねてんせい》なのに、霊質の低さだけは簡単に上げようがないですし、こればかりは長い目で見守るしかないですよね。霊質の高い者は極端に進化しますけど……」

『社会性に問題が出るんじゃないかな？　進化種と旧人類種との間で格差社会になりそう。それこそ永い時代を掛けて隷属させるような……ね。魂の進化しやすい世界は望むところだけど、そうした社会は魂の零落も生み出すからね？　さじ加減が難しくなる』

「アルフィア様は管理者を置くことを決めたようですが？」

『けど、人間社会に率先して関わるような存在じゃないわけでしょ？　進化種が増長すると世界が安定するどころか、むしろ悪化させかねない。適度な環境を維持し続けることは難しいのさ』

「進化を維持したまま退化もさせないって、不可能なのではありませんか？」

『アルフィアちゃんは、どう対処するつもりなのかな～？　（まぁ、方法がないわけでもないけどね……。いっそ僕がテコ入れしてあげようかな。幸いにも【ソード・アンド・ソーサリス・ワールド】のシステムデータが使えそうだし、そっちの方が手っ取り早い気がする……)』

魂の昇華は多くの神々が望んでいることだが、昇華する前に零落されれば多大な損失だ。

虚無の次元を命溢《あふ》れる賑《にぎ》やかな世界に導くのは、無限ともいえる寿命を持つ神にも難しい。だからこそ新たな同胞の誕生を期待する。

観測者は自分と同等の高位次元生命体を創造することもできるが、それは観測者自身と管理する世界に多大な代償を払わせることになる。だからこそある程度の能力低下は妥協し眷属を生み出すのだ。

だが、眷属もまた観測者と同等の進化を遂げるには、途方もない時間を必要とする。

つまり、輪廻転生を繰り返す小さな命の方が進化の確率が高いのである。

「観測者が二柱いれば管理が楽なのですが……」

『リソースの減少を覚悟してまで次世代を生み出すメリットがない――とは言わないけど、前準備にかなりの時間が取られるかな。次世代を創造するには代償として膨大なエネルギーを必要とするからね。そちらの世界だとアルフィアちゃんがいるし、当分は無理でしょ』

「宇宙のエントロピー増大も防がなくてはなりませんから、作業の人手を増やしてもらえませんか？　色々と手が回らないんですよ」

『そこは他の観測者達に相談しておくよ。駄目な場合は、それこそ資質のある者達に『僕と契約して魔法少女になってよ』と持ちかけなければならないね。まぁ、普通はそこまでヤワな世界は創造しないけどさ』

「目先の次元崩壊は防げても、まだ爆弾を抱えた状態ですから油断できません。本当にお願いしますよ」

『善処するよ。あと、戻ってきてない魂の捜索も暇なときにお願い。そっちに残られると困るんだよね』

「あ～……ご友人のお姉さんで人間的にクズな方でしたっけ。まだ戻っていないんですか？」

『そうなんだよ。我の強い人だから、何かのアクシデントが起きたとしても不思議じゃないんだよね。もしかしたらだけど、ファンタジー世界だからさ、生き返れるかもしれないと根性で粘っているのかもしれない。送る人選を間違えたなぁ～……』

「神の定めたシステムに抗《あらが》うほどですか………手が空いたら探してみます」

『お願いね。それじゃ、グッドラック！』

近況報告を終えると、ルシフェルはその場で深い溜息《ためいき》を吐《つ》いた。神々の世界もなかなかに忙しいようである。

何にしても増援の申請も終え、ルシフェルはブラック企業すら逃げ出すような地獄のルーチンワークに再び戻ることになる。

完全な世界再生の時はまだ遠い。

第一話　動き出した者達

瞬く間に広がったメーティス聖法神国崩壊の報《しら》せ。

行政の中枢であった聖都マハ・ルタートも機能を失い、その激震は広大な領土を不穏な色へと染め上げていく。

その色に真っ先に染まったのは、伯爵家のような中堅貴族達だ。

彼らは隣接する領地に攻撃を仕掛け、貴族同士で戦いを始めたのである。

最初は軋轢《あつれき》のある貴族家同士のいがみ合いから始まった小競り合い。

その小競り合いが互いの戦力を削り合い、弱りきったところを更に別の貴族家が強襲して全てを奪っていく。

言ってしまえば、『次は自分の番かもしれない』という疑心暗鬼から、滅ぼされるのを恐れた末の騙《だま》し討ちのような奇襲を始め、その混乱は更なる混乱への呼び水となり、大きな負の連鎖となっていた。

なまじ神官を輩出していた家系が多かったため、四神教の悪事が白日の下に晒《さら》された結果、何も信用できなくなったのだ。

自分に従う者以外を全て敵と思い込み、暗殺される恐れも相まって、話し合いの席すら設けずに蛮行に及んだということだ。

なんとも愚かなことであるが、他者を信用することができないほど貴族神官達の不正が常態化していたということだろう。

腐敗した社会に誰もが引きずられていた。

「殺せぇ‼　我らに逆らう者達は全て蹴散らしてしまえっ‼」

「兵站《へいたん》になるようなものは残すな！　全て奪うか焼き払うようにしろ‼」

「蔵があったぞ、こじ開けろ‼」

「女は連行しろよ？　ガキは……殺しちまうか」

「ババァ、死にたくなければその指輪を渡しな」

まさに鬼畜の所業が横行している。

小さな町は炎に焼かれ、炙《あぶ》り出された住民は殺されるか拉致され、金目のものは容赦なく奪う。

悲鳴が響き渡り、周囲には鉄錆臭《てつさびしゅう》と肉の焼ける臭気が充満し、そのような地獄にいるにもかかわらず、騎士達は下卑た笑みで守るべき民達を襲う。

いくら腐敗しきった宗教国家であったとはいえ、今までは少なくとも法の下に管理され、ここまで酷《ひど》い状況ではなかった。

聖都が滅んだことで今や中原は無法地帯となっているのだ。

「撤退するぞ！　所詮《しょせん》は男爵家の小領地だな。シケてやがるぜ」

散々蛮行を働いた騎士達は、略奪を終えて撤退しようとしていた。

これから酒を飲み拉致した女を抱いて楽しもうと考えていた矢先、彼らの願望を打ち砕くような事態が起こる。

「隊長、大変です‼　敵が……敵が迫ってきてます‼」

「どこの貴族家だ！　マーラン伯爵家か？　それともデレスター侯爵家か？」

「それが……聖騎士団です」

「なんだとぉ!?」

現在において聖騎士団は三つの部隊しか残されていない。

一つは【ガルドア・カーバイン】将軍の率いる辺境特務防衛師団であり、もう一つは【フューリー・レ・レバルト】将軍の第三師団。残りは【アーレン・セクマ】将軍の率いる第八師団だ。

だが、ガルドア将軍の特務防衛師団は現在部隊ごと消息が知れず、フューリー将軍の第三師団は距離的に攻め込んでくることは不可能。

残された可能性はアーレン将軍の第八師団だ。

「い、いかん。アーレン将軍かもしれんぞ……」

「それだけではありません……。聖騎士団と共にモルケー公爵家の旗が……」

「あの落ちぶれた公爵家の騎士団だとぉ!?　弱小公爵家の騎士が、なぜ……」

部隊長の脳裏に嫌な予感がよぎる。

もし、モルケー公爵家が第八師団を招き入れたとしたら、その戦力は自分達では太刀打ちできないものとなっていることは確実だ。

そもそも第八師団に関してはあまり良い噂《うわさ》を聞いたことがない。

「ど、どんな手を使ってでも逃げろ!!　絶対に追いつかれるな!!」

「敵襲!!　東側からモルケー公爵家の騎士団がっ!!」

「なっ……退路を断たれた……………だと!?」

モルケー公爵家の領地はそこそこ広いが、メーティス聖法神国内では不毛地帯としても知られており、そこを預かる公爵家も無能揃《ぞろ》いと悪い意味で有名であった。

囲い込んでいる騎士の数も少なく従う貴族家もいない、まさに名ばかりの公爵……のはずであった。

「雪崩《なだ》れ込んでくるぞ⁉」

「逃げ………」

「駄目だぁ、挟撃され……ぐあっ‼」

怒涛《どとう》の勢いで進撃してきた騎馬隊。

その槍《ランス》によって騎士達は串刺しに、あるいは馬に踏み潰《つぶ》され無残に蹴散らされていく。

そこへ町の外から一斉に重騎士隊や軽装騎士隊が踏み込み、混乱する彼らを蹂躙《じゅうりん》していった。

どうやら騎馬隊の後ろから馬車で騎士達を輸送していたようである。

「ヒャハハハハハハッ‼　いいねぇ～、やっぱ戦争は最高だぁ！」

「アーレン将軍……仮にも聖騎士で将軍なんですから、もう少し品良く笑えませんかね？」

「ハッ、戦場に出てお上品に振る舞えるかよ。礼儀作法なんざ、クソほどの役にも立たねぇだろうが！」

「まぁ、確かに今さらですけどね」

「さぁ～て、俺の獲物は残っているかなぁ～？」

自軍の兵力で小さな町が溢《あふ》れかえっている中、アーレンは逃げ惑う他家の騎士達を値踏みしていた。

彼はいたく上機嫌で、圧倒的な兵力の前に追われる哀れな敵騎士達をニヤニヤと眺めつつ、自分が殺すに値する獲物を狙う。

無論そこに正義感などはなく、ただ怯え震える民《ギャラリー》の前で敵を殺すという自己顕示欲に突き上げられて行動しており、その残虐性を解放できることに高揚していた。

「アイツに決めた！　てめぇら、あの指揮官に手を出すんじゃねぇぞ!!　アレは俺が喰《く》う!!」

「ちょ、一人で突撃しないでくださいよ!!　あ〜〜っ、お前らぁ、将軍《バカ》が飛び出していったぞ！　ぶった斬られたくなければ道を空けろ!!」

その命令が届いたのか、それとも一人だけ目立つ鎧《よろい》に気付き勝手に察したのかは分からないが、アーレンが突き進む方向に道が空けられる。

そこを凶悪な笑みを浮かべ駆け抜けるアーレン。

目をつけたのは町を襲っていた部隊を率いる部隊長であった。

「ヒャ〜〜ッハァ〜〜〜〜ッ!!」

「ぐぅ!?」

「ヒハハハハ！　お前、そこそこ強いな？　さっそく俺の相手をしてもらうぜぇ〜」

「ア、アーレン将軍か……。指揮官自ら突っ込んでくるなど……」

「ありえないってか？　ところがギッチョン、ありえるんだよなぁ〜、これがよぉ〜♪」

「イカレてやがる……」

「ありがとよ、そいつは最高の誉《ほ》め言葉だ」

ロングソード同士で鍔迫《つばぜ》り合いとなる中、部隊長はアーレンの異質性を感じ取っていた。

彼には正義感や使命感というものが全くなく、戦いを欲する飢えのような激しい闘争心と功名心しかない。そうでなければ指揮官が自ら突撃するなど考えられなかった。

自分を見る目も人間に向けるそれではなく、まるで美味《うま》そうな料理を目にしているような野獣の目だ。

部隊長は気付いていない。

アーレンと同じ野獣の如き暴力性のこもった表情を、先ほどまで自分が無辜《むこ》の民達に向けていたことに。

「オラァ！　俺を楽しませてみろよぉ!!」

「ゴハッ!?」

鍔迫り合いで押し負けそうになった部隊長の脇腹に衝撃が走り、長身でそれなりの体重のある男が軽々と吹き飛ばされる。

それが蹴りだと分かったときには地面を転がされていた。

内臓を傷めたのか、血を吐きながらもなんとか立ち上がるも、足に力が入らない。

「化け物め……」

「ハッ、たんにお前が弱いだけじゃねぇのか？　この程度のことで化け物呼ばわりかよ。こりゃ～ハズレを引いちまったか？」

「……」

部隊長も決して弱いわけではない。

自惚《うぬぼ》れるほど強くはないが平均よりは上で、部下を指導するくらいには剣の腕も立つ。

実戦もそれなりに経験しており、それゆえに一部隊を任されたほどだ。

だがアーレンを前にしては大人と子供ほどの実力差があった。

「まぁ、楽しめないなら別にいいか。次の獲物を探すから、お前は死んでもいいぞ」

「ふつ、ふざけるなぁ!! 我らはグレアル侯爵家のために――」

「知ったことかよ。俺はなぁ～、戦えればそれでいいんだ。おあつらえ向きに、お前らが蹂躙していたギャラリーもいる。こんなおいしいシチュエーションはねぇだろ？ これで俺達の侵攻の正当性が出るってもんだ」

「!?」

アーレンのその一言で、部隊長は自分達が利用されたことを悟る。

現在の貴族同士の争いは、ヤられる前にヤらなければ領地が失われるという一方的な不安や思い込みから勝手に行われていることであり、そこに正当性はない。

だが公爵家のような上位貴族がこの戦いに介入する際には、明確な大義を掲げることができる。

そう、治安維持と国内の安定化という大義だ。

『やられた……。いつから目をつけられていたのかは知らないが、我々が決起するときを狙って意図的に介入してきたわけか……。それでも……』

部隊長は雄叫《おたけ》びをあげ、体に鞭《むち》打ちながらも必死に剣を振るう。

それを鼻歌交じりに捌《さば》き続けるアーレン。

余裕しゃくしゃくなその態度を前に、部隊長は睨《にら》みつけることしかできない。

「おっほぉ～、やればできんじゃん。その調子、その調子♪」

「くそ、くそがぁ!!」

人間性が腐っている部隊長だが、彼にも多少の矜持《きょうじ》はある。

メーティス聖法神国では、綺麗事《きれいごと》を並べ立てる者達が馬鹿を見ることになり、世渡り上手な悪党だけが上に行ける。生きるため外道に落ちなければならない実情が当たり前に存在していた。

悪党であるうえに実力も兼ね備えていなければ、とても貴族に採用されることはないことから、ある意味ではとても勤勉であったとも言えるだろう。

方向性が間違っているとはいえ努力を積み重ねここまで来たが、そんな彼をアーレン将軍は取るに足らない雑魚としか見ておらず、『殺すまで足掻《あが》いてみせろ』と嘲笑《あざわら》う。

戦いそのものが娯楽だと思っているような人間なのだ。

事実、アーレン将軍はすぐに部隊長を殺せるにもかかわらず、手を抜いて相手に攻めさせていた。

「お～お～、必死だねぇ～。頑張れ、頑張れぇ～」

「クソがっ……俺を嬲《なぶ》るつもりか…………」

「いやいや、その道化っぷりが実に滑稽でよぉ～、見ていて飽きねぇぜ？　ほれ、もっと気張れや」

「うぐっ……」

アーレンの振るう剣が速く、そして重く鋭くなっていく。

徐々に剣速を引き上げながら、部隊長がどこまで耐えられるのか見ているのだ。

部隊長はなんとかアーレンの剣を捌くが完全にとはいかず、少しずつ傷も増えていく。

「あ～、そろそろ限界か？　なら死んでもいいぜ」

「な……なんでだよ…………」

「あん？」

「てめぇみたいな人間のクズが、なんでのこのここんなところまで出てくんだよ！　正義なんて言葉からほど遠い、ただの糞《くそ》ったれな殺戮《さつりく》集団がよぉ!!」

「あ〜、そりゃ〜アレだ……。義憤に駆られたってやつ？　蹂躙される無辜の民のため、義侠心《ぎきょうしん》に篤《あつ》ぅ〜い俺様が制裁に乗り出したってわけだ。表向きの理由だけどなぁ〜、ギャハハハハッ!!」

そう答えながらもアーレンは部隊長の左腕を斬り落とした。

勇者の血がより濃いアーレンと、ただの一般人から叩《たた》き上げの部隊長とでは地力に決定的な差があり、どれだけ鍛えようとも決してその差が縮まることはない。

そのうえアーレンは、自分の欲望には恐ろしく忠実であった。

「戦争は楽しいよなぁ？　普通なら殺人者でもよぉ、戦争なら合法的に殺しができて英雄にもなれんだぜ？　笑っちまうだろ、殺人という観点から見ればどちらも同じなのによぉ、虐殺者がなぜか民衆から崇《あが》められるんだ。結局のところ力が人を酔わせるんだろうぜ。俺は酔いてぇんだよ、力と民衆から向けられる憧憬《どうけい》の目という、最高の酒によ」

「ぐっ……ただの、自己顕示欲じゃねぇか………」

「それのどこが悪いんだよ。お前らだって似たようなもんじゃねぇか、自分のことを棚に上げて何をほざいていやがる。自覚しているだけ俺の方がよっぽどマシだろ？」

「グァアアアアアアァッ!!」

容赦なく部隊長を斬り刻むアーレン。

そこにあるのはただの喜悦。

まさに狂犬のような男だ。

「貴族の権力を笠《かさ》に着て、何を今さら文句をつけやがる。やっていることは俺と同じじゃねぇか、弱者を蹂躙する大義名分が欲しかっただけだろ？　殺しに理由が必要だった、それだけの話だ」

「ち、ちが………俺は……俺達は……」

「最後は言い訳か？　騎士なんて連中は、所詮は人殺しの集団だろ。人殺しが好きで何が悪い。そこそこ実力はあるくせに覚悟がねぇ、とんだ小者じゃねぇか。な～んかしらけちまったぜ」

「や、やめろ……やめて……」

「もう飽きたわ。死ねや」

何の感情も入れず、アーレンは部隊長を無慈悲に両断した。

しかも『まぁまぁ楽しめたな』などと言い放った。

「将軍、あらかた片付きました」

「おう、ご苦労さん。んで、次の獲物はどこだ？」

「報告ですと、半日ほど進んだ場所にもう一つ町がありますが、今頃は……」

「間に合わねぇか……。しゃあねぇ、近くに陣を敷いてから別の獲物を探すか。もっとマシな奴はいねぇもんかねぇ～」

「この男は弱かったですか？」

「んあ？　そこそこ強かったが、それだけだわ」

死んだら興味などないとばかりに不遜な態度を示すアーレン。

彼の言う『間に合わない』とは住民の人命ではなく、『急いでも既に獲物は逃げている』という諦めの意味だ。ギャラリーのいない町に進軍したところで面白くもない。

面白いのは、目の前で殺し合いをしただけだというのに感謝と声援を向けてくる住民達の姿だ。殺し合いが好きなだけのアーレンは、内心では感謝の言葉を送り続ける住民達を馬鹿にしており、逃げるだけで戦おうとすらしなかった彼らを心底軽蔑していた。

「アーレン将軍！」

「第八師団、万歳!!」

「ありがとうございます……ありがとう………」

「家族の、かたきを……討ってくださった………」

『ハッ、都合のいい連中だよな。これで俺が悪党だと知ったら、即行で手のひらを返すんだろうがよ。こいつらは所詮家畜だな……死んだほうがいい』

アーレンから見れば生き延びた住人全員が負け犬だ。

逃げ惑うだけだった連中は運良く助かっただけで、彼の言い分では『弱いながらも命懸けで戦い死んだヤツの方がマシ』という認識だ。

民の前で自身の力を示すことがアーレンにはすこぶる快感であったが、同時に胸糞《むなくそ》悪いと侮蔑《ぶべつ》の言葉を吐き捨てる。角材を手に立ち向かい殺された無力な子供の方が気高く見える。

そんな彼の態度を民達は勘違いし、『悪行を働いた騎士達を毛嫌いしている』という認識を持つのだが、このすれ違いはしばらく続くことだろう。

アーレンは正義を振りかざす偽善者が誰よりも嫌いなのだ。

「ハァ～……。隣の町は間に合わないとして、これからどうすっかねぇ～。連中の退路を塞《ふさ》げれば面白《おもしれ》ぇんだが」

「それなら、グウアル子爵領に続く道に布陣してればいいんじゃないですか？　どうせ一本道なんですから」

「なるほど。こんなご時勢で他の領地を通って戻るわけにはいかねぇからな、どうしても元来た道を戻らなきゃならねぇか。下手すりゃ関係ない貴族との確執にもなる」

「将軍は……ときどきお間抜けになりますよね」

「ほっとけや！　しちめんどくさいことを考えるのは苦手なんだよぉ!!」

自分の欲望には正直でも、ときおり馬鹿になるようであった。

「どうせなら隠れていたほうがよくねぇか？」

「この大所帯で？」

「部隊を分ければいいだろ。どうせ相手もたいした数じゃねぇ」

「では、分けた部隊を他の町に向かわせます。本陣は撤退してきた敵を一網打尽にするということで」

「おう。俺が動いてると知れば、真っ先に逃げ出すだろうからな」

「逃げきれないと分かった連中が、騎士を辞めて盗賊になられても困るんですけどね」

こうしてアーレン・セクマの戦争は始まった。

彼の動きは迅速で、次第にモルケー公爵領の領土が拡大していくことになる。

それに伴い周辺の貴族家同士も結託し、独自の派閥から国を形成していくことになるのだが、それは少し先の話だ。

何にしても戦乱の世の序章は幕を開けたのである。

◇　◇　◇　◇　◇　◇

アーレン・セクマが弱小モルケー公爵の臣下となり領土拡大に勤《いそ》しんでいる頃、フューリー・レ・レバルト伯爵もまた領土拡大を進めていた。

ただアーレンとは異なり、彼は対話と説得によって周辺の貴族達をまとめ上げ、新たな国家基盤を築こうとしていた。

声を掛けた貴族達は子爵や男爵家が多く、自分と同じ伯爵家や侯爵、公爵家とは接触をせず、彼らの『配下に加われ』という上から目線の命令も拒否しつつ確実に力を蓄えていった。

「フッ……また誘いが来ましたか。よほど私の力が欲しいようだ」

「それは当然でしょう。現存する聖騎士団において、伯爵様の第三師団は無傷ですし、なによりも練度が違います。アーレン将軍のような暴虐な騎士団とも異なりますから、誰もが喉から手が出るほど欲していますよ」

「だからとはいえ、いきなり政略結婚を勧めてくるのも困りものだな。私も男ゆえに女性は嫌いではないのだが、香水の香りがキツい厚化粧はどうも……ね」

「分かります」

執務室にて、送られてくる手紙の処理に追われていたフューリーだったが、その中に紛れていた密偵からの報告を目にした瞬間、彼の口元に笑みが浮かぶ。

それは現在のアーレン将軍の動向であった。

「フフフ……ハハハハッ！　そうきましたか！」

「密偵からの報告ですか？」

「そうとも、彼がついに動き出しましたよ！　まさかモルケー公爵家の臣下に加わるとは意外だった。ははは、彼にも考える頭があったとは、これは意外すぎて愉快だ」

「仮にも一軍を預かっていた将ですからね。しかし、よりにもよってモルケー公爵……ですか」

「名ばかり貴族の穀潰《ごくつぶ》し公爵なんて無能者を担ぎ上げるなんて……くくっ、なんとも面白いことをしてくれるよ。まぁ、傀儡《かいらい》にはちょうどいいだろうがね」

「傀儡……ですか？」

　執事の反応からも分かる通り、アーレンの異常性はメーティス聖法神国の者達にはあまり知られていない。アーレン本人は割とあけすけなのだが、周囲の人間達が必死に隠しているからだ。

　そもそもアーレンは小細工などという面倒な手続きをするような性格ではない。

　ましてや、公爵を神輿《みこし》として担ぎ上げるような根回しを思いつくようなタイプではなく、今回のお膳立ても有能な部下によるものだろうとフューリーは察していた。

　そんな武力一辺倒の快楽主義者であるアーレンだがなぜか部下達から慕われており、天性のカリスマ性で人を惹《ひ》きつけるフューリーとは対局の存在であった。

『だからこそ運命のようなものを感じているのだがね』

　内心で自分の想いを呟《つぶや》く。

　理論派のフューリーと、歩く火薬庫のようなアーレンは馬が合わない。

　それなのに互いに意識せずにはいられなかった。

「そもそもアーレンに政治は無理だ。そこはガルドア将軍と同じだが、ガルドア将軍は政治というものを知っているからこそ身を引いているのに対し、アーレンは政治を知ろうとすらしない。彼はきっと、面倒事を引き受けてくれる都合のいい駒が欲しかっただけなのだろう。無能であれば爵位が高いほどいいとすら思っていたかもしれない」

「なるほど……そのような理由であれば、モルケー公爵ほど都合のよい駒はありませんな」

「いや、実際に公爵を担ぎ上げたのはたまたまさ。高い爵位であれば誰でもよかった」

「つまり、適当に選んだと？」

「いや、モルケー公爵を担ぎ上げたのは彼の副官や部下達だろう。モルケー公爵家側はアーレンの力で繁栄でき、アーレン側は公爵家の名のもとに戦争ができる。Ｗｉｎ‐Ｗｉｎな関係さ」

「それはそれで厄介そうですな」

いつも以上に上機嫌なフューリーに対し、執事は怪訝《けげん》そうな顔を向けていた。

このまま彼らが版図を広げていくことになれば、いずれ衝突するのは明白だ。それなのに主人が上機嫌で話すことが不思議でならない。

落ちぶれているとはいえ公爵であり、周辺の貴族を取り込んで肥大化すれば強敵になりえる。

『障害は少ないほうがいいのではないか？』というのが素直な感想だった。

「フフフ……私の機嫌がいいことが、そんなに不思議かい？」

「えぇ……敵が弱いのであれば事が楽に進むではありませんか。強敵などいらないと思います」

「正直だね。けど、楽して王になる男に何の価値があるんだい？　強敵を下し、この手で栄光を掴《つか》んでこそ意味がある。私は英雄になりたいのだよ。それには好敵手が必要だ」

「それが、アーレン・セクマ将軍……ですか」

「もしくは、私が英雄に至るための最後の踏み台といったところかな。アーレンには相応《ふさわ》しい役回りだと思わないかね？」

フューリーの自らを舞台役者のように語る癖は常軌を逸していた。

彼は自分が英雄になるための舞台を整えており、その準備は今のところ順調に進んでいる。アーレン将軍の件も同様だと言えよう。

しかし、そこには大きな見落としがある。

現実は物語のように決まっている結末に向かって進むわけではなく、常に不確定要素を含んでいるということだ。

「大人しく負けてくれるような人物ではないと思いますが？」

「そうとも！　私は彼を自分が相応しいと思える舞台で徹底的に葬り去りたい。アーレンもきっと同じことを考えているはずだ。仲がいいとは言えない間柄だが、憎んでいるわけではない。ただお互いの存在を許せないだけだ。これは生理的な問題なのだよ」

「ハァ……。そのためだけに踊らされる我々の身にもなってください。ただ傍《はた》迷惑なだけではないですか」

「そこは心から申し訳ないと思っているよ。だが、こればかりは決して譲れない。この世に英雄など二人もいらないのだからね」

要するに、どちらもクレイジーという面では似た者同士ということだ。

お互い反目していながら、その考え方には共通した何かを抱えており、だが認め合うことができない。

それ故に決着をつけるに相応しい舞台を作ろうとしている。

「それで……私の舞台デビューはいつ頃になりそうかな？」

「そろそろドゥマー侯爵が痺《しび》れを切らす頃ですな」

「それは楽しみだな。さぁ、我々も英雄譚《たん》の序章を始めようじゃないか」

それから一カ月も経《た》たないうちに、ドゥマー侯爵家がレバルト伯爵家に宣戦布告をし、中原全土を巻き込む戦いの幕が上がるのであった。

◇　◇　◇　◇　◇　◇

ソリステア公爵家の執務室にて、デルサシス公爵は配下の密偵がもたらした報告書に目を通していた。

そこには隣国の情勢が事細かに記されており、今後の展開予想を灰色の脳細胞が読み解いていく。

「どうやら……始まったようですな」

「ふむ……ここまでは予想通りじゃな。問題は…………」

「この戦火が我が国にまで飛び火しないか、ですな。貴族同士での潰《つぶ》し合いか、実に醜いものだ」

「無理もなかろう。メーティス聖法神国は貴族出身の神官共のせいで腐敗が進行しておった。多少の不正も上に金を掴ませれば揉《も》み消されるほどにのぅ」

「そして、貴族神官達の壮絶な権力闘争が裏で行われていた……か。ますます滅んで正解のような国だが、もはや神官達には何の権威もない」

「敬虔《けいけん》な信者は哀れよのぅ」

「それだけ信仰の厚い信者であれば、既に国外に出ていますよ。残された者達は……まぁ、運が悪かったと諦めるしかない」

デルサシス公爵とクレストン元公爵は、今後の動きを予測していた。

メーティス聖法神国は大国だった。

国土もソリステア魔法王国の何倍も広く、この内乱が収束する頃には大国がいくつかの国に分裂していることは明白。

問題なのは、それらの新興国が食料や物資の確保のために他国を狙うことであり、ソリステア魔法王国へと攻め入ってくることも充分に考えられる。

だがソリステア魔法王国はしばらく大規模な戦争を経験していない。

戦乱を潜《くぐ》り抜けてきた騎士達を前に、戦争を知らない若い世代が太刀打ちできるとは到底思えなかった。

だからこそ新たな武器の実用化が急がれる。

「魔導銃の配備はどうなっておる？」

「こちらは順調ですが、決定打に欠けますな。もっと強力な武器が欲しいところです」

「デルよ……お主のことじゃから、その武器にも既に当たりをつけておるのじゃろ？」

「イサラス王国経由の情報ですが、どうやらゼロス殿は強力な武器でアンフォラ関門の城壁を破壊したようです。おそらくは……」

「広範囲殲滅《せんめつ》魔法………か」

「いえ、どうやら違うようでして、何やら魔導銃を巨大化させたような武器を搭載している乗り物で出陣したという話です」

「ふぁっ!? そんなもの……いつの間に作っておったのじゃ!?」

「さぁ？」

ゼロスとアドはザザが諜報《ちょうほう》員であることを忘れていた。

彼の報告によって情報がイサラス王国へと渡り、同盟国であるソリステア魔法王国に確認の報せが届けられた。

秘密裏に兵器が作られているのではと怪しみ、あえて情報を開示することで牽制《けんせい》してきたのであろう。うまくいけば兵器の生産に加われるかもしれないという打算も見え隠れしている。

「仕組みが魔導銃と同じというのであれば、発火術式を大きくすれば似たような武器が作れますな。どれだけ魔力を消費するかは不明ですがね」

「それは……ちと強引すぎぬか？ そんな簡単に作れる代物でもなかろうて」

「キャン……いやベラドンナの話では、理論上は可能ということです。いま発火術式の試作刻印を製作しているところですよ」

「早すぎね!?」

「魔導銃を見た瞬間に思い至ってしまったんですよ。『これを大きくすれば、砦《とりで》の守りに使えるのではないか？』とね」

「お主の発想力……パないのう………」

デルサシスの才に改めて戦慄《せんりつ》する父クレストン。

その発想力は悪魔的で恐ろしい。

独裁者にならないのが不思議なくらいだ。

「デルよ……なぜにそのような物騒な思いつきができるんじゃ……。儂《わし》は、ちょっとお主が怖いぞ」

「多少状況は変わりましたが、大まかなところは予測通りに事が進んでいます。戦争は初手で後れをとるわけにはいきませんのでね、入念な準備は継続して行うべきでしょう」

「しかし、儂は戦争の在りようが変わることの方が恐ろしいのじゃがな……」

「アレを読みましたか……」

「うむ………。旧時代――魔導文明期の兵器とは毛色が違うようじゃが、危険なものであることには変わりあるまい。国防のためとはいえ、本当に研究するべきものなのか迷うところじゃよ」

メーティス聖法神国は歴史の陰で多くの書物を焚書《ふんしょ》にしてきた。

その中に【異界技術録《アナザーテクニカ》】なる本がある。

これは召喚された勇者達から聞き出した異世界の文明を記したもので、どのような技術で文明を築き上げてきたのか詳細に聴取し、中世の武器から現代兵器までの特徴が事細かに記されていた。

無論、誇張や理解できない部分もあったが、都市一つを消し飛ばす核兵器なる存在もあったことに、この本を読んだクレストンは身震いしたほどだ。

最終的には核による脅威によって警戒しあい、戦乱は治められ社会的な秩序を構築していくようになる。戦争そのものが無意味なものになるという話だ。

「凶悪な兵器に対する警戒が、長く平穏な時代を築くなど信じられぬ。しかし一概に間違っているとも言い切れん。過ちを繰り返し辿《たど》り着いた結論なのじゃろう」

「そういった世界があるということですよ。人が生きているうえで争いが消えることはない。だが争いのない世界を可能とした、機械による管理世界も存在しているらしい」

「人ならざる機械によって管理された社会なぞ、それは果たして生きていると言えるのじゃろうか？　家畜と変わらぬではないか……」

「私もそんな世界はご免ですな」

人の幸福を追求するときりがない。

だが、最終的に行き着いた世界の結末を知ったとき、人は果たして自分が幸福と思えるのか判断できない。

まあ、所詮は書物に記載された中での話なのだが。

「お主の言う兵器……確か、大砲じゃったかのう？　その中にあった気がするのじゃが……いま思い出したわい」

「ですが、我々には炸薬《さくやく》を作り出す技術がない。メーティス聖法神国が滅んだ以上は知るすべもないですな」

「……嘘《うそ》をつくでないわ。探しておるのじゃろ？　勇者達を……」

「この世界の住民として彼らを保護しようとしているだけですよ。アルトム皇国の勇者達には手が出せませんのでね」

「あわよくば炸薬の製造方法を狙っておると？」

「魔法で無理なら別の手段も用意しておくべきでしょう。なにしろ、今の情勢がどう転ぶかなど誰にも分かりませんからな。それに、魔導銃の技術を利用した大砲の設計は、既にクロイサスが手掛けていましたよ。私より我が息子の方が恐ろしいですな」

「親も親なら子も子か……。ツヴェイトが生真面目なだけマシじゃな」

常に先を見据えて準備をする。

言うのは簡単だが実行に移すとなると手間と時間、何よりお金のかかる話である。

しかしデルサシスはそれができてしまう。

ソリステア商会と傘下に入れた裏組織の豊富な資金源。

ソリステア派の工房という生産拠点。

そしてものづくりに熱中するあまり寝食を忘れるほどの情熱を持つドワーフの職人達。

資金も人材も全て彼の手にあった。

間違いなく、魔導武器の技術発展は加速するだろう。

「まぁ……よいわ。それよりもお主は誰を危険視しておるのじゃ？　メーティス聖法神国が滅んだ以上、そこから分裂してできた国など脅威とは思えんのじゃが……」

「聖天十二将軍……」

「ガルドア将軍かのぅ？」

「いえ、アーレン・セクマ将軍とフューリー・レ・レバルト将軍。戦争馬鹿と英雄願望が強いこの二人は危険ですよ」

「それほどか？」

「えぇ……彼らは、目的のためなら他人をどれだけ戦火に巻き込んでも気になどしません。それこそ他国に攻め込むような真似すらするでしょう。ついでに勇者の血脈です」

「……それは厄介な」

勇者の血脈。

その実力はクレストンやデルサシスなど凌駕《りょうが》し、この世界の住民では決して辿り着けない領域にまで成長する。倒せるとしたら勇者か同類くらいであろう。

まさに一騎当千の将が野放し状態なのだ。

「ゼロス殿が倒してくれぬかのぅ……」

「将軍の暗殺など引き受けたりはしないでしょう。期待するだけ無駄です」

「勇者の血族は、頭がすこぉ～しばかり変じゃからなぁ…………。相手にしたくないわい」

「報告では、無能公爵を担ぎ上げたセクマ将軍に、自ら率先して平定の動きを見せているレバルト将軍と、その動き方も対照的です。運良く共倒れしてくれるのではないかとも思っていますがね」

「そんな都合のいい話などあるまい。ハァ～……地道に防衛を強化するしかないのぅ」

「他にも力をつけてきている有力貴族もいますし、今はそれしかありませんな」

「領内の復興にもまだまだ金がかかるというのに、なんとも不景気な話が続くのぅ。国庫からの予算捻出などもう無理じゃろうに……」

「あの地震ではかなりの被害が出ましたが、同時に防衛強化の時間が稼げたとも言えます。ここ数年が我らにとっても正念場となるでしょうな」

魔導武器の試作品は作れても、量産には相応の資金と人材が必要となる。

開発資金はどうにでもなるとして、問題は量産するのに国家予算をどれだけ使うかだ。それ以外にも地震被害の復興資金を考えるだけで頭を抱えたくなるクレストン。

次の一手に向けて動き出してはいるが、その先には難題がいくつも山積していた。

第二話　おっさん、正体不明のアイテムに悩む

メルラーサ司祭長をはじめとした四神教の派遣神官達の前に神が降臨してから、一週間ほどの時が過ぎた。

神具を賜る約束をなされたものの、再度降臨することなくいつもの日常が続く。

派遣神官達は既に四神教の教えを捨てて人々に道徳を説き、それ以外の時間は医療行為に従事し、懸命に自分達の居場所を作ろうとしていた。

もちろん、四神教の不祥事を理由に何かにつけて因縁をつけてくる者も少なからずいたが、以前からアダン司教をはじめとする神官達の評判が良かったことから、逆に不埒者《ふらちもの》が周りから非難を浴びることとなった。

これも真面目な活動を続けてきた成果であろう。

そして定期的に行われる定例会議の日が来る。

「……ということで、一部の者達からは悪意を向けられていますが、それ以外にこれといった問題は出ていません。しかし今後もこうした悪漢は出てくるでしょう」

「ふむ……それでも被害は少なからずあるのだな？　ならば今まで通り誠意ある活動を心がけま

しょう。次に、養護院のことですが――」

「あ～、成人するガキ共が就職する問題があったねぇ。大半が傭兵《ようへい》になるつもりらしいけど、あたしゃ職人を目指してもいいんじゃないかと思うんさね」

「メルラーサ司祭長がおっしゃることも分かりますが、現実はそううまくいきませんよ。職人の世界は厳しいですから。今まで何人もの孤児達が職人になろうとしましたが、一人前になった者は意外と少ない。やはり教養が足りないということでしょうか……」

「大半が挫折して傭兵の道に進んでますからね……。今まで何人もの子供達が魔物に敗れ、天に召されたことか……」

「犯罪者に身を落とした子らもいたな……」

彼らの話しているのは成人する孤児達の今後のことであった。

孤児達は成人である十四歳を過ぎると養護院を退院し、社会に出て働くことを余儀なくされる。

これにはいつまでも養護院で面倒を見られないという理由もあったが、大人としての自立を促すためという側面が強い。

しかし、うまく仕事にありつけることは少なく、大半の子供達は傭兵になることを選ぶ。

その大きな理由は初期費用がかからないことにある。

傭兵ギルドでは駆け出しの傭兵向けに短期間ではあるが無料の訓練期間を設けており、ここで戦い方を学べばある程度の実力をつけることができるのだ。

また、武器を貸し出したり簡単な依頼を受けさせせ様子を見るといった、新人が活動しやすい仕組みも用意されている。

だが、傭兵は危険な職業であり、低ランクのうちに命を落とす例が後を絶たない。

養護院出身者で成功を収めている傭兵など、それほど多くはいなかった。

そもそも稼ぎ自体が大きいわけでもないので、大抵が毎日の食い扶持《ぶち》にも難儀しているのが現状である。

「まぁ、傭兵は簡単に食えるようになれる職業じゃないからねぇ。稼げず飢えが続けば、追い込まれて犯罪にも手を染めるさね。そんな苦境すら跳ね返すことができないのに、実力がものをいう傭兵家業で上り詰めることなんて、どだい無理な話さ」

「実戦でまともに戦えるようになるまで時間が掛かりますから、当然のことでしょう」

「育ててきた子らが自分達より先に死んでいくのは辛《つら》いからのぅ。なんとか生存率を高める方法はないものか……」

ルーセリスが管理している養護院では、どこぞのおっさんやコッコ達が子供達を鍛えるのが当たり前のように日常の一コマとなっているが、通常、養護院で戦闘訓練を行ったりはしない。

そんな子供達がいきなり傭兵ギルドで武器の扱いを覚えたところで、所詮《しょせん》は付け焼き刃だ。

武術とは訓練を繰り返すことで戦う方法を感覚として体に覚えさせ、経験を蓄積することで昇華していくものである。しかし巣立っていく子供達は戦闘技術が無いにも等しく、傭兵ギルドの依頼をこなすにはハードルが高すぎると言わざるを得ない。

例えば『ゴブリンは畑や人を襲う害獣』とは子供でも分かることだが、実際に駆除するにはゴブリンを殺さなくてはならない。殺そうとすれば当然だが反撃も受ける。

養護院の子供達が傭兵として成功できない理由の一つに、認識・実力・覚悟・経験の不足からなる状況判断の未熟さが挙げられる。そもそも、命を奪う覚悟や経験に基づく予測などを神官達が教えることは難しく、魔物の返り討ちに遭うことも珍しい話ではなかった。

盗賊討伐依頼でも子供達は同じ人間を殺すことができず、躊躇《ためら》いから若い命を散らしていく。

「五年ほど前に養護院を出て傭兵をしている子も、いまだに生活がギリギリと言っていたからねぇ。厳しい世界だよ」

「社会に出ても困らない教育はしてきたつもりでも、巣立った子達の訃報を聞くたびに自分を責めたくなるんですよ。こればかりはいつまでも慣れることができません」

「……慣れては駄目でしょう。苦しくとも受け入れ、覚えていてあげねば」

「辛気臭い話はどうでもいいさね。話がズレてるよ！　なんとかいい案を出さないと、今までと同じことの繰り返しさ」

「我々もしばらく戦闘訓練なんてしていませんから、護身程度のものしか教えられないですしね。今後の教育に取り入れるにしても、体力的にちょっと……」

「付け焼き刃が微妙にマシになったとしても、それで生存率が高くなるのかと言われると、答えづらいですよ。傭兵に依頼して手ほどきでもしてもらいますか？」

「謎のお方の善意で生活は楽になりましたが、だからといって予算にも限りがあります。それに子供達も畑仕事などの小遣い稼ぎで得たお金は、お菓子などを購入して全部使ってしまいますからね。路地裏生活をしていた子らに比べ、社会に出ることに対しての認識が低いように思えます」

「そうさねぇ～、元路地裏育ちは本当に逞《たくま》しいよ。自立する計画を立てて率先して行っているようだし、やっぱり社会の厳しさを経験したほうがいいのかねぇ……」

孤児になる子供には様々な事情がある。

事故や病気などによる両親との死別や、突然家に残され親は失踪、あるいは森や知らない町に放置、赤子の時に養護院の前に捨てられたなどだ。

放置されたりして親の愛情を知らない子供達は、必然的に同類である周囲の子供達を仲間と認識し、互いに協力し合うコミューンを形成する。そのため自立しようとする精神が強い傾向があった。

一方、死別するまでは幸せな家庭で育っていたなどの子供達は、なぜかそのような子らと馴染《なじ》もうとしない。仲間に入ることはできても甘えや我儘《わがまま》を通し、親の顔を知らない子供達を見下すような言動をするためか、次第に孤立していく。

または親の死や自分が捨てられた現実を受け入れることができず、内にこもったり、逆に周囲に対して攻撃性を見せるなどの情緒的な問題もあり、孤児達の教育は様々な意味で困難を抱えていた。

まぁ、全ての子供達がそうであるとは言わないが、こういった傾向の悩みはどこの養護院も抱えている。

そして、それらの子供達を全員ケアできるわけでもなかった。

「メルラーサ司祭長が担当している地区は、そうした傾向の子供達が比較的に少ないようだのぅ。羨《うらや》ましいことだ」

「まぁね。あたしんとこは、路地裏生活をしていたガキ共が多いし、色々事情を抱えている子らも力ずくで引き込むから、気付いたときには悪ガキの出来上がりさね。口よりも拳が先に出るような子らだしねぇ。ひひひ……」

「まぁ、根性は育ちますね。報告書からは、喧嘩《けんか》で怪我《けが》する子供の数も多いように見受けられますし……。もう少し道徳というものを教えてもいいのでは？」

「元気があっていいじゃないか。それくらいタフじゃないと社会の荒波なんか乗り越えていけんさね。それ、その道徳とやらが傭兵稼業で一番邪魔になる。敵はぶちのめすくらいの覚悟は必要さね」

「人道を説けば子供達は長生きできず、されど社会での善悪の線引きを伝えることは我々には難しい。問題が全く解決しないんじゃがのぅ」

アダン司教も子や孫がいるので教育や躾《しつけ》の難しさをよく理解している。

しかし、若い司祭や神官達は経験が浅く、面倒事を後回しにする傾向があった。

愛情を求める子供達を相手に事務的な大人の対応をしていれば、子供達がまともに育つわけがない。事実、歪《ゆが》んだ人格に育った子供もいるのだ。

それゆえにこうした会議の場で議題にあげて情報を共有するのである。

『話はひと区切りついたようじゃな』

「「「「!?」」」」

突然この場にいる者達の脳裏に響き渡る声。

同時に部屋が時間の流れから切り離された。

「待たせた。ようやく神具が完成したのでな、持ってきてやったぞ」

「おぉ……神よ」

アルフィアの出現でアダン司教をはじめとした神官達は一斉に椅子から立ち上がると、彼女の前に集まり跪《ひざまず》く。

唯一メルラーサ司祭長だけが椅子に座り、酒を取り出して一杯飲み始めていた。

「これが知り合いに作らせた神具よ。それと、こちらが我の姿をかたどった紋章じゃ。好きに使うがよい」

「こ、これが……。このような素晴らしきものを賜れるとは、人である我らとしては身に余る光栄。歓喜に堪《た》えません」

背中合わせの女神像が、一つの大きな水晶球を翼で包み込んでいる白き杖《つえ》。

そこから放たれる神気は目の前の神と同質のもので、間違いなく本物であると理解できた。そこにあるだけで感嘆と畏怖《いふ》の声が漏れる。

そして女神の翼を印象的にかたどった紋章の描かれた一枚の紙。

これを背負うということは、自分達が四神への信仰から離れ、自らの信じる善行を行使する大義を神に認められたことを意味する。

つまり、大罪人が神から許されたと同義であり、アダン司教は歓喜に打ち震えた。

「ふむ、それほどのものではないのじゃが、とりあえず説明はしておく。この神具はお主らの言う神聖魔法の効果を数倍に高めることができるのじゃが、代償として使用者の魔力が奪われる。奇跡を起こすには代償が必要となるということじゃ。無論、そこには不用意に使われないための防衛策という意味もあるのじゃが」

「それは、使用者の魔力を強制的に奪い、魔法効果に上乗せするってことなのかい？」

「これ、メルラーサ！」

メルラーサは酒を呷《あお》りながら疑問を口にした。

神を前にしたこの態度には、さすがにアダン司教も顔を蒼褪《あおざ》めさせたが、神は気にする様子もなく、むしろ興味深げに彼女を見つめていた。

「ふむ……少し違うのぅ。魔力を代償としているのは、我の神気を引き出すための儀式ということじゃ。例えば【ヒール】という魔法じゃが、小さな傷は治せても重傷者は癒《いや》せまい？　じゃが、この杖を使用すると失った四肢をも再生させることが可能じゃ」

「それは素晴らしい」

「ふ～ん……なんか怪しいねぇ。それだけの奇跡が起こせるのなら、なにも神官に授ける必要はない。それこそ医療魔導士とやらに与えればいいさね」

「我自身は四神共のように信仰心など求めておらぬが、これから変化していく時代の流れに抗《あらが》うには、お主らの信じる信仰は多くの者達に対して一つの道標《みちしるべ》となるじゃろう。我はただ、抗う運命《さだめ》の者達に対し、未来へ布石を打っただけに過ぎぬ。生かすも殺すもお主ら次第よ」

「それならなおさら、あたしら神官でなくてもいいはずさね。それこそ、この国の王家に預けても同じことじゃないのかい？」

「信仰へ捧《ささ》げられた人の意思とは馬鹿にできぬものよ。魔導士が使うヒールの魔法とお主らの使用するヒールとでは、その効果に大きな差が出る。それは何かに向けられる一心の想いが魔力と結びつき、ときに奇跡を起こす呼び水になり得るからじゃよ。この杖はそれを意図的に行えるというだけじゃ、信仰を持たない魔導士ではとても扱いきれぬであろうよ」

人の意思は魔力に影響を及ぼす特性上、治療魔法などの効果にも同様に強く影響を与える。

特に信仰心というものは多くの者から純粋に向けられるほど一つに集約しやすく、そうした念の込められた魔力はときに絶大な奇跡の力として発現することもあるため、馬鹿にすることはできない。

杖はあくまでも触媒であり、疑似的に奇跡的な効果にまで高めるための装置だ。

ゼロスが付与したスキル効果を鍵とし、限界まで吸収した使用者の魔力を呼び水として、信仰心の宿った魔力を集めアルフィアの神気が増幅し、絶大な魔法効果として発現させる。

だが、そんなことはどうでもいいのだ。

重要なのは神から神具を与えられたという事実なのである。

「これを与えられ、お主らが何を成そうとするのかは知らぬ。興味もない。じゃが、我の存在を免罪符にした、かつてのお主らの国のような愚行だけは許さぬ。そのためには代償を払うことで奇跡を起こすというプロセスが必要なのじゃ。使用者はおそらく命の危機に晒《さら》されるじゃろうが、安易に振るわれる奇跡の力なぞ誰が信じられるというのじゃ？　奇跡とはそういうものではあるまい」

「つまり、あたしらの正当性を示す上で、代償を払うという行為に意味があるということかい？　なんとも面倒な話さね」

「仕方なかろう。信仰とは元来自然に向けられる畏れと敬意なのじゃからな。それは純粋に向けられた荒ぶる自然への鎮静と豊穣《ほうじょう》への願いの祈りであり、より信仰を複雑化させた人間の理屈とは相いれぬものよ。世界は人間に与えられたものではなく、そこに生息する多くの命のものじゃ。なんとか神国のように人間を増長させるわけにはいかぬゆえの神器――この神器は、我と汝《なんじ》らの間で取り交わす聖約なのじゃよ。我は汝らの行いを肯定する代わりに、多くの命を守るために働けと申しておる。我から指示を出すことはないがな」

神の話ではいずれ各地に迷宮が出現する。

迷宮から放出される魔物の脅威度は上がるため、その犠牲者の数を最小限にするため信仰を失った神官達を守り人として再利用する。その証《あかし》としての神器ということだ。

「神よ、一つお聞きしたいことが……」

「なんじゃ？」

「迷宮はいつ頃出現すると考えておられるのですかな？　我らとしても事前に準備をしておきたいと思いますし、行動を起こすのであれば早いほうがよいと思われます」

「これから出現する迷宮のことより、今は存在が確認されている迷宮に目を向けよ。早ければ一年も経《た》たずに魔物の放出が始まるじゃろう。思うていたよりも進行が早まりそうじゃ」

「「「「なっ⁉」」」」

「世界の再生は既に始まっておる。こうしている間にも、各地に点在しておる迷宮に影響が出ておろう。来《きた》る運命に抗うがよい」

今まではこれから出現する迷宮に気を取られ、『まだ時間はあるだろう』と思っていたが、まさか既存の迷宮にも影響があるとは思っていなかった。

メーティス聖法神国にある【試練の迷宮】や、ソリステア魔法王国に点在するいくつかの迷宮。

世界を見たらどれだけ迷宮が存在しているか不明だ。

たとえ既存の迷宮の魔物をなんとかできたとしても、今度は新たに出現する迷宮の脅威が待っているのだ。

しかもいつ終わるかなど誰にも分からない。

「世界が再生を果たすとき、どのような時代を迎えておるか分からぬ。多くの種族が繁栄の道を辿《たど》っているか、あるいは荒廃し獣の如き原始的な生活に戻るのか、未来を築くのは汝らの行いひとつにかかっておる。精進するがよいぞ」

「ご期待に沿えるよう、命を懸けて役目を果たそうと思います……」

「うむ……。じゃが、決して自分達の手で人々を導こうなどとは思うでないぞ？　汝らの良きところは多様性にある。それぞれの考えもあるじゃろうが、危機的状況下で手を取り合い、未来への礎を築くがよい」

「「「ははっ!!」」」

「ときに神様……あんた、ご尊名はなんていうんだい？　一概に神といったところで、世界には多くの宗教があるさね。矮小《わいしょう》な人の身では、神様の区別なんてつけられないから不便なのさねぇ」

メルラーサ司祭長は神を前にしても自分のスタンスを崩すことがなかった。

こうした意志の強さは魂の成長にも繋《つな》がることであり、アルフィアから見ても好ましい性質といえる。そのため多少の無礼な態度など気にもならない。

「名か……。以前、言わなかったかのぅ？」

「聞いてないねぇ」

「ふむ……今さら名乗るのもなんじゃが、それで不都合が出るのだというのであれば教えよう。我が名はアルフィア・メーガス。汝らの行く末を最後まで見届ける観測者であり、無限なる永劫《えいごう》の時間の果てで汝らを待つ者でもある。悠久の時の果てで再び会おうぞ」

そう答えた神の姿は突然消失し、神官達は再び元の時間に戻される。

まるで夢でも見ていたかのような神との二度目の邂逅《かいこう》。それが現実であったことを証明するものとして、アダン司教の手には純白の杖と女神を表す紋章図が残されていた。

「行ってしまわれたか……」

聖約は結ばれた。

残された者達は、ここで決断を下さなければならない。

「……まずはデルサシス公爵と話をするべきかのぅ」

「先のことを考えると貴族との繋がりを持つのが正解な気もするけど、数年先の未来で権力に固執する馬鹿が出てきそうな気もするさね。先が思いやられるよ」

「権力は求めぬよ。それは聖約を結んだ我らの意思を曲げることになる。じゃが、協力体制だけは整えておくべきじゃろう。多くの命を救うためにのぅ……」

「まぁ、前の震災で協力できていたしねぇ。その延長で組織づくりを始めるといいさね。それ以外は今まで通り、できることをするということで」

神との邂逅で使命感に燃えたアダン司教は、その日のうちにデルサシス公爵へと手紙を送り、面会の手はずを整えた。

こうしてアダン司教をはじめとする神官達は、新たな組織づくりを始めることとなる。

その後、何代もの世代を重ねたのちに彼らの努力が実り、調和を司《つかさど》る最高神を信仰する【メーガス神教】が誕生することになる。

彼らは多くの人々に寄り添い、神の眷属《けんぞく》である惑星守護神――【聖六守護天神】が降臨するその日まで、地道な活動を続けることになるのであった。

◇　◇　◇　◇　◇　◇

メーガス神の降臨から二日後。

アダン司教はデルサシス公爵に神託について相談するため、サントール領主館を訪れていた。

一人、応接室で待つ彼の手には、神器が握られている。

「少し待たせたようだな、アダン司教殿」

「いいえ、急な話でしたので、この場を与えてくださったことだけでも充分ですぞ。デルサシス公爵様」

「ふむ……それで私に話とはどのような内容ですかかな？　四神教に関しては、我々貴族は静観することで一致している。今は何も行動を起こす気はないのだがね」

「そうですな……。その件に関しては妥当と言えるでしょう。我らも四神の教えは捨てることに決めましたからな……」

「……となると、その手にしている杖に関係した話かね？　なにやら途轍《とてつ》もない力を感じるのだが」

「えぇ……信じられぬ話なのですが…………」

神から賜った神器だと正直に言いたいところだが、普通であればそのような荒唐無稽な話など誰も信じないだろう。

どう説明したら納得してもらえるのか考えながらも言葉が出ず、アダン司教は言い淀《よど》む。

「マハ・ルタートを崩壊させた神でも再降臨したのかね？　そして、何らかの神託を得たのではないか？　その反応からして、信じてもらえるか分からないといった様子だな」

「!?」

「当たりか……。神は世界の再生を始めた。だが、そこには我々人間の都合など含まれてはいないのだろう。神託は超常なる者からの警告と見たほうがよいか?」

「……御意にございます。ご推察の通り、神託が下されました」

神を前にして恐れを抱いたアダン司教だが、デルサシス公爵にはそれとは別の恐ろしさがある。人の身であるはずなのに、全てを見透かされているような不安を感じさせるのだ。

とても同じ人間とは思えない、ただならぬ気配を纏《まと》っている。

「それで、神は未来に何が起こると言ったのかね」

「……世界のいたるところで迷宮が出現すると。我々は生き残るために準備を進めなくてはなりません。そのためにお力をお貸しいただきたく存じます」

「迷宮の出現か……となると、今確認されている全ての迷宮も危険ということになる。おそらくだが、勇者召喚に使用された魔力の損失を埋めようと動いていたのだろうが、それほどの魔力が突然世界に戻ったとき、影響がどのように出るのか我々には未知の話だな。だが、迷宮の出現という話だけでもある程度の予測はつけられる。おおかた、魔物の放出によって引き起こされる暴走《スタンピード》あたりか……」

「これだけの情報で、そこまでお分かりになりますか。私共もそのような事態になれば、とても手が足りませせぬ。我々に神託が下された以上、多くの命を救うために準備を始めなくてはなりません。なにとぞ手をお貸しいただきたい所存……」

「なかなか楽しい時代になりそうだな。実は我が領内の迷宮が不安定になっているという情報が、傭兵ギルドから来ていてな。調査に向かった傭兵達はわずかな生存者を残し壊滅しているのだ」

「もう始まっているのですか!? その……異変が………」

「うむ、頻繁に構造が変わり、迂闊《うかつ》に傭兵達を入れるわけにはいかない。それでも無断で侵入する者はいるようだが、帰還を果たした者は一人としていないと報告を受けている。迷宮内は、かなり危険な状態になっているということなのだろう。今のところ傭兵達を不安定なダンジョンに送り込むことは推奨できん」

神は現存している迷宮に対して警告を発していた。

デルサシス公爵は既に迷宮内で起きている異変を把握しており、危険であるという認識を持ちつつも、なかなか手が出しづらいようだ。

「そのような悠長なことを言っている場合ではないのでは………」

「まぁ、有効な手段がないわけでもない。彼らを送り込めれば、一時的にだがダンジョンの活動を抑えられるかもしれん。しかし、はたして引き受けてくれるかどうか……。報酬の問題もあるが、現状では街の復興作業に予算を回さねばならず、こちらとしても無理強いができぬ立場でな。実に頭の痛い問題だ」

デルサシス公爵の言葉のニュアンスから、活性化した迷宮をどうにかできる戦力自体は存在していることが読み取れる。それも複数形であることから何人かいることを示していた。

だが、災害復興に予算を回さねばならない現状で、別のことに資金を使う余裕がないことも窺《うかが》える。

報酬もなく危険なダンジョンに挑むなどよほどの命知らずか、状況も理解できない愚か者くらいに限られ、ボランティアで危険地帯に乗り込むなど正気の沙汰ではない。

「……彼らということは、その実力者は複数人いるということですか？」

「あまり詮索《せんさく》しないでもらいたいな。私としても対等に付き合うと決めた以上、彼らのことはあまり世間に広めたくはないのだよ。本人達も望んではおらん」

『つまり……陰で動く者達ということか。公爵殿はそれほどの人材をどこから……』

アダン司教は件《くだん》の実力者を公爵家配下の者と断定していた。

まさかその実力者がただの趣味人で、日々を自由気ままに過ごしているなどとは思わないだろう。

デルサシス公爵も、あえて事実を話すことでアダン司教の勘違いを誘い、意図的に裏で動く者達であるという認識を持たせるよう誘導していた。

「つまり、現状では手を出すことができないということですか……。悪いことが重なってしまったとはいえ、これを試練と呼ぶにはあまりにも酷《ひど》い」

「全ては四神教が勇者を召喚し続けたことに端を発している。人の招いた災いということだな。人は未来を見通すことなどできぬし、自然界で引き起こされる災害が我らの都合に配慮するはずもない。不運が重なったと言えば諦めもつくが、いずれ起こると分かっている未来に対しては、我々で事前に準備できるだけまだマシというものだ。今は焦らず足元を固めるべき時なのだろう」

「焦り……確かに。我々も神託が下され、心に余裕が持てなかったようです。今は復興に尽力し、多くの民達を救うことが未来へと繋がる一歩となりますか……」

「小さなことから確実に処理していくしかあるまい。我々は神のように万能ではないのだからな。とはいえ、こちらとしても来《きた》る災禍に対し何もせぬわけではない。できるだけの便宜は図ろう」

「そのお言葉を聞けただけでも、公爵様とお会いできた甲斐《かい》がありました。ありがとうございます」

公爵家の力をもってしても現状を変えることは難しい。

だが、有力な貴族の言質が取れただけでも充分な収穫であった。

「アダン司教殿は、今後いかがなさるおつもりかな？」

「私共ができることなど限られております。もとより我々は本国から疎まれ、派遣を名目に追い出された者達ばかり。なればこそ神を信仰する者として、多くの命を救えるよう働きたいと思っておりますれば……」

「今まで通り、医療活動と孤児達の保護を続けるということか。いや、そうするにも人手が足りぬな。メーティス聖法神国から敬虔《けいけん》な信者達を呼ぶつもりかね？」

「そうですな……。真面目に信仰してきた者達もおりますれば、その者達を保護していただきたいとは思っております。ですが……今の情勢ではそれも難しいかと」

「そなた達は使える神聖魔法の数も限られているのだろう？　医療行為なら我が国の医療魔導士も今後は増えていくことになるが……ふむ」

アダン司教を含む派遣神官達は、メーティス聖法神国本国から疎まれていたためか、継承する神聖魔法を意図的に教えられることなく国から追い出された。

対して医療魔導士はゼロスが改良した回復系魔法を一通り覚えたが、その効果は神官に比べて低い傾向がある。

効力が低ければ魔法薬で補う手段もあるが、それでも人手が足りないことには変わりない。

今後の情勢がどう傾くか不明瞭なことを考えると人材は多いに越したことはない。

「……アダン司教殿は本国の知人達と連絡が取れるのかね？」

「はい……。ですが、彼らの話ではあまり状況は芳《かんば》しくないとのことでして、なるべく早くこちらに避難させたいと思っているところです」

「よかろう。ならば、その神官達を呼びたまえ。国外脱出の手引きも我々が支援しよう」

「よ、よろしいのですか!?」

「ただし、貴殿らの立場は医療魔導士と同じものとするが、よいかね？」

「我々を魔導士として保護するということですかな？」

「仕方があるまい？　メーティス聖法神国と我が国との間では様々な確執があった。四神教の神官の保護という名目では誰も力を貸してはくれまい。あくまでも魔導士でなくてはならぬのだよ」

魔導士を一方的に毛嫌いしてきたメーティス聖法神国。

長い歴史から差別意識が定着していたためか、アダン司教ですらソリステア魔法王国に派遣されると知ったとき、極度に警戒していたことを思い出す。

実際はなにもなく、ある程度時間が過ぎた頃に思い出しては、『馬鹿なことを考えていたものだ』と自分自身を笑ったものである。

刷り込まれた偏見を取り除けば、実に取るに足らない程度の話であった。

「では、我々もこれからは医療魔導士として活動していくとして……我々は使える神聖魔法に限りがあります。言い方が悪くなりますが、治癒の力が強くとも魔法の質では医療魔導士よりも遥《はる》かに劣るでしょう。この差を埋めないことには、今後の活動に差し支えが出てしまうことも充分に考えられます。救える命を見殺しにするような事態は避けねばなりません」

「かまわん。我が国に貢献すると誓ってくれるのであれば、無料で回復魔法のスクロールを進呈しよう。もちろん、有事の際の協力も条件に入るがな」

「魔物の暴走と戦争時の後方支援ということですかな？」

「うむ……。メーティス聖法神国が滅びた以上、追い詰められた者が我が国に攻め入ることを画策するかもしれん。今のうちにできるだけ手札を増やしておきたいのだよ」

「何事もなければよいのですが……」

「神託も下された。何もないことなどあるまい」

時代は静かに、だが確実に動き始めている。

どのような事態が起こるかなど誰にも分からず、予測できる事案に対処できるよういくつもの準備をしておく程度のことしかできない。神でない人間にはそれしか対抗できる手段がなかった。

あとは警戒を続け時勢を見極めるしかない。

その後はアダン司教と共に想定される様々な事案についての話し合いが続いたが、予定されていた対談時間が過ぎていたことに気付く。

「む？　いかんな、いつの間にか予定時間が過ぎてしまっていたようだ。すまないが、これから予定があるのでな。続きは後日改めて話し合うこととしよう」

「では、同胞の件はよろしくお願いしますぞ。デルサシス公爵様」

「うむ。実に有意義な時間であった。今後何かが起きたとき、我が公爵家を頼るとよい。できる限りのことはしよう」

「ありがとうございます」

アダン司教とデルサシス公爵は固い握手を交わし、会談は終了した。

応接室からアダン司教が退出する姿を見送ると、デルサシス公爵は厳しい表情で窓から外の景色を見つめる。

「新たな時代への変革……か。世界規模の苦難を乗り越えねばならぬのだが、さて……」

そう一言呟《つぶや》くと、彼もまた応接室から退室したのであった。

◇　◇　◇　◇　◇　◇

「う～む……」

唸《うな》りながら手にした品を鑑定するゼロス。

それは教会の屋根が崩落したとき、偶然にも子供達が発見した宝石の数々であった。

小さなダイヤが大半を占め、それ以外はルビーやトパーズ、数は少ないが加工されたカフスや指輪などもあった。

しかしながら、ゼロスから見てさほど面白いものでもなかった。

「どうですか？」

「いや、普通に宝石ですよ。盗賊か強盗かは知りませんが、たぶん教会の改修工事の時に忍び込み、天井裏に隠したものだと思いますねぇ」

「これ、どうしたらいいんでしょう……」

「売っちゃってもいいんじゃないですかねぇ～。年代的にも古いものですし、養護院の運営資金にでも充てたらいいんじゃないですか？」

「そういうわけには……」

ルーセリスはこの宝石類の扱いに困っていた。

これが魔導具の類《たぐい》であればゼロスも興味が湧くのだろうが、鑑定した結果が全て宝飾品だと出たために、『あっ、これはいらねぇわ』と即行で興味をなくした。

気になるのは指輪を入れるような小さな箱に収められた黒い水晶球である。

鑑定しても詳細が【？？？】としか出ず、唯一判明しているのは周囲の魔力を吸収しているということだけだ。

もしかしたら魔導具の部品だった可能性がある。

「この黒い水晶球は魔導具の部品だと思うんだが、何に使うものだったんかねぇ？　魔力を吸収して蓄えるとしたら電池？　分からん……」

「ゼロスさんでも分らないんですか？」

「鑑定しても出てこないんですよね〜。用途が分かれば答えも出るんですが、なにせ初めて見るものでしてね。似たようなものはいくつか記憶にあるんですが、どれも単体で使用する魔導具だったんですよ」

鑑定スキルですら詳細が分からない謎の水晶球。

水晶球が入れられていた小箱も気になる存在で、こちらは外部の魔力を遮断する仕掛けが施されていた。

「考えられるのはガンテツさんが製作した爆弾か？　アレも外部の魔力を吸収して、臨界点がきたら爆発する仕様だった……。だが、この水晶球にはあるはずの起爆術式が刻まれていない。もしかしたら目では見えないほど細かく刻まれているのか？　だとしたら魔導文明期のものである可能性がある」

おっさんの言う似たものとは友人が製作した危険物だった。

だが、わざわざ宝石の箱に細工をしてまで保管していた理由が分からない。

これが仮に爆弾だとすると、仕様的に魔力を吸収し始めてから起爆するまでのタイムラグがあるはずなので、使い勝手がかなり悪い。

なにしろ箱に入っている段階では水晶球の魔力はゼロ。

開けてから起爆するまでの時間がどれだけ掛かるかも分からず、現時点で爆発していないことから時限式としても微妙だ。

というか、これで本当に時限爆弾だとしたら悠長すぎる気の長さだ。

「もしくはアリバイづくりのための時間稼ぎに……。いや、それだと実用的ではない。急速に魔力をチャージしているわけじゃなし、何より箱を開けた時点で爆発しないと暗殺は成功しないじゃないか。これはやはり何かの部品の一部と思ったほうが正解かな？」

『……ば、爆発？』

おっさんの不穏な独り言にルーセリスの表情は引きつる。

かなりの危険物だと思い込んでしまったようだ。

「これだけは売れないですねぇ。正体が不明のままだし、何かが起きたら洒落《しゃれ》にならない。一応、僕が預かっておきますよ。気が向いたらじっくり調べてみます」

「えと……お願いします。ところで、この宝石類はどうしたら……」

「メルラーサ司祭殿に預けちゃえばいいのでは？　面倒事は上の人に丸投げするのが一番ですよ。上司なんてそのためにいるようなもんでしょ～」

「いいのでしょうか……」

「かまへん、かまへん」

困惑しながらも宝石の入れられた革袋をゼロスから受け取るルーセリス。

結局、ルーセリスはこの宝石の扱いに困り、メルラーサ司祭長に預けることに決めた。

そのメルラーサ司祭長もまた受け取りはしたものの困り果て、アダン司教に任せることにしたという。

その後、養護院の食事が少しばかり豪華になったとか……。

第三話　おっさん、アドの金策のためダンジョンへ

ゼロスは久しぶりに朝から畑仕事に精を出していた。

魔力のあるこの世界において植物の成長は異様に早く、放置しているとすぐに大繁殖をしてしまう。

特に雑草の処理は厄介で、根の切れ端が地中に残っているだけでも数日後には芽を出すほどだ。

それを防いでいたのはゼロスの飼う雑食性のコッコ達である。

特に庭先の家庭菜園で育てている米――【ライスウィード】は、この世界において雑草扱いされており、繁殖力が高く半年で七度も収穫できてしまうほど成長が早い。

コッコ達が管理していなければ、今頃は畑が草に覆い尽くされていたことだろう。

「まぁ、わずかな面積で育てているからまだマシなんだが、どう考えてもこの生命力の強さはおかしいでしょ……」

あまりの成長の早さに、収穫は年に三度程度でいいのにと贅沢《ぜいたく》な悩みを抱いてしまう。

少しでも稲から種子が零《こぼ》れれば、再び芽を出して大繁殖だ。別の作物を育てている畑にまで侵食されても困る。

『成長を遅らせる方法はないものか……スキル【鑑定】』

この生命力に悩んだおっさんはヒント欲しさに、久々に鑑定スキルを発動させた。

すると――。

＝＝＝＝＝＝＝＝＝＝＝＝＝＝＝＝＝＝＝＝＝＝＝＝＝

【ライスウィード（種子）】

生命力が強く、半年で七度も収穫が可能な植物。

根さえ残っていれば繁殖し続けることから、悪魔の植物として農家から恐れられている。

収穫を続けるほど種子の大きさは小さくなり、味も落ちる。

種子内の水分含有量の差で米の品質が変わる。

水分含有量・少＝粳米《うるちまい》。一週間天日干し。

水分含有量・中＝普通に米。四日間天日干し。

水分含有量・中＋＝香米。三日間天日干し。

水分保有量・大＝もち米。二日ほど天日干し。


塩水に種子を数日間ほど浸《つ》け込むことで繁殖力を抑えることが可能。

水田による稲作だと年に二回の収穫になる。

種子の水分含有量で米の大きさと質が変化するので、乾燥期間の長さで品質を変えることが可能だが、見極めが難しい。

サイロに保存するときは湿度管理に注意。


＝＝＝＝＝＝＝＝＝＝＝＝＝＝＝＝＝＝＝＝＝＝＝＝＝＝＝＝＝＝＝

「………早く言えよ！　つか、これって情報が更新されてね!?」

色々とツッコミどころが多かった。

つまるところ天日干し期間が長いほど種子は硬くなり、短いと水分が多すぎてもち米になる。しかも安定して保管するには湿度調整が必要ということだ。

なにしろ放置し続ければ水分が勝手に抜け、全て粳米になってしまうからだ。

一応、通気性のいいサイロに入れてはいるが、湿度調節ができているかと言われると微妙なところだ。

「今のところ普通に米が出来ていたが、これって運が良かったからか？　それに、普通は塩水選《えんすいせん》って籾《もみ》の選別作業だよねぇ？　それに塩だけでなく、水田でも繁殖が抑えられるとは……」

要らんところで勝手に発動するくせに、大事なことはスキル保持者が発動させない限り全く教えてくれようともしない鑑定スキル。しかも鑑定するたびに内容が変わる。

水田での稲作で繁殖力が抑えられるのであれば、穀物としてかなり優秀な部類に入るだろう。

唯一の問題は、ゼロス邸の広くもないが狭くもない中途半端な広さの庭先に、水田を作る意味がないことだろう。稲作農家ならともかく、おっさんの場合は野晒《のざら》し栽培の方が収穫量は多いのだ。

「おっはよぉ～す、ゼロスさん。朝っぱらからなに落ち込んでるんだ？」

「アド君か………。気にしないでくれ………」

「いや、気にするなっていうのは無理だろ。庭先でコッコが草刈りしてんだが？　無造作に生えた稲……だよな？　野菜と一緒に収穫してるしよ。色々とおかしいと思うのは普通の反応だぞ」

「なんか、最近異様に植物の成長が早いんだよねぇ。これも魔力が戻ってきている影響かなぁ～」

「土中の栄養分がどうなっているのか気になるところだな」

「最初は食べる分だけ収穫しようと思っていたんだけどさ、色々とやんごとなき事情で家を空けてたら、いつの間にか食べきれないほどに繁殖してたよ。この世界の植物は逞《たくま》しいもんだ」

食べきれない野菜は教会へのお裾分けやコッコの餌に変わる。

ゼロス一人分であれば家庭菜園程度の小さな畑で栽培すればよいのだが、薬草なども栽培しているついでで広く手掛け、結果的に食べきれないほどの量を生産していた。

いや、正確には一部の野菜が魔物化し、生産者の手を離れて勝手に繁殖範囲を広げていた。

今やコッコや子供達の良き対戦相手になりつつも、食用としても収穫されている。

余談だが、魔物化した野菜は通常栽培のものよりも味がよく、おっさんも倒したあとは美味《おい》しく頂いていた。

「あっ、そこのトマトなんか魔物化しているし食べ頃だよ」

「うわぉ!?」

他のトマトに隠れ擬態していた魔物化トマト――通称【バッドトマト】が触手を伸ばし、驚きのあまり咄嗟《とっさ》に攻撃に転じるアド。

そこへ葉を翼のように羽ばたかせ宙に浮き上がったキャベツが突撃してきたが、あっさり両断された。

「【フライングキャベツ（仮）】もいたか……」

「キャベツが飛んでいるんだけどぉ!?」

「そりゃ、異世界なんだからキャベツも飛ぶだろ。君は何を言っているんだい？」

「なに、あたり前のように言ってんのぉ!?」

「今日の野菜達は活《い》きがいいなぁ～。殺《や》る気満々じゃないか。ちなみに亜種は【ストライクキャベツ（仮）】という。正式な名称は知らんから勝手にそう呼んでいるけど」

「異世界の野菜はデンジャラス!!」

今さらながらに異世界の不思議を再認識したアド君。

一瞬で状況を見極め、攻撃される前にシミターを引き抜き、血に飢えたトマトの茎と空飛ぶキャベツを両断したことは褒めるべきかもしれない。

「……なぁ、正面の教会でも畑を作ってんだよな？　こんなのが生息してたら子供達もヤバいだろ。襲われたらどうすんだ」

「嬉々《きき》として返り討ちにしているけど？　そんなヤワな鍛え方をしちゃいないから、あの子らには楽勝だよ。最近は『もっと手応えのあるやつと戦いたい』とか言ってたなぁ～」

「あんた……普段からよそのお子様に何を教えてんだ？　こんなバイオレンスな野菜と毎日戦ってんのかよ。そら、嫌でも強くなるだろ」

「いやぁ～、鍛えすぎちゃって、もう魔物化した野菜なんて相手にならないんだよねぇ。だから少しでも強くしようと魔石の粉末を撒《ま》いたり、調合した肥料を与えてみたり……まぁ、色々だね」

「だから、なにしてんの!?　つか、子供達が強くなりすぎだ、ろ……て、ちょい待て。今……なんて言った？　魔石や調合した肥料を撒いてるって、強くするのは野菜の方なのかよ!?」

アドも子供達がコッコと実戦さながらの訓練をしていることは知っている。

しかし、よもや教会所有の畑やゼロス邸の家庭菜園で魔物が発生するとは思わず、しかも毎日戦い倒しているとは想像もしていなかった。

魔物化した野菜と戦い実戦経験が積まれ、ついでに美味《うま》い野菜も食べられる一石二鳥といえば聞こえはいいが、単純な言い方をすれば弱肉強食。

つまるところ街の中でも戦いの場で、油断できないという事実に戦慄《せんりつ》した。

「今日はロールキャベツ入りのトマトスープにするか……」

「この世界に馴染《なじ》みすぎだろ」

「でも乾瓢《かんぴょう》がないんだよなぁ～。ロールキャベツをどう縛ろうか」

「楊枝《ようじ》でも刺せばいいじゃねぇか」

「それだと形が崩れそうなんだよねぇ。ただのキャベツ入りトマトスープになるじゃないか。見た目がちょっと悪くなる」

「腹に入れれば同じことだろ！　味だってトマトベースなんだからよぉ!!」

「せっかく食べるなら見た目が綺麗《きれい》なほうがいいじゃないか。アド君は分かってないなぁ～、そんなんじゃや将来ユイさんに刺されることになるよ？」

「やめろよぉ、生々しいだろぉ!!　洒落《しゃれ》にならねぇ予言をすんな!!」

夫婦生活が浅いアドはおっさんの一言に戦慄した。

こう見えて彼は真面目で、子供ができたと知ったときから様々な本を漁《あさ》り、円満な夫婦関係を続ける秘訣《ひけつ》を探っていたのだ。

その一つに『妻が作った料理にケチをつけない』というものがある。

他にも『美味しかったよ』とか、『いつもありがとう』など感謝の言葉を忘れず伝えるというものがあり、間違っても『母親の作った料理の方が美味いな』とか、『高級料理店とまではいかなくても、定食屋くらいの味にしてくれ』など、誰かの料理と比べるようなNG発言をしないよう心がけている。

要は細やかな気配りが大事ということだ。

無神経な言葉は夫婦関係を崩壊させるきっかけになりやすいとされ、まして子供の世話や家事の手伝いすらしない亭主など、『いないほうがマシ』とまで辛辣《しんらつ》に書かれていたものまであった。

そのためアドはユイに対して必要以上に気遣っていたりする。

「君が無神経でなければ大丈夫なんじゃね？」

「俺もそう思いたいが、たまたま満員電車で偶然誰かの香水の匂いがついただけでも、アイツは包丁を持ち出すんだぞ？　うっかり無神経なことを言ったりしたら、本気で刺されるかもしれん……。ただでさえユイは子育てで苦労しているのに、余計なストレスを与えたくはない」

「君、かのんちゃんの世話……してないのかい？」

「俺………変な方向で不器用だから、おむつの取り替えでかのんをぐるぐる巻きのミイラみたいにしちまった……。それ以来ユイは何もさせてくれん。あとは掃除洗濯くらいだが、公爵家の別邸に居候していると何もすることがない。メイドさん達が全部やっちまうから……」

「駄目な父親だねぇ～」

「ぐはぁ!!」

おっさんの無神経な一言がアドのハートにクリティカルヒット。

彼のＨＰはもうゼロだ。

「そうなると、君にできることは稼ぐことくらいだねぇ」

「ああ。だから、前みたいに、なんか仕事がないかゼロスさんのとこ来たんだよ。仕事してないと肩身が狭いし……金も欲しいからな」

「無職だもんねぇ～」

「は？　人のことは言えねぇだろ。ゼロスさんだって無職じゃんか」

「僕は魔法スクロールの売り上げが何割か振り込まれるし、そもそも贅沢をしたいわけじゃないからあまり大金は持たない。こんな世界だし生きていければそれでいいさ」

「……確かに自給自足してるし、金が必要だとも思えないな」

「せいぜい安物の服や日用品を買うくらいだよ」

アドより人生経験の長いゼロスは、この世界に来てすぐに『あれ？　あまりお金を稼ぐ必要なくね？』と、労働で稼ぐ意味がないことに気付いていた。

その気になればダンジョンで採掘や採取で稼ぐなり、怪しい行商人として魔法薬の転売でもすればそれなりに生活はできる。事実、お得意様もいるほどだ。

基本的に自給自足なだけに、大金があったところで使い道がない。

魔法スクロールの収益も、ほとんどが養護院などのボランティア団体に寄付しているので、月に一回わずかなお金が家に送られてくるだけだが、それだけでも生活するには充分な金額なのである。

「そういえば、寄付しているお金……正しく使われているのか把握していないなぁ～。全部デルサシス公爵に丸投げしちゃっているんだけどさ」

「……あの御人《おひと》が不正を働くとは到底思えん。横領なんかしてたら、その職員は仕事的にも物理的にもクビが飛ぶだろ。それよりも自分の資産を少しは把握しとけや」

「宵越しの金は持たない主義なんだ」

おっさんは金銭にあまり興味がない。

補足しておくが、ゼロスの寄付金である【マーリン基金】は、主に養護院などの子供達や仕事を辞めたご老人達が行う慈善活動への報酬や日用品の購入などに使われていたが、地震の被害で崩れた養護院の壁などの修繕費用にも充てられている。

限りある予算を均等に分配できるよう、きちんとやり繰りされていた。

「いや、金は大事だろ。俺も家が欲しいし、家族を養わなくちゃやならない。のんびり過ごせるならゼロスさんみたいな生活も悪くないと思えるが、現実はそううまくいかないだろ」

「それなら保証金と報酬とか、イサラス王国に寄付しなけりゃよかったのに。貸し借り無しにしたい気持ちは分かるけど、相手は国家なんだから簡単に縁が切れるとは思わないほうがいい」

「辺境の貧しい暮らしを送っている人達を見てないから、ゼロスさんはそう言えるんだよ。あんな酷《ひど》い暮らしをしていると知ったら、ゼロスさんでも良心が痛むと思うぞ？　いや、マジで……」

「君がそこまで言うほど酷いのか……。そういえば、アド君の家の建築が始まらないねぇ？　隣は既に更地になっているのに……ハンバ土木工業、今忙しいのかな？」

ゼロス邸の土地の隣には、小道を挟んで空き地が出来上がっていた。

しかしいまだに基礎工事が始まる様子がない。

「建築会社の事情なんて知らないが、地震の影響で修繕作業に追われて、新築に手が回らないいんじゃないか？」

「なるほど……。となると次に必要なのはアド君の就職かぁ〜。自営業で店でも始めるかい？」

「それもいいかもしれないな……。ゼロスさんほどじゃないが、俺も鍛冶《かじ》はできるし魔法薬も作れる」

「なんなら、地下の工房を使うかい？」

「……家が建ったら地下で繋《つな》げさせてもらうよ。それよりも今はとにかく金を稼ぐ必要がある。手っ取り早いのは傭兵《ようへい》ギルドの依頼だが、狩りは解体があるからやりたくないんだよなぁ〜」

妻子がいる身だからなのか、やたらにお金に執着を見せるアド。だが、魔物の解体作業が必要となる狩りはやりたくないらしい。

「だったら採掘や採取などで生計を立ててみるとか？　希少な薬草など高く売れると思うけどねぇ」

「マンドラゴラは教会で栽培してるから、それほど売れなさそうだよな」

「それでも需要が高い分、供給が追いついていない。養護院で育てているのも薬草ばかりだし、マンドラゴラのような半分魔物のような植物は（別の意味で）危険視されているからねぇ。栽培に挑戦するかい？」

「鉱石や宝石の類《たぐい》はどうなんだ？（別の意味ってなんだ？）」

「ミスリルなどの希少金属や特殊な宝石は、それなりの値段で買い取ってもらえるけど、加工していない原石だと安く買い叩《たた》かれるねぇ」

「それはやだな」

加工されてない鉱石や宝石の原石は、どうしても買取価格が下がってしまう。

必死に運んできても、加工した時点で鉱物の重さや量、不純物の含有量などによって価格に差が出てしまうので、実はそれほど旨みがなかった。

一攫千金《いっかくせんきん》が狙えるのは、魔力伝導率や保有・浸透率の高さによるところが大きく、そういった希少金属や希少宝石はダンジョンなどの危険地帯でなければ手に入らない。

その希少性と危険に見合った手間代から高値が付けられるのも当然といえよう。

「ブロスのところに行っても、金が入るわけじゃなかったしなぁ……。旧時代のガラクタなんて貰《もら》っても、俺にはなんの旨みもない」

「タダ働きだね。まぁ、パワードスーツを貰えたのは嬉《うれ》しいが、同じものが作れるわけじゃないしねぇ……」

「得したのはゼロスさんだけじゃん。結局アレ、どういった代物なんだ？」

「二次装甲以外、繊維金属によって織り上げられた服といった印象かな。魔力を流すと繊維が膨張して筋肉のようになるパワーアシスト機能により、身体能力を引き上げる仕様だった」

「それ……アーマードマッスル――」

「そこから先を言っちゃ～いけないなぁ～。それに形状記憶合金のような針金フレームも入れられていたから、見た目の形状が崩れない。頭部のヘルメットが弱点かな？　体はともかく頭に砲弾を食らったら簡単に首が吹っ飛ぶ。まさに太古の危険な遺物を守る妖精さんが使いそうなスーツだったよ」

ゼロスが調べたところ、一番重要だと思えたのは形状記憶合金の針金フレームだ。

このフレームは魔力による繊維膨張が起きたとき、パワードスーツを支える骨の役割をするだけでなく、増幅されたパワーによる人体関節の負荷を最小限に抑えるとともに、関節が曲がらない方向に力が加わらないよう機械的に制御する仕様だった。

そのため肘や膝などの各関節部には超小型のセンサーが内蔵されていた。

「例の工作機械を使えば量産は可能だよ。けど、ハンドメイドで製作するのは難しい。シリコンセンサーなんて特殊部品、再現不可能だ」

「やっぱ、希少金属が使われているのか？」

「まぁね……。金属繊維は鉄が40パーセントくらいで、他は正体不明の繊維とミスリルとオリハルコン、その他もろもろの多重複合金属だし、この繊維がどうやって作られているのかが分からん」

「ポリエステルとかカーボンファイバーみたいなやつじゃないのか？」

「他の物質と融着……いや、この場合は融合が正しいかな？　それなのに金属繊維としての機能を維持している触媒だぞ。金属の性質も根幹から変質させてるようだし、マジでどうなってんだろ……」

「魔導錬成で再現できないか？」

「無理……あんな繊維触媒の製造なんて、素材の配合からしてかなりデータ収集するような研究を続けていないとねぇ。お手上げだよ」

魔導文明期の製品は同じ時代の機械でないと再現は不可能。

生産職としてのスキル能力が完全敗北していた。

「トレジャーハンターとして生計を立てるのも難しそうだな。うまく旧時代の遺物を発見できたとしても、技術的に再現できないんじゃ意味がない。安く買い叩かれそうな気がする」

「君だって鍛冶や錬金術ができるんだから、普通に武具や魔法薬とか売ったらそれなりに儲《もう》かるんじゃないかい？」

「となると、やっぱり店やるのがいいか……」

「まぁ、アド君の技術はこの世界の水準を遥《はる》かに超えてるから、よいものを作るとなると素材自体も自分で調達してこないと駄目だろうねぇ。希少な薬草ほど危険地帯に生えているんだしさ」

「ヤバいところに踏み込むことは決定しとるのね。鉱石が採掘できるのだって魔物が生息している場所が多いんだろ？　イサラス王国で買うにしても運送料が高くつきそうだし、鍛冶師と錬金術師の二足わらじは難しそうだな……」

「あとはダンジョンで集めるとかかな。問屋で購入するのとどっちが高くつくかねぇ～」

「ダンジョンかぁ～………」

武具や魔法薬を作るには素材が必要で、それらは専門の問屋が卸している。

街中にある素材販売店もこうした問屋から仕入れているのだが、アドが個人で店を開くとなると素材の仕入れは問屋か素材販売店を利用することになり、材料購入費だけで懐事情が圧迫されかねない。

比較的に入手しやすい薬草などはゼロスのように栽培すればいいだろうが、鍛冶で使う鉱物は自分で集めたほうがコスト的に安上がりだ。

客がついていない段階で素材問屋などを利用するのは、資金のないアドにとって悪手と言えるだろう。

「借金して材料を仕入れる気かい？　鑑定スキルもあるんだし、自分で集めたほうが早いでしょ」

「さすがに借金を抱えたくはないな。利息分すら支払える自信はないし、そうなると今のうちに軍資金を稼いでおく必要があるか……」

「手の空いているうちに素材の在庫を増やしておいたほうがいいんじゃないかい？　この際、多少の危険は覚悟したほうがいいと思うねぇ」

「そうだな……準備くらいはしておくか。ときに、近場にダンジョンはあるのか？」

「あるよ。一度目は最下層まで行ったけど、あとは素材収集で何回か往復したねぇ。最後に潜ったときは構造変化の真っ最中だった」

「行って大丈夫なのか？　どう考えてもヤバい状況になってる気がするんだが……」

「心配性だねぇ、君のレベルなら余裕っしょ。大量の兵器に群がられるかもしれないけど……」

「マジで大丈夫なんだよなぁ!?　迷いそうな気もするし、怖いから案内くらいしてくれよぉ!!」

そういえば、おっさんはアドが方向音痴であることを忘れていた。

よくよく考えてみると、彼は【ソード・アンド・ソーサリス】でも仲間と行動していることが多く、単独で依頼を受けたという話は聞いたことがない。

レベル上げなどもゼロスの素材採取に付き合うことで、短期間で一気に上位レベルに上がったような記憶もあり、ゲームプレイ時のアドの普段の行動は謎に満ちていた。

「アド君……君さぁ、方向音痴だったよね？【ソード・アンド・ソーサリス】で単独依頼を受けたことはあるのかい？ ソロ活動とか……」

「あるよ………序盤だけ」

「序盤？」

【ソード・アンド・ソーサリス】ではゲーム開始時、誰もが三ヶ所ある街のどれかからスタートすることになる。

基本的にスタート地点はランダムで決められるので、リアルの友人達と同じ場所からプレイを開始できるわけではなく、もしものためにあらかじめ攻略サイトなどで調べて合流地点を決めている者がほとんどだ。

「まさかとは思うけど、君ってスタート地点でしかソロ活動をしたことがないのかい？」

「あぁ……その後は高校の同級生と一緒に行動していたし、【豚骨チャーシュー大盛り】のメンバーと知り合ったのも、仲間が生産職に転向してからだったな……懐かしい」

「フィールドマップを手に入れるまで、誰かしらそばにいたのか……」

プレイスタイルは人それぞれだが、アドの場合は同級生の友人達が生産職に転向し、その後しばらくの間は素材集めのために一緒に行動していた。

だが、アドは攻略組になりたかったようで、たまたまポーション購入で友人の元を訪れていた【豚骨チャーシュー大盛り】のパーティーリーダー【メンマ・マシマシ】（男）と出会い、以降は彼らと共に冒険をするようになった。

「要するに、ナビ役がいないと迷うのか……。それってさすがに酷くないかい？」

「舐《な》めてもらっちゃ困るぜ、ゼロスさん。俺はなぁ、フィールドマップがあっても迷うほどの男だぜ？　よく【カイト】さんや【モヤシ】が探しに来てくれていたほどの逸材だぞ」

「誇らしげに言うことじゃないだろ。それと、モヤシさんが迎えに来ていたことはユイさんに知られないようにしておこう。きっと刺されるから」

双剣の切り込み隊長である【カイト・ゲイラー】（男）はともかく、斥候職の【モヤシ】（女）が迎えに来ていたとユイに知られれば、それはそれは凄惨《せいさん》な現場を目撃することになるのは疑いようがない。アド自身の命に関わる問題だ。

円満な家庭のためにも、男二人は黙して語らずを心に誓い合う。

「話は戻るが……序盤でマップすらない状況の中、よく友人達と合流できたもんだねぇ」

「それなんだが、あいつらは俺が方向音痴なことを予測していたのか、あらかじめフィールドボスが出現しやすい場所で待っていたんだよ」

「アド君が迷うことを想定していたのか。なかなかに理解ある友人のようで……」

「まぁ、その後はお約束通り、フィールドボスの【サーベルウルフ】に追いかけられたんだよなぁ～。今思うとよく逃げきれたもんだよ」

「初見殺しから逃げきったのか……。なんとまぁ、運のいい……」

アドの方向音痴は筋金入りのようだ。

こうなると、いざ生産職として活動するにも素材集めで苦労しそうなことは目に見えており、金属などの採掘は別として薬草の類は栽培したほうがいいだろうとゼロスは結論づけた。

「鉱石の採掘は傭兵ギルドに依頼したほうがいいかもしれないねぇ。ギルドの支部の場所は分かっているんだろ？」

「さすがに俺でもサントールの街の地理はだいたい把握できたさ。まだ少し道に迷うが、ちゃんと公爵家の別邸に帰れるようになったぞ」

「不安しか残らないんだが……。そうなると、君に必要なのは魔法薬の素材を揃《そろ》えられる環境を作ることだと思う。今のうちに必要な薬草などの種を採取しておいたほうがいいかもしれない」

「なるほど、ゼロスさんのように庭で栽培するのか。けど、どこで採取してくるんだ？　ファーフラン大深緑地帯じゃ無理だろ」

「アーハンの廃坑ダンジョンはほぼ道なりに真っすぐだし、君でもすぐに覚えられるだろう。そこで採取してくればいいさ」

アドはゼロスに次ぐ高レベル保持者だ。

一般人では苦戦しそうな難易度のダンジョンでも、彼の実力なら鼻歌交じりで踏破可能であり、あとは道順さえ覚えられれば一人で行動しても問題はないように思える。

「……行ってみるかい？」

「今から？」

「どうせ暇なんだろ？　なら気晴らしに出かけるのも悪くないさ」

「まだ午前中だし……そうだな。かのんの世話も『俊君《とし》は不器用だから何もしないほうがいいよね』なんて言われたくらいだし、金稼ぎに精を出したほうがいいだろうな。父親なんて影の薄い存在なのだと理解したよ」

「紙おむつを渡していたのに、何をどうしたらミイラのようになるのやら。不思議だねぇ？」

「ユイもそうだが、おむつ交換はリサやシャクティの方が上手《うま》くやれるんだよ……本当にさぁ～、俺、父親としてのメンツ丸つぶれだよ……。フッ……不器用な男ですから」

「自嘲気味に言われてもねぇ……」

ゼロスは出産祝いにアドに紙おむつを贈っている。

紙おむつの交換は簡単なはずなのに、なぜミイラのようになるのか理解できなかった。

家庭内にいると全く役に立たない、不器用とかそういうレベルを超えた駄目な父親像を垣間見てしまった気がする。そして現在は無職と、いいとこなしときた。

「ゼロスさん……男は…男はさぁ、子育てに介入するもんじゃないんだよ。せいぜい奥さんが忙しいときに、代わりに手伝う程度でいいんだ。親父《おやじ》なんてぇのはいるだけ邪魔なんだよ……ハハハ」

「その乾いた笑いに哀愁を感じるねぇ……」

どうも役立たずだと自覚して落ち込んでいたようである。

こうなると『気晴らしでもさせないと本気でマズいかもしれない』と判断したおっさんは、多少強引にでも連れ出し、気分転換をさせようと決めた。

「俺に父親として残された道は、生活苦にならない程度の稼ぎを出すことだけなんだ。けど、何の準備もないまま商売なんてできるわけがない。それならカノンさんやガンテツのような生産職を目指そうかなぁ～」

「いや、そこはやめておこうよ。あの二人を参考にしたら、絶対に碌《ろく》なことにならないでしょ」

「ということで、さっそくゼロスさんお勧めのダンジョンに案内してくれないか？　自営業の準備は今のうちにできるだけ進めておきたいんだ」

「お、おう………」

精神がマイナス方面に落ち込んでいるアドを、このままアーハンの村にある廃坑ダンジョンに連れていっていいものか、ここにきておっさんは躊躇《ためら》う。

しかし、気落ちしていようとも最後の砦《とりで》とも言うべき安定した稼ぎを目指し、意欲に燃える彼の心意気を無駄にするわけにもいかず、ここは気持ちを汲《く》んで大人しく案内することにする。

二人が教会の横を通り過ぎようとしたとき、ちょうど裏口からルーセリスが姿を現した。

「おはようございます、ゼロスさん。お出かけですか？」

「おはようございます。えぇ、アド君と一稼ぎしてこようかとね」

「………まさか、危険な場所に行こうなどとしていませんか？」

「いやいや、僕達にとって危険な場所なんてそうそうありませんって。心配せずとも大丈夫ですぜ」

「心配しますよ。ゼロスさんって、なんとなくで危険な場所に踏み込んでいきそうな気がしますから」

「ハッハッハ、そんなことあるわけないじゃないですか。嫌だなぁ～、おじさんは痛いのは嫌なんですよ。好きこのんで危険地帯に飛び込むほどドMじゃありませんよ」

ヘラヘラと語るおっさんに、アドは『嘘《うそ》だ』と心の中で呟《つぶや》く。

【ソード・アンド・ソーサリス】の時からゼロスは好奇心のままに行動し、ゲーム世界を気ままに冒険していた。それも面倒な魔物が出現する危険地帯ばかりだ。

このおっさんは、一見常識的なことを言いながらもやっていることは非常識であり、ゲーム時代と何一つ変わらない。

「ところで、改良した神官服の方はどうです。付与した効果に問題はありませんでしたか？」

「【光魔法効果増幅（中）】の効果ですが、まだ試していないんですよ。これから往診に向かうときに確かめてみますね。とはいえ、仕事に役立つ補助効果をありがとうございます」

「本当にたいしたことはしてませんよ。おっと、例の症状が出ないうちに行きますか。人前で暴走したら洒落になりませんからねぇ」

「そ、そうですね」

ゼロスとの結婚に対して乗り気なルーセリスでも、さすがに【恋愛症候群《ラブ・シンドローム》】による精神暴走は恐れていた。

こうして話しているだけでも心拍数が上がるのだから、このまま一緒にいたら自分がどんな行動に出るか分からず、人前で晒す醜態の恐怖を想像するあまり焦りだす。

ジャーネとおっさんを含めた三人きりであれば、なぜかエッチな行為はＯＫらしい。

「それじゃぁ、行ってきますねぇ」

「気をつけて行ってください」

アドと連れ立ってアーハンの村を目指すゼロス。

サントールの街の復興作業はクレイジーワーカーであるドワーフ達の力で急速に進んでいるようで、喧騒《けんそう》と怒号と打撃音が街のいたるところから聞こえてきた。

それとは別に、【恋愛症候群】を発症した恋人未満の男女がいたるところで恥ずかしい醜態を晒していたが、ゼロスとアドは見て見ぬふりを決め込む。

「……ゼロスさんも、あんな風になるのか？」

「やめてくれよ。僕はまだ、社会的に死にたくないんだ……」

自分も暴走する可能性があるだけに、見ていて気分のいいものではない。

最悪なのは、【世界樹《ユグドラシル》】の復活により自然界の魔力濃度が高くなったことで、例年よりも恋愛症候群発症者が増えているかもしれないということだ。

このままでは、自分が毎日のように醜態を晒し続ける日々が来るかもしれない。

おっさんは顔を蒼褪《あおざ》めさせ、アドもこれ以上は踏み込んではならない話題だと思ったのか、咄嗟に話題を変えてきた。

「復興……いやに早く進んでいるよな」

「ドワーフ達が張り切っているからねぇ……。彼らにとって仕事は快楽だから」

「見た限りだと、普通に作業をしているようにしか思えないんだけどな……」

「あそこを見るがいい。足場の上でダンシングしながら働くドワーフ達、輝いているだろ？　彼らは全員休日返上して働いている。いや、そもそも彼らの文化に休息という文字はない。飯を食う時間が彼らの休暇なのさ……」

「よく高所から落下せずに、足場の上でダンシングしながら作業を続けられるな……。けど、一応職人達は水分補給をしているようだ。案外あそこの現場の連中はまともなのか？」

「そう思えるでしょ？　けどねぇ、水筒に入っているのはアルコール度数80パーセントの酒なんだよ。それでも酔わずに激しい作業を続けられるんだから、彼らの体の構造はおかしいとしか言いようがない。肝臓が強いとか、酒に強い種族とか、そういったレベルを超えているよ」

「……さっさと街を出ようぜ。なんか、連中を知るほどに頭が痛くなってくる」

「そうだねぇ。もし連中を眺めているところを発見されでもしたら、『兄ちゃん、俺達の仕事に興味あんのかい？　なんなら現場を体験させてやってもいいぜ』って言われながら連行され、気付いたら仕事のことしか考えられない体にされるよ」

「知ってるよ。だからすぐにでも離れるんじゃねぇか。俺は……二度とドワーフ《連中》とは関わり合いになりたくない」

「……初めは誰もがそう思うんだよ。そう……誰もが、ね」

そう呟いたおっさんの声には哀愁が込められていた。

これ以上は危険だと直感したアドは、急いでサントールの街を出立するのであった。

第四話　おっさん、不法侵入をする

サントールの街の大通りに面した一等地にあるソリステア商会。

この日、店内にある物が展示され大勢の客達の注目を浴びていた。

「さぁさぁ、皆さまご注目。本日の先行試作品である世紀の大発明、その名も【魔導式モートルキャリッジ】です！　この洗練されたフォルム！　ゴージャスに設《しつら》えられた気品溢《あふ》れる内装！　魔石を動力源とした新技術による【魔導式モーター】と緻密な設計により、馬車のモノとは比べられぬ快適さを実現！　この発明が今後の時代が明るいものであると皆さまに確信させることでしょう」

三台ほど並べられた魔導式自動車。小型車、中型車、大型車が展示されており、裕福層の客達の興味を引いていた。

「部品は鉱物資源が豊富なイサラス王国で製造され、内装に使われている素材や動力源である魔石はアルトム皇国で集められ、このソリステア魔法王国で組み立てられています。魔導具の技術は我が国が最も進んでいますから当然ですね。しかし、この三国の協力により作られているということは、同時に同盟関係が友好的なものであることを示しており――――」

魔導式モートルキャリッジが急に発表されたのには理由がある。

先の地震によって一時的に経済が麻痺《まひ》していたこともあるが、民衆の暗く沈んだ気持ちを明るい方向に向けさせたかったのだ。

もちろん、この程度のことで事態が好転することはなく、本当の目的は別にあった。

「さて、お集まりの皆さまは疑問に思うことでしょう。『なぜ、今なのか?』とか、『そんな無駄なものよりも街の復興を優先しろ』とか……。ですが、甘い。甘々のゲロ甘です!!　あなた方はこの世紀の発明品をなにも理解していない！　それを今、教えて差し上げましょう。Ｈｅｙ、カモ～～ン!!」

ノリノリで拡声器を使い煽《あお》るように話す司会者。

彼が指をパチンと鳴らすと、示し合わせたかのようにどこからかクラクションが鳴り響き、その音は遠くから徐々に近づいてくる。

そして大勢の客達は店内からガラス越しに外を見て――、

「な、なんだ……アレは………」

「荷台に荷物と騎士達が乗っているぞ!?」

「まさか、輸送用の魔導具!?　あんな大きなものがかっ!?」

――次々に驚きの声を上げた。

それもそのはず。店内に展示されている魔導式モートルキャリッジとは比較にならないほどの大型車両が十台ほど列をなし大通りを進んできたのだ。

緑色に塗装された各車両の荷台にはたくさんの荷物が積まれ、しかも騎士達を乗せても余裕があった。

「この大型魔導式モートルキャリッジ――正式名称【モトラック】は、ご覧の通り多くの荷物を運べるのですがそれだけでなく、なんとあの大きさで馬車よりも速いのです！　今回のような地震でも大勢の職人や物資を迅速に被災地へと移送することが可能となり、復興作業や救援活動に大きく貢献することでしょう」

「「「おぉ!!」」」

「それだけではありません。これまで輸送の際は盗賊の襲撃という危険がありましたが、馬車よりも速く移動できるので、より安全な輸送が可能になります。更に騎士団にも配備されることが決定しており、有事の際には部隊を短時間で前線へと送ることができる、まさに世界の常識が変わるほどの商品なのです!!」

馬車よりも優れた移動手段の出現に、その場にいた者達は感嘆の溜息《ためいき》を漏らす。

新たに公表された発明は、まさに垂涎《すいぜん》の代物だった。

「本日お披露目させていただいた魔導式モートルキャリッジですが、今後は【魔導自動車】と呼びたいと思います。普及型であり一般向け魔導自動車であるこの【キャディーラ】も、今はまだ先行試作品ですが職人達が生産を続けているので、いずれ国中に普及することになるでしょう。そう、今日この日……あなた方は歴史が変わる瞬間を目撃したのです!!」

店内に並べられた三台のキャディーラに再び視線を向けた司会者は、ここぞとばかりに煽《あお》り立て、興奮した客達からは惜しみない拍手が注がれる。

この盛大なセレモニーはソリステア商会の店内だけでなく、サントールの街の一部地区を巻き込んだ騒ぎとなった。

そして、この光景を遠くから見ていた者達がいた。

デルサシス公爵とクレストン元公爵だ。

「――先に軍用車両を準備しておいて正解でしたな。いい宣伝効果になりましたよ」

「いつまでたっても売りに出さぬと思っておったが、まさか騎士団に配備しておったとは……。一般車両の方は組み立てすら停滞したままじゃというのにのぅ」

「近隣の動きが不穏でしたからな、軍備に重点を置くのは当然のことでは？」

「儂《わし》に報告してくれてもよくね？　なんで勝手に動いておるのじゃ……」

デルサシスが独断専行するのはいつものことだが、それをいきなり前触れもなく伝えられてもク

レストンの心労は溜まるばかりで、正直身体に悪い。

内心では『もっと年寄りを労《いたわ》らぬか！』と言いたいが、そんなことを言ったところで無意味だということも分かっているので、ただただ溜息しか出てこなかった。

「じゃが、これで終わりではないぞ？　むしろ始まりに過ぎぬ……。アレは言ってしまえば風車と同じ絡繰《からく》りよ。誰かが整備せねば壊れていくだけじゃ」

「そのあたりも抜かりはありませんよ。メーカー修理や点検サービスは常識ですからな。あとは各地の大きな街に直営の整備工場でも置けばいい」

「人手が足りぬじゃろ」

「そこも抜かりはありません。既に手配は済んでいます。なにしろ無職者など探せばどこにでも居《お》りますので、前科者もドワーフ達へ預ければ強制的に真人間へと調教してくれる。要は使いようですよ」

「それ……本当に大丈夫なのかのぅ？　仕事のことしか考えられぬように洗脳されるのでは……」

「毒にも薬にもならぬ連中が社会貢献できるようになるのですから、そこは喜ぶべきでは？」

しばらくソリステア派の工房に行かなかったクレストンは、知らない間にとんでもないことになっていた事実を知り蒼褪《あおざ》める。

確かに住所不定無職者は増えすぎても社会に問題しかもたらさないため、真っ当に働けるようになるのはいいことに思えるが、教育するのが人格に問題を与えそうなドワーフなのだ。

「我々には時間が足りません。短縮できるのであれば、多少の問題は目を瞑《つぶ》るべきでしょう。ここは強引にでも時代を進ませるべきと判断しましたのでね」

「お主、まさかとは思うが……聖法神国からの移民者にも目をつけておるのか？　職を求める者達を連中に……」

「さて、今はまだそんな事態は起きておりませんので、私からはなんとも言えませんよ」

元メーティス聖法神国の内乱により、移民希望者がソリステア魔法王国に来ることは想像に難くない。そういう背景がある以上、限られた手段で準備を整えておく必要があるわけだが、その手段が悪辣《あくらつ》すぎた。

ドワーフの監督による移民強制職人化計画とでも呼ぶべきか。

成功する可能性は高いが、人格や人間性に問題が出るという危険性もあり、手放しに喜べるようなものではない。

労働基準法が存在しないからこそできる荒業であった。

「………ほどほどにのぅ」

「それはドワーフ達に言ってやってください」

「儂に死ねと!?」

国内と国外で起こる様々な問題。

その全ての変化に対応できるよう動いてはいたが、結局のところ強引な力押しで乗り越えることになると理解し、クレストンは罪悪感で頭を抱えるのであった。

◇　◇　◇　◇　◇　◇　◇

久しぶりに訪れたアーハンの村。

しかし、そこは以前のように傭兵達《ようへいたち》で賑《にぎ》わってはおらず、実に閑散とした様子であった。

「なぁ、ゼロスさん」

「何かね、アド君」

「随分と寂れた村だな」

「う～ん、もしかして、ダンジョンが閉鎖されているのかな？」

「はぁあっ!?」

以前にゼロスがアーハンの村に来たとき、廃坑ダンジョン内は構造変化の真っ最中であった。

死者もそれなりの数を出しており、一時的に封鎖されている可能性が高い。

「いやいや、それだと俺が困るんだけどぉ!?」

「傭兵ギルドで話を聞いてみようか。まぁ、場合によっては何の収穫もなく帰ることになるかもしれないけど、そんときは諦めてくれ」

「それは本気で困る……。俺のインベントリー内に調合に使える薬草や鉱石のストックはないんだぞ。ダンジョンが使えないとなると、それこそ大深緑地帯に行かなきゃならねぇ……」

「いや、そこまでするほどのもんでもないでしょ」

アドは危険地帯に踏み込まねばと思うほどに悲壮な覚悟を持っていたようだ。

よほど自分が無職の役立たず扱いされるのが嫌なのだろう。

試しに傭兵ギルドまで行ってみたものの、受付にすら誰もいないようで、数名の職員だけが残り事務仕事を行っているようであった。

状況が分からず仕方なしに職員から事情を聞くことにした。

「すみません、ちょいといいですか？」

「はい、なんでしょうか」

「ギルド内に傭兵の姿が見当たらないようですけど、もしかして封鎖されているんでしょうかねぇ。ダンジョン内で何か起きましたか？」

「えぇ……実は本格的にダンジョンの構造変化が起きまして、その後に何度か傭兵達を調査に向かわせたのですが、いまだに戻ってこないんですよ。おそらく何らかのアクシデントに遭遇して……」

「全滅……ですか？」

「おそらくは………」

以前ゼロス達がこのダンジョンを訪れたときより、ダンジョンコアが活性化しているのだろう。ゼロスが報告書を提出して以降、調査のために傭兵達を送り込むも、その後の消息が依然として掴《つか》めずにやむなく封鎖に踏み切ったのだと思える。

『ダンジョンコアの活性化は、僕が思っていた以上に大ごとになっている気がするなぁ～。いったいどんな状況になっているのやら……。下手すりゃ魔物が放出されるかもしれないし、今のうちに間引きをしていたほうがいいんじゃね？　魔物の暴走《スタンピード》にでもなったら洒落《しゃれ》にならんからなぁ～』

『えっ、やっぱダンジョンに入れないの？　なら俺はどうやって素材を集めればいいんだ？　いや、いざとなったら無断で侵入する覚悟をしておくべきか……。バレたら捕まったりしないだろうな？　妻子を残して牢屋《ろうや》に送られる事態は避けたいんだが……』

ダンジョン内の異変を危険視し、多少のリスクを負ってでも魔物の間引きを考えるおっさんと、あくまでも自分のことしか考えないアド。

心に余裕があるかないか、精神状態の差異は外見からは分からないが、二人が深刻な表情を浮かべていたことから、傭兵ギルドの職員に『この二人……もしかして、かなりの手練《てだ》れなのでは？』という印象を与えていた。

「そんなわけでして、迷宮目的でこの村に来たのであれば、申し訳ありませんが諦めていただくしかありません。くれぐれも無断で侵入しようとはしないでくださいよ？　見つかった時点で罪に問われますから」

「いや～、こればかりは仕方がありませんよ。自然現象ですしねぇ。ハァ～………ここまで来たのに無駄足かぁ～。帰るか」

「迷宮が安定したら、またお越しください」

職員との話を終え傭兵ギルドの建物から出た二人。

建物から出たゼロスは、アドに小声で話を繰り出す。

「思ったより（ダンジョン内が）深刻な事態になっているようだねぇ」

「あぁ……。これは（俺の生活が）まずい気がするぞ……」

「最悪な事態（魔物の放出）を想定して動かなければならなそうだ」

「そうだな……。このまま（何の収穫もなしに）帰ることはできないぞ」

一見会話が噛《か》み合っているようで、二人の考えていることは全く違った。

それなのに真剣な表情で語り合う二人の会話は奇妙な符合を見せており、唯一ダンジョン内に潜るつもりであることだけは一致していた。

「けどよ、今は閉鎖されているんだろ？　どうやってダンジョン内に潜り込むんだよ」

「ある神様曰《いわ》く、『バレなきゃ犯罪じゃないんですよ』と……」

「それ、邪神では？　いや、厳密には神様じゃなくて宇宙人……って、まさか!?　まさか……俺に宇宙テレビ局のＢＬドラマに出演希望者として身売りしろと!?」

「イグザクトリーとでも言えばいいのかい？　君、宇宙のテレビ局にツテがあんの？　分かりにくいボケかますのはいいから頭を切り替えなさいよ」

「ちょっとした冗談だ。しかし、傭兵ギルドでも警備はしているんだろ？　見つかったら騒ぎになるんじゃないか？」

「幸いにも村を守る傭兵達の数は少ないし、中古の【透明化マント《スティール》】を使えば余裕で侵入できるさ。おそらく他の傭兵達も探索に行っていないだろうから、ついでにアド君の用事も済ませてしまおう」

「懐かしいな。ゲーム序盤ではお世話になったやつだ……ん？　ついで？」

ゼロスは現在起きている廃坑ダンジョンの構造変化に興味があった。

なにしろ以前は内部構造が作り変えられるとき、必ずと言ってよいほどに地響きと振動が足元から伝わっていたが、今はまるで静寂に包まれており、とても異変が起きているようには感じられない。

しかし、探索に向かった傭兵達が戻ってこないことからも、何らかの異常現象が起きていることだけは確かだ。

状況を確かめなくては対策の打ちようもない。

「それじゃ、見つからないうちに不法侵入するとしますか」

「不謹慎だが、こういうのってなんか心躍るよな。潜入ミッションみたいでさ」

こうしてチート魔導士二人はそれぞれの思惑を胸に、警備のザルなダンジョンへと足を踏み入れたのであった。

◇　◇　◇　◇　◇　◇

ソリステア派の工房は、現在開発部&製造部ともに修羅場であった。

本来であれば富裕層をターゲットに魔導自動車の販売を行う予定であったが、途中から軍用車両の【モトラック】の開発を優先することとなり、多くの魔導士や錬金術師、そして職人達を地獄へと叩《たた》き込んだ。

その大きな原因が動力部である【魔導式モーター】の改良であった。

モトラックの開発が始まった当初は、【魔導式モートルキャリッジ】の魔導式モーターを複数個使うという力技で出力を上げようと考えていたのだが、これだと設置スペースもさることながら、燃料となる魔力を大量に消費してしまうという問題があった。

魔導式モーターの魔力供給には魔石が使用されているのだが、魔石は扱いやすい反面、個々の保有魔力にバラつきがあるので、稼働時間に差が生じてしまうという懸念点もあった。

一般向け魔導自動車である【キャディーラ】ならそれでも問題はないのだが、モトラックは軍用車両であり、求められる要件のレベルが遥《はる》かに高い。

魔導士達は膨大な時間を研究開発に費やし、悩み、苦しみ、血反吐《ちへど》を吐き、自棄《やけ》を起こし、やが

て――、

『モーターじゃなく魔石の方に手を加えたほうが早くね？　例えば魔石を溶かして濃縮液にするとか？』

『おお、それいいじゃん！』

――という結論に至る。

錬金術で使われている液状媒体の【エーテル溶液】を超濃縮し、金属製の密封容器に詰め込んだだけであったが、この【魔力タンク】には魔石とは比較にならない魔力を蓄えられるため、とりあえずではあるが、複数の魔導式モーターの駆動にも耐えられる魔力の維持が可能となった。

破れかぶれの勢いに任せた偶然の産物ではあったが、魔導士達はこの結果に歓喜し地獄から解放されると涙を流した。

だが、ここまで来るのにも相当な修羅場であったというのに、彼ら魔導士達には更なる地獄が待ち受けていた。

「だからよぉ、車体の重量はフレームの素材を見直すことで軽量化はできる。問題なのは動力なんだよ。おめーらの専門だろ？　なんとかしろ」

「無茶を言うな！　今の魔導式モーターを小型軽量化しろだと!?　そんなのが一朝一夕でできると思ってんのか！　しかもただでさえコストのかかる部品なんだぞ、現段階では不可能だ。新技術をおいそれと改良できるわけねぇだろうが!!」

「そんなに難しいのか？　パパッと作れねぇのかよ、使えねぇな」

「内部の回転軸と連動した術式シリンダーは薄いプレートを筒状に重ね合わせた、言ってしまえば積層魔法陣だ。それぞれ異なる術式を刻み込んで一つに重ねることで一つの魔法が完成する。薄いプレートに術式を刻むのがどれほど大変なのか、君達は理解していないだろ!! アレ自体かなり脆《もろ》いんだぞ」

「単純に小さく作ればいいだけじゃねぇか」

「そんなに簡単にできる代物じゃないと言っているだろ! それに魔力タンクの最適化もまだまだ足りないし、アンタらが改良した軽量フレームだって性能試験する必要がある。やることが山積みなんだよ!!」

ドワーフ達は車体の改良に熱心ではあったが、肝心の心臓部である部品に対してはあまりにも無知だった。そのため、『魔導式モーター、小さくすりゃ軽くなるんじゃねえの?』と安直に考えたが、事はそんな単純な話ではない。

錬金術師達は、現状でも磁力を発生させる術式を刻むのに精密機械のごとき技量を求められており、これ以上小さく術式を刻むことなど不可能である。それにエーテル溶液の高濃縮化も魔導士や錬金術師達の担当であり、調整と研究にはまだまだ時間が必要だった。

「なら、研究でもなんでもとっととやりゃぁいいじゃねぇか」

「だから、その研究を数十年単位でやらなきゃ駄目なんだよぉ! 新技術を簡単に改良できると思うな!!」

製造側と開発側の対立。

作ることに関してプロである職人と、より良い部品を開発したい魔導士との間で、それはもう埋めようのない極端なまでの認識のズレが生じていた。

職人達は、魔導士達が抱える開発の苦労をまるで理解しようとしていない。

しかもガサツで大雑把《おおざっぱ》な者が多く、面倒になると力ずくで事を進めようとしてくる。

「理屈をこねてねぇで、さっさと実験なり試作なり始めりゃいいだろ。仕事にプライドがないんじゃねぇか？」

「プライドで作れるならとっくにやっている！　いいか、車体はともかく動力部や魔力タンクなどは魔導具なんだ。魔法文字の解読法が判明して常識が変わった現在、魔導具一つを作るにしても根幹から見直す必要があるんだ。まして魔導自動車は今までにない全く新しい魔導具だぞ？

さっきも言ったが数十年単位の開発期間が欲しいところだ」

「そんなに時間を掛けてられるか！　まさかてめぇ、さぼりたいから嘘《うそ》ついてんじゃやねぇだろうな？」

「だから、なんで理解しねぇんだよぉ!!　頭に脳みそ入ってんのか!?」

脳筋体育会系の人間に理系の小難しい数式を教えるようなものだ。

何事も体で覚える職人に対し、術式がどんなものかを教えるのは骨の折れる作業だった。

どれだけ丁寧に教えても、職人達は全く取り合わないどころか、全て体力にものをいわせて解決しようとするから話が停滞する。

ドワーフの職人はこうした傾向が特に強かった。

「どうせ術式をバラして中身を書き換えるだけだろ。俺には自分達の不手際の言い訳をしているようにしか聞こえねぇ」

「だ・か・ら！　組み立てしかやってねぇアンタらが、術式のことをなんも理解できてねぇのが問題なんだよ!!　専門分野でもないのにこっちに口出しすんなや！　邪魔なんだよぉ!!」

「あぁ？　俺ら組み立て組を馬鹿にしてんのか？　インテリ気取って舐《な》めてんじゃねぇぞ、コラァ!!」

「お前らの作業と開発の進行度合いを一緒にするなって言ってんだ！　術式を書き換えるのがどれだけ難しいか理解できねぇから、そんな簡単に言えんだ。文句があるなら自分達でやってみろや!!」

「上等だぁ、やってやろうじゃねぇか!!」

売り言葉に買い言葉。

誰もがいつもの日常風景と思い、言い争いに参加しなかった者達は仕事に集中し、自分に飛び火することを恐れてか完全無視を決め込む。

『またなの？　いい加減にしてほしいわ。仕事に専念できないじゃない』

騒ぎの近くで作業をしていたベラドンナは、うんざりした表情で彼らを傍観していた。

彼女の担当は魔導式モーターの積層術式シリンダーと磁力発生術式の術式改良で、数多く存在する術式を一から見直す作業を行っており、集中力が必要とされる。

しかし、こうも騒がれては作業が遅々として進まず、連日のように飽きもせず喧嘩《けんか》を始める彼らが凄《すご》く邪魔だった。

『まぁ、いつもみたいに飽きたら収まるわよね。物が飛んでこないだけ今日はマシだわ』

ベラドンナだけでなく、言い争いに参加しなかった者達の共通の認識だった。

だが、彼女達は気付いていなかった。

職人と魔導士による長い冷戦が始まることを――。

この場にどこぞのおっさんがいれば、『魔導士は言わば電子機器の設計やプログラミング専門職みたいなもんだから、職人さん達とはそもそも分野が異なるんだよねぇ。仕事そのものが違うのだから言い争いになること自体ナンセンスなんだけど……』と呆《あき》れたことだろう。

魔導式モーターの部品製作を担当している職人は一応だが魔導士の言い分を多少なりとも理解してくれたが、純粋にフレームや組み立てを担当していた職人は魔導士達との不仲が更に深まることとなる。

そんな職人達のもとに蒸気機関の設計図がもたらされることで、機械技術の発展に大きな加速がかかることになるのだが、今の彼らはまだその未来を知ることはなかった。

◇　◇　◇　◇　◇　◇

アーハンの廃坑ダンジョンの地下、第二階層。

森のあったエリアは一転して平原に変わり、出現する魔物もゴーレム系統のものになっていた。

生物系の魔物もいるにはいるが、そのどれもがヤドカリのような甲殻類ばかりで、周囲の木々を食い尽くしているような有様だ。

「……これ、アイアンシェルか？」

「ブロンズシェルもいるようだけど？」

「こいつら、殻は硬いくせに食用じゃないからなぁ……。身も鉄臭いから食えたもんじゃない」

「鉄分はふんだんに摂《と》れるんじゃね？」

「殻を溶かしたところでたいした量じゃないし、あんまり旨みがないんだよなぁ～。加工すれば防具にはなるけど、それほど頑丈というわけじゃない」

「よく見ると、僕らが知っている姿と若干生態が異なるようだねぇ」

先に述べた通り、アイアンシェルはヤドカリのような魔物だ。

【ソード・アンド・ソーサリス】では定番の魔物であり、生息場所にもよるが中身のヤドカリは食料としても優秀であったが、目の前にいる魔物は様子が少々異なっていた。

頭部から腹部にかけては確かに甲殻類のそれだが、殻に隠れている尾の部分はまるで貝のように軟体の肉質となっている。

「尾の方は、なんか美味そうな見た目だねぇ……」

「濃緑色の肉なんて美味そうに見えるか？」

「周囲から乳白色の液体を分泌しているようだけど……鉄分が含まれているのか？　たぶん、これで殻を形成するんだと思う」

「触手みたいなのも出ているようなんだけど……。けっこうグロいな」

「きっと、この内側の触手で殻を形成しているんだと思う。これ、ダンジョンが生み出した新種なんじゃないだろうか？」

「ゼロスさんがアルフィアから聞いた話だと、ダンジョンは生物の進化を調べる実験場だったよな？　だとすると、やっぱりこいつらは新たに生み出された進化種ってことなのか……」

ダンジョンは様々な環境を作り上げ、その中で生物の生態系を意図的に操作することで進化の過程を記録する、まさに大規模な実験施設である。

甲殻類であるアイアンシェルがどのような経過を辿《たど》りこのような姿になったのかは不明だが、明らかに新種の生物としか思えない体の構造をしており、生物学者が見たらさぞ狂喜乱舞することだろう。

「これ、回収するのか？」

「いやぁ…………僕達は無断で侵入しているわけだしねぇ。処罰されたくないから放置していくことにするよ。どのみち碌《ろく》な素材にならないし。ところで、アド君は採取終わったかい？」

「それなんだが、ここだと地上で採取するのと変わらない。素材屋で買える種がほとんどだし、採取する必要を感じないな」

「じゃぁ、奥に行くことにしよう」

そう言って二人が歩きだしたとき、草むらから何かが近づいてくる気配を感じた。

警戒して剣の柄《つか》に手を置き、いつでも攻勢に転じられるよう身構えると、五十センチメートルくらいの大きさの巨大な昆虫が出現した。

その昆虫はゼロス達に目もくれず、アイアンシェルの死骸に向かって近づき、死肉を溶かすように捕食し始めた。

「でかっ!?」

「……この蟲《むし》、ハンミョウかな？　いや、形が似ているだけの別の昆虫だと思うけど、どうやら掃除屋のような生態を持っているようだねぇ。腐肉の臭気をいち早く察知したようだ」

「あれ？　なんか……引っかかるものが……」

アドは違和感に気付いたがそれが何なのか分からず、一方のゼロスはすぐに理解した。

本来であればダンジョンに生息する魔物は食事を摂ることはない。

高濃度の魔力によって生かされているので、暴走《スタンピード》で外部に放出されない限り、迷宮内で繁殖した魔物達は飢えて死ぬようなことは一切ないのだ。

それなのにこの昆虫達は死肉に群がり捕食活動を行っている。

「ダンジョン内の魔物が捕食を行っている!?　もしや仕様が変わったのか！」

「あっ……そういえば、迷宮内で魔物は飯を食わなくても生きられるんだったな。だとしたら……」

「外部と同じ弱肉強食の摂理が働いていることになる」

「その摂理、侵入者である俺達にも適用されるよな？」

「今までダンジョン内の魔物が人間を襲っていたのは捕食目的ではなく、狩猟本能からくる遊戯というか、生存競争のシミュレートだったけど、これからは命の維持を目的に襲ってくることになる」

「危険度が増しただけじゃねぇか……」

言い換えるのであれば不自然な状態から、自然としての正常に戻ったことになる。

そうなると野生の生物は手強《てごわ》い。

なにしろ生存本能剥《む》き出しで、侵入者を排除しようとしてくるのだ。

これまでよりも殺意マシマシになることは間違いない。

「ダンジョン内でも熾烈《しれつ》な生存競争が繰り広げられているということか。こりゃぁ、ダンジョン攻略の難易度が上がるぞ。【ソード・アンド・ソーサリス】のように、ダンジョン内に休憩できるような安全地帯があればいいんだけどねぇ」

「現実のダンジョンで、それは期待できないんじゃねぇか？　その手のスポットは探索側が苦労して探し当てるのが自然だろ。そうなると、神経をすり減らすような厳しい戦いになるんだろうな」

「このダンジョンが現段階でどれだけの規模なのかが分からないから、精神への負担は予想以上にかかると思うよ。死亡率が上がるから油断はできず、慎重に少しずつ調査しなくちゃならない。完全攻略に何年かかることやら」

「放置しておくと魔物が放出されるから、何もしないという選択も取れないしな……」

「ところで、めぼしい薬草は見つかったかい？」

「普通に種で売られているものがいくつか……。これならゼロスさんから分けてもらえばいいし、あえてここで採取する必要性を感じないな」

「じゃぁ、先に進もうか」

アドは一攫千金《いっかくせんきん》が狙える希少鉱物や希少薬草が欲しかった。

なので先を急ぐことを選択する。

二人が周囲を見渡しながら移動していると、明らかに人工物だと分かる石柱の存在を確認した。

「なんだ、これ……石碑？」

「随分と風化している石碑だねぇ。何か文字が彫られているようだけど、かすれて読むのが難しいわ。なんだろうねぇ」

蔦《つた》に覆われた高さ五メートルほどの石柱。

風化が激しくて何が彫られているのか分からず、かろうじて文字らしきものが見て取れる程度のものだ。

だが、ダンジョンには時折こうした謎解き要素が含まれている場合があり、二人は無視することもできず石柱の周りを念入りに調べてみた。

「記念碑っぽいな。鑑定でもしてみたらどうだ？」

「やっているけど【謎の石碑】としか出てこないねぇ。あっ、翻訳スキルも発動した。えっと……

『惚《ほ》れて惚れて、泣いて泣いて泣いて』？」

「演歌かよ！」

「いや、翻訳できたのはかろうじて文字だと分かる部分だ。他にも『待ち続けた私、貴方《あなた》は来ない』、『一人飲む悲恋酒』、『孤独な部屋で待つ私、わびしい』？『粉雪パウダー、キュンキュンHeart。あなたの心に突撃LoveAttack』……」

「どう考えても演歌の歌詞…………じゃねぇ!? 最後のはなんだ!?」

特に意味のない内容だったようだ。

時間を潰《つぶ》させるためだけに設置された可能性がある。

「ここで時間をロスさせるためのトラップなのかねぇ？」

「だとしても、何のためにここで足止めしようとしているのかが分からん。まだ第二階層だぞ？嫌がらせする意味がないだろ」

「まぁ、ダンジョンの管理も邪神ちゃんだしぃ～、変な仕掛けを用意していたとしてもおかしくはないかなぁ～」

『我は何もしておらぬぞ。【ダンジョンコア】が勝手にやっていることじゃ！』

「『んんっ？』」

アルフィアの声が聞こえた気がした。

「何もないなら先を急ごうぜ」

「そだね。以前と内部構造が変わっているから、下層に行くためのルートを調べないとなぁ〜」

「ダンジョンって……めんどくさいな……」

「現実のダンジョンなんてこんなもんだよ。命の保証がない危険地帯なんだからさぁ〜」

「テーマパークってわけじゃないもんな」

グダグダ言いながらも周辺を警戒しつつ進む二人。

その後、地道に探索を続け――岩場の小さな洞窟内で下層へと続くルートを発見するのだが、そこまでに半日もの時間を費やすこととなったのであった。

第五話　おっさん、ダークファンタジーな世界に迷い込む

おっさんがアドを連れアーハンの廃坑ダンジョンへと足を踏み入れている頃。

ルーセリス、ジャーネ、イリス、レナは空いた時間でお茶をしていた。

教会の子供達はそれぞれ荷物をまとめ始めており、自立する準備の真っ最中。そんな彼らの様子を懐かしく思いながら見ていた。

「……独り立ちか。もうそんな時期になるんだな」

「私の場合は自立する前にメーティス聖法神国に向かいましたから、ジャーネのように感慨深い思い出はありませんね。戻ってきた頃はみんな自立していましたし」

「まぁ、お前の場合はな……。あの頃、みんなルーがいなくなったことに残念がっていたぞ？」

「戻ってきたら全員に囲まれましたけどね」

昔を懐かしむには若すぎるルーセリスとジャーネだが、こうして孤児である後輩達が巣立っていく姿を見ると、時の流れとは早いものだとしみじみ思ってしまう。

ちなみに、ルーセリスがメーティス聖法神国へ修行に行ったのは十三歳の時のことだが、当時は女性の成人が十三歳だったからだ。

現在は男女ともに十四歳で成人年齢が統一されているが、なぜか結婚は男が十四歳、女は十三歳からのままであり、微妙に昔の制度の名残があるのが、なんとも言えないところである。

「これから、あの子達は私達の後輩になるのよね？　一人前になるまでしっかり指導してあげないといけないわ」

「いや、アイツらに傭兵《ようへい》としての心構えなんて必要か？　知識も実力もアタシが独り立ちした頃よりあるぞ。正直羨《うらや》ましい」

「レナさんの場合、何か別の目的があるように思えるんだけど……。前にジョニー君達を狙おうとしてたし……」

「レ、レナ……？　まさか、お前………」

「失礼ね。いくら私でも、本気で知り合いの子に手を出すほど見境がないわけないじゃない。あくまでも先輩として心配しているだけよ」

しれっと否定するレナだが、彼女には余罪が多すぎて信じられる要素がどこにもない。

なにしろ少年と聞いただけでハンターと化す恥《ち》の探究者なのだから。

「……でも、自分の意思で私を求めてきたら仕方がないわよね？」

「「レナ（（さん））!?」」

言ってるそばからやはり信用できなかった。

イリス達にはレナが平穏な家庭を築いている姿が想像できない。

むしろ生涯現役で変質者を貫き通す姿しか思い浮かばないのだ。

「「うわぉう!?」」

「どうしたの？　ジョニー、ラディ？」

「いや…………なんか、途轍《とてつ》もない怖気《おぞけ》が…………」

「狙われているような、それ以上におぞましい寒気を感じたんだが……」

「干し肉、ジャーキー……ソーセージにハムと、おいらの準備は万端さ」

「いや、カイよ……。それは全て肉ばかりだぞ？」

独り立ちするといっても、なにもいきなり教会から出されるわけではない。

生活が落ち着くまで養護院や教会で支援をしてもらえる。

短期的だがこれまでのように宿代わりとして住まわせてもらえるが、いずれは拠点となる宿や家屋へ移ることとなるので、状況に甘んじているわけにもいかない。

「まず俺達がやることは、拠点の確保だな」

「不動産屋で手頃な物件を見せてもらったが、俺達が借りられるのは農家の使われていない小屋ぐらいのものだぞ？　それでも懐事情的には痛いんだが……」

「ラディ、いつの間に調べたの？　まぁ、ないよりはマシだけど……冬は寒そうだよね」

「隙間《すきま》風は辛《つら》いな。だが、それがし達全員で住むには問題ないか？」

「肉が長期保存できる物件はないの？」

孤児の大半が過保護に支援される中で、ジョニー、ラディ、アンジェ、カエデ、カイの五名は率先して自立することを模索し実行に移している。

しかし、生きるためには先立つものが必要だ。

そう、具体的に言ってしまえばお金である。

「農家の草刈りじゃ食費にしかならないしなぁ～」

「多少の足しにはなるが、家を買えるほどでもない。俺達が全員で稼いでも全く足りていないのが現状だ。ウサギ狩りで稼いでもいるが、それとて微々たるもんだ」

「世の中お金……世知辛いよね」

「野宿しながら旅をするわけにもいかん。それに魔法薬などの補充にも金は必要であろう？」

「お肉で傷や病気が治れば楽なんだけどね」

『『『なんか、凄《すご》く逞《たくま》しい……』』』

子供達が将来に向け計画を練っていることに、ジャーネとルーセリスは『自分が同年代の頃、どうであっただろうか？』と、少し恥ずかしい気持ちになっていた。

メルラーサ司祭長のように多くの人を癒《いや》す人になりたいと、勢いだけで神官を目指したルーセリス。

ジャーネもまた生きるためには傭兵稼業をするしか選択肢がなく、そこに計画性というものはなかったのである。

「私……神官しか回復魔法が使えないと思っていましたから、即行で修行に出てしまったんですよね。今思うと錬金術師という道もあったんだと気付かされて……」

「アタシも手っ取り早く金を稼ぐことを優先していたから、真っ先に傭兵稼業を選んだ気がする……。将来に向けての計画なんて考えられなかったな……」

「ジョニー君達は、冒険したいから自分の足元を固める計画を立ててるんだと思うよ？　勢いだけで行動すると痛い目に遭うって理解してる気がする。本当に子供なの？」

「イリスと年が近いとは思えないくらいしっかりしているわよね。でも、あの子供でもなく大人にもなっていない年頃って、どうしてあんなに輝いているのかしら？　じゅるり（おいしそう）……」

「「「レナ（（さん））？」」」

ジョニー達を見るレナの目がやばかった。

一瞬だけ見せた獲物を見据える猛禽類《もうきんるい》のような鋭い眼光を三人はしっかりと目撃し、身の毛もよだつような寒気に襲われる。

「おい、レナ？　お前、本当に手を出すつもりは……ないんだよな？」

「レナさん……一瞬だったけど目つきがやばかったよ？」

「明らかに捕食者のような視線をジョニー君達に向けていたんですけど……」

「だから、いくら私でも手当たり次第に食い散らかすような真似はしないわよ。求められた場合は別だけど、こっちから手を出す気は…………………………………ないわ」

「「凄く間《ま》があったんだけど!?」」

ルーセリス、イリス、ジャーネの間で、『こいつ、監視していないと駄目だ』という意見がまとまり、この日以降レナを監視することにしたという。

それから数日のうちに、レナはジョニーとラディへ夜這《よば》い未遂を五回ほどやらかした。

変質者の言葉は信用できないことを自ら証明したのである。

◇　◇　◇　◇　◇　◇　◇

「トンネルを抜けると、そこはヤー〇ムだった」

そう呟《つぶや》いたのは、アーハンの廃坑ダンジョン地下の第三階層へと辿《たど》り着いたゼロスであった。

中世の城塞《じょうさい》都市を思わせる街並みは酷《ひど》く荒れ果てており、周囲には屍《しかばね》が横たわり異臭を放ち、街を徘徊《はいかい》するのは不気味な人間モドキの生物。

いや、もしかしたら人間なのかもしれない。

「なんつーか、突然ダークファンタジーになったたな」

「神は我々に獣狩りでもさせるつもりなのだろうか……」

「まぁ、神様がアレだからな。充分考えられるんじゃないか？」

どこか遠くで『アレとはなんじゃぁ、アレとはッ!!』という声が聞こえた気がした。

地下なのに空があり、今にも嵐が来そうな曇天に包まれ、立ち並ぶ家屋は全てが厳重に戸締まりされ、痩せ細りウジを這わせた身体で徘徊する人間に近い生物は、時折同種の生物を襲っては死肉を貪《むさぼ》り食っている。

死に覆われた救いのない世界がそこに広がっていた。

「……あの大男、でかい斧《おの》を持って徘徊しているんだが……まるで死刑執行人じゃゃね？」

「ゲームで見る光景が現実のものになると、ここまでおぞましいものになるとはねぇ。街の空気を吸っただけで吐き気がこみ上げてきそうだよ」

「本当に魔物なのか？　見た目が人間そっくりなんだけど」

「会話が通じるか、君が試してみるかい？」

「……やめとく」

徘徊している彼らに意思があるのかどうかすら判断できないが、仮に自我があったとしてもまともな思考であるはずがないことは分かる。

なにしろ共食いまでしているのだ。

「あの街路樹……人間と同化してないか？」

「もしくは人間ぽいものだね。同化したのか変化したのかは知らんけど」

「そのうち飛行したりして」

「現在進行形で飛行しているよ」

「マジ？」

「ほれ、あそこを見てみ」

おっさんが指をさした方向には、腕が昆虫の翅《はね》に変化したミイラのような人間がイカのような脚を器用に使って、地上の人間モドキを捕獲していた。

このような異形の存在が何体もいるのだからかなり異様な光景だ。

「うっわ、あいつら連れ去ってどうするつもりなんだ？」

「食うんじゃない？　こんなフィールドに食料となるような穀物が存在していると思う？」

「マジで世界観がおかしいだろ!!」

「そうかねぇ～、僕はおかしなことでもないと思うけど」

「なぜに？　どう見てもめちゃくちゃな世界だろ、ここ……」

アドから見ても、この第三階層は終末の光景に思えたが、ゼロスはそうは思っていない。

なにしろダンジョンは生物の進化を観測するための実験場である。

命の階位が上がることで起こる現象は、現在を生きる者達にとっては見たこともない異常な状況であるが、自分達が行き着く先が目の前にいる人間モドキ達だと仮定すると納得できる。

進化とは様々な環境下で無数に分派していくもので、その中に人間に至れなかった生物がいたとしてもおかしくはなく、全く別の存在に到達していたとしても不思議ではない。

進化の定義がどこにあるかにもよるが、間違いなく目の前のおぞましい存在は生物であり、ゼロス達のような人間とは相いれないというだけで、ダンジョンにとってはさほど珍しいことではない。

元より人間の都合に合わせているわけでもないのだから。

この生物の生態や生存競争の中で得られる霊質的な変化が観測され、データ収集が行われ最適化されたのちに、再度ダンジョン内のシステムに組み込まれるのだろう。

霊質的な変化は微々たるものでも、その過程で生物が行う魔力の運用は活発化し、生体へ反映させることで強靭《きょうじん》な生命体へと生まれ変わり、世代を重ね繁栄していく。

つまり、一見して異様な摂理のフィールドでも、種《しゅ》の変化を促す目的を果たすには最適な空間なのだ。人間が理解できないだけである。

「人間の考えつく空想物語のような世界も、現実に起こりえないと言い切れないのは確かだよ。彼らはこの世界の人間の祖先から枝分かれした生物なのか、それとも人間の未来の姿なのか、どちらにしても目の前に存在しているんだから受け入れるしかない」

「未来の姿がアレだったら嫌だな……」

「人類が進化の果てに到達した姿が神の如き存在だと、なんで言えるんだい？　進化と退化は繰り返される時間の果てで様々な姿となって表れるのだろうし、それが獣のような特性を持つ知性体になっていたとしてもおかしくはない。人間がこの先ずっと今の姿を保てているなど、誰も確信も保証もできないさ」

何かを得ることは同時に何かを失うことに等しい。

例えばエルフだが、彼らは長命種なだけに性欲が弱く、子孫を残そうという意思が人間と比べて希薄だ。

二百年ほど生きれば子孫を残す生殖行為に興味をなくし、以降の長い人生は生きることのみに費やされてしまう。

そんな種族の特性に嫌気がさして刹那《せつな》的に生きようとする者もいるほどだ。

カエデの両親がその部類に当たるエルフの末裔《まつえい》である。

種として見るなら長命で魔力に優れた上位種に思えるが、繁殖という点では劣っており生物としては脆弱《ぜいじゃく》だ。

だが霊質的な観点で見れば進化したと言えるだろう。

「エルフが長命種へと進化した過程で退廃的になるのはいいとして、ゼロスさんはあの姿が人間の進化した結果だと言いたいのか？　俺には退化としか思えないんだが……」

「進化には失敗と成功と二つの過程が存在するよ。過酷な環境によるものか、あるいは進化の道程で分枝したのか……。まぁ、可能性の一つと考えればいいんじゃない？」

「それがあの不気味な姿だと？」

「僕はあの生物を【魔人】と呼称させてもらうよ。人間でありながら人間ではない存在なんだからねぇ」

人間モドキ――魔人は、その性質が獣に近い。

一定の文化を持っているように見えるが、その割に魔人達の知性は低いように思える。

だとするなら、この街は誰が築いた文明なのだろうか……。

何らかの理由で文明が滅んだ時代の複製世界なのかもしれない。

「人ならざる者……文字通り、外道か」

「洒落《しゃれ》にならないから笑えないよねぇ。そして僕達は彼らの住む街を進まなければならない」

「うっわぁ～………行きたくねぇ」

「ちなみに、こんなダークなファンタジー世界に適した武器があるよ。コレなんだけど――」

おっさんはインベントリーから一振りの剣を取り出した。

分厚い刃を持ち、一見して片刃の戦斧《せんぷ》に見えなくもないが、正真正銘の剣である。

手元のレバーを引くことで留め金が外れ、斧部の刃がスライドすると同時に折りたたまれた剣部の刃が跳ね上がり、一振りの大剣のような形状へと変形する。

「…………コレ、たしかスラッシュなんとかって武器じゃ。なんで可変武器なんか作ってんだ？　耐久性は大丈夫なのかよ」

「複雑な機構だったら怪しいけど、これはスライドするだけだから問題ない。試作品と合わせて二振りあるから使ってみるかい？」

「左手には？」

「あるよ。魔導銃の技術を応用した小型パイルバンカー。ガントレットと一体型だからかなり頑丈に仕上がっている」

「…………これ、ガントレットというより、もはや盾だろ。マスクさんが持っているやつの小型版……」

「否定はしない。コンセプトは同じだからねぇ」

ゼロスと同じ【殲滅者《せんめつ》】の一人、【ガンテツ】がプレイヤー名【マスクド・ルネッサンス】の依頼で製作した大型シールドガントレット。

そこに武器として組み込まれているのがパイルバンカーである。

魔力を送り込むことで爆発術式が発動し、極太の杭《くい》を打ち込む超威力の近接武器だ。

ゼロスもこの武器の製作に手を貸しているので構造は理解していた。

「あの人……騎士なんだよな？　なんで武器を使わないんだ？」

「プレイスタイルは人それぞれだからねぇ……。上半身なんて裸だし」

「殴り騎士なんて言ってたけど、普通に格闘家だよな？」

「拳で強敵を葬ってこそ真の漢《おとこ》なんだとさ。僕が最初に見たときは変態かと思ったよ」

「誰でもそう思うだろ。まさか【ボンバー内藤】があんな人だったとは………」

プロレスラーのボンバー内藤は、バラエティ番組に顔を出すくらいの爽やか系イケメンレスラーとしても有名で、多くの女性ファンを惹《ひ》きつけていた。

だが、【ソード・アンド・ソーサリス】ではごつい筋肉お化けのようなアバターでフィールドを駆け巡り、拳だけで全てを薙《な》ぎ倒していくイカレたプレイヤーだ。

しかも筋肉至上主義者である。

そんな彼は、この異世界に来たことで何らかの抑圧から解放されたのか、順調に筋肉メイツを増やしていたりする。

「俺、ゲーム内であの人を見たとき、ハ〇クかと思った」

「ある意味でブロス君よりも野蛮人だよ。まぁ、お得意様だったからあまりツッコミを入れなかったけどね」

「ゲーム内で筋肉を鍛えたところで、ステータスには反映されないだろうに……」

「あの人、ガンテツさんの工房で会うと、ストレッチさせようとしてくるんだよねぇ。テッド君が泣いてたな」

「アイツを泣かせたのか……。なぜか気の毒とは思えないな」

殲滅者達とは別方向で危険視されていたマスクド・ルネッサンス。

アドのような普通（？）のプレイヤーにとっては、殲滅者もマスクも傍《はた》迷惑なのは変わりなかったが、テッドが泣かされたことに関しては『ざまぁ』としか思えなかった。

「あの人の武器と同じかぁ～……」

「同じではないよ。威力は数段落ちるし、射程も短い。マスクさんのパイルは投擲槍《とうてきそう》くらいの長さはあるから。しかもぶっとい」

「超重量武器だろ。それも両腕に装備してるし……つか、マジで死にゲーみたいになってきたな」

「この世界の人達からしてみれば、毎日が死にゲーみたいなもんでしょ。傭兵達も命懸けなんだしさ」

「それより、なんで武器を二つも用意してんだ？　試作品にしては完成度が高いんだけど」

「機能テスト用と耐久性を調べようとね。ちょうどいいから使ってみようかと思いついただけだよ。つい先ほどまで存在すら忘れていたけど」

その場の思いつきで妙な武器を試作しているゼロスに思うところがないわけではないが、アドはとりあえず試作品の武器の機能を試してみようとガントレットを腕に填《は》め、大鉈《おおなた》のような剣を掴《つか》む。

「じゃぁ、行こうか」

「このエリア……素材になりそうなものがあるとは到底思えないんだけどなぁ～……」

「そんなの、歩き回ってみなけりゃ分からんでしょ」

「できれば素通りしてぇ……」

「ついでにショットガンも渡しておく。剣のベルトにホルスターごと取り付けられる仕様になっているから、腰あたりに装備しておけばいい」

「レバーアクション式か……ますます死にゲーみたいだな」

できれば避けたい不気味な街。

朽ち果てた門を潜《くぐ》ると、徘徊する魔人達が一斉にこちらを振り向いた。

まるで生者に反応したゾンビのようだ。

「アイツら、本当に生きてんのか？」

「ミイラか即身仏みたいに干からびているけど、一応は生きているよ。生体反応があるでしょ」

「見た限りでは生物だから気になったんだよ。あんな状態でよく生きてられるな」

「ダンジョンからの支援は受けていないようだし、なんで生きているんだろうねぇ」

魔人達はこちらに顔を向けたまま微動だにせず、ゼロス達を凝視し続けている。

窪《くぼ》んだ眼球に映る二人をどう思っているかは分からない。

だが、一定の距離に差しかかったところで彼らに異変が起きた。

「アァアアアアアァァァァァァッ!!」

「な、なんだぁ!?」

近くにいた魔人が叫びだすと、背中から肉が盛り上がり、六本指の異様なまでに大きな手を持った腕が二本生えてきた。

緑色の体液が地面に滴り落ち、異臭を放ちながら気化する。

「強酸？　いや、毒か！」

「倒してもこっちがダメージを受けそうだな……」

「腕を生やすと身動きが取れなくなるから、毒を散布して身を守っているのかねぇ？」

「毒耐性持ちにとっては脅威でもない、無意味で微妙な能力だな……」

「腕を生やすときに激痛が伴うんだろうね。ほれ、凄く息が荒いようだし」

「最初から出しておけばいいのに、謎ギミックだな」

なぜこのような生態を持っているのか不明だが、魔人は激痛に苦しみながら近くに立てかけてあるピッチフォークを手に取ると、背中から生えた第三・第四の長い腕を地面に叩《たた》きつけ高く宙へ飛び上がる。

狙いは当然ゼロス達だ。

「バッタかよ！」

「ピッチフォークで串刺しを狙うとか、そういうのは隠れた場所からやらないと駄目でしょ」

「ゲギャギャギャギャ♪」

ゼロスは、剣のレバーを引いて刃を伸ばすと、落下してくるピッチフォーク目掛けて思いっきり叩きつけた。

金属がぶつかり合う音とともに魔人は吹き飛ばされ、家屋の壁に叩きつけられて動かなくなった。

「キモ……弱っ！」

「えらく派手に飛んだな。もしかして軽いのか？」

「軽い……。太ったゴブリンと同じぐらいの体重だと思う」

「そりゃ派手に飛ばされるわな」

「ただねぇ……今の攻撃で他の魔人達も僕らを敵だと認識しちゃったみたいだよ？」

「へっ？」

戦闘態勢に移行した魔人達が一斉に肉体を変質させる。

だが、その変化も個々で全く異なり、分かりやすい獣のような姿からおよそ人外のようなおぞましい姿まで、実にバリエーションに富んでいた。

共通しているのは、膿《う》んで膨れ上がった瘤《こぶ》や傷から出血していることと、得体の知れない病原体に侵されているように見えるということか。

このフィールドに留《とど》まっていて大丈夫なのか心配になる。

「こいつら、本当に魔物なんだよな？」

「反応では魔物だよ。人間に近い姿をしているってだけ。鑑定してみたけど【？？？】と出たから、新種なんだろうねぇ」

「獣狩りの夜か……。どう考えても設定を間違えてるだろ」

「ダンジョンは過去の時代設定を再現する傾向があるから、もしかしたら遥《はる》か昔にこんな異常事態が起こったのかもしれない。あまりにおぞましくて歴史に残されなかった真実ってやつかも……」

「知りたくもねぇ真実だなっ！」

話の最中に高速で突撃してきた四本脚の魔人に対し、無造作に振ったアドの可変剣が顔面に突き刺さり、薙ぎ払った瞬間に頭部もろとも肉体までが粉砕された。

魔人はゾンビやスケルトン並みに脆《もろ》かった。

統率という言葉すら存在しない無謀な襲撃を行い、二人に軽くあしらわれ撃破されていく。

知能もかなり低いようである。

「パリィ！」

「リアル死にゲーにしては難易度が低いなぁ～。数が多いから面倒だけど」

「こいつら、相手との力の差が分からねぇのかよ」

「無謀な特攻しかしてこないのに分かってると思う？　理解できる知性があれば、とっくに逃げ出してるよ」

見た目はアンデッド系だが、生態は植物系の魔物に近い。

しかし群れで行動する習性を持つも統率が取れているわけでもなく、同種族を捕食することから見れば昆虫系と、生物として見ればあまりにも歪《いびつ》すぎる。

「アレが異常だと思うのは、あくまでも人間側の視点しか持たない僕らの理解不足だからかな？」

「生物として見ると終わっているよな。普通は生存戦略に則《のっと》って行動するもんだろ？　コボルトの方が遥かに利口だぞ」

「たいして脅威じゃないことは確かだねぇ。ひょっとして数で押し切ることに意味があるのか？　だとしたら……」

こんな数で押し切るようなやり方は非合理的すぎるので、この魔人達は獲物を弱らせるための捨て駒である可能性が高い。

となると、彼らをコントロールしている司令塔的な存在がいると考えられ、ゼロスはそんな戦い方をする魔物に心当たりがあった。

植物型の魔物である。

例えば、【マンイーター・ビーストコピー】という植物型の魔物だが、この魔物は他の魔物の因子を取り込んで使い捨ての配下を生み出し、集団戦術で獲物を捕らえる習性を持っている。いくらでも替えが利く駒で獲物を弱らせることが生存戦略なのだ。

しかし、その駒を操るにはどこまでも伸びる長い蔦《つた》を介する必要があるため、蔦を断ち切ることで命令の受け取りを遮断することができるのだが、この魔人達にはそうした弱点がない。

「……どこかにボスがいると？」

「それしかないでしょ。でなければ、こんな不完全な生物が存在するはずがない」

「一定距離内に入らないと攻撃態勢にならないもんなぁ～」

「自動で攻撃するドローンみたいな連中だよ」

そう、生物なのに行動が機械的で短絡的、見た目との印象が大きく異なる。

魔物と決定づけるにはあまりに生物的概念が希薄だ。

生殖能力を持っているのかすら怪しい。

操られているだけの駒と判断したほうがまだ納得できる。

「片付いたぞ」

「弱いからねぇ……。しかし、こいつらが駒だとすると、大ボスはどこにいるのやら」

「ダーク系のゲームパターンなら、墓地か広場……あるいは教会の内部ってところか？」

「オーソドックスならね。意外と地中にいるかもしれないよ」

「そのパターンがあったか！　おっ、魔石をドロップしてるな」

「魔石しか残さないの間違いじゃないかい？　一応連中が武器に使っていた農具は持っていけるみたいだけど、別に要らないしねぇ」

ドロップアイテムが草刈り用の大鎌や錆《さ》びた鉈、ピッチフォークやスコップといったものだ。魔石以外はなんとも旨みのない魔物である。

苦労して倒す価値が全くない。

「……まぁ、倒すんだけどね」

「農具は回収するのか？」

「溶かせば素材にはなる。回収しておこうか」

「あいよ」

金属素材はサントールの街でそれなりの値段で売れる。

おっさんはいらないが、すぐにでもお金が欲しいアドには立派な収入源だ。

インゴットにでもすれば値もかなり上がるだろう。

「鉄と鋼《はがね》に分離するのが面倒なんだが……」

「売れればいいじゃん。貯蓄はコツコツと蓄えるもんだよ」

「印税貰《もら》ってるゼロスさんに言われてもなぁ～」

「魔導銃の発火術式のお金は？　魔導式モーターの術式の印税もあるよね？」

「魔導銃は配備され始めたばかりだし、魔導式モートルキャリッジはようやく形になったばかりだろ。俺のところに収入として入ってくるのは当分先の話だ」

「あらら……」

発火術式や魔導式モーターの電力変換術式の印税は、モノが売れなければ当面アドのところに入ってくることはない。

たとえ小銭だろうと、今のうちに生活費を稼いでおくことは間違いではないので、多少の違法行為を行おうとも、ここで少しでも稼いでおくに越したことはない。

「君の家、まだ完成していないけどさ……その件に関してちょいと気になることがあるんだよ。聞いてもいいかい？」

「なんだ？　聞きたいことって……」

「結局、リサさんとシャクティさんはどこに住むことになるんだい？　まさか、四人で暮らすということはないよね？」

「あの二人は、このままメイドとしてあの屋敷で働くそうだぞ。それなりに給料がいいらしいからな。それに……」

「それに？」

「俺とユイの夫婦生活の邪魔をしたくないんだとさ」

「なるほど……」

誰が好きこのんでサイコサスペンスでバイオレンスな夫婦の間に入りたがるだろうか。

アドに気を使ったわけでもなく、おそらくは我が身可愛《かわい》さで距離を置いたのだろうとゼロスは推測した。

下手をしたら殺人事件に発展するかもしれないのだ。

被害者は間違いなくアドだが……。

「ゼロスさん……なんで俺から距離を取ってるんだ？」

「おや？　なんでだろ……」

「なんか、スッゲェ失礼なことを考えてなかったか？」

「そんなこと……………………ないよ」

「凄く間《ま》があったんだが？」

「そりゃ、自分が原因でアド君が殺人事件の被害者になるのは遠慮したいだろうさ。リサさんやシャクティさんの英断に拍手を送りたいねぇ」

「思ったことを素直に言えばいいってもんじゃねぇ！　失礼だろ‼」

だが、可能性として現実味があるのだから仕方がない。

それだけアドに対するユイの愛が重いのだ。

「そんなことより、魔石は全て拾っておこうよ。小さいけど圧縮結合させればそれなりの値段で売れるだろうから」

「いつかきっちり話をつけてやるからな！」

「はいはい…………ん？　爪？　この魔人のかな？」

「黒い爪……素材として使えんのか？　こんなアイテム見たことないぞ」

「解体すれば素材も増えるだろうけど、こうも人間に近い姿だとやりたくないよねぇ。この黒い靄《もや》みたいなのはなんだろ。呪詛《じゅそ》？　瘴気《しょうき》？　分からん……」

「まさか、そんなわけないだろ」

黒ずんだ爪には魔力が宿っており、何らかの素材として使えそうな気がする。

一方の黒い靄だが、鑑定すると【ダークエレメント】と表示され、どうやら魔力系の素材アイテムのようである。

主に呪術師が使う素材アイテムのようだが、【ソード・アンド・ソーサリス】には存在していなかった。

「呪いの込められた魔力か……。これがあれば、僕でも【変わり身の形代】や【身代わり人形】が作れそうだねぇ。いや、もっと違うアイテムが創れそうだ」

「ダメージを肩代わりするアイテムか？　マジで？」

「そもそも変わり身の形代や身代わり人形に必要なのは、呪詛の込められた呪符だ。これをインクなどに溶かし込めれば、魔導士の僕達でも作れるかもしれない。チャレンジしてみる価値はあるよ。こいつは魔力で覆って瓶に封入しておこう」

「おっ、早くもいい稼ぎができそうな予感がする。もし再現できたら売れる！」

「どうだろうねぇ。この手の呪具はテッド君の専門分野だし、失敗する可能性の方が高い。ダメもとで試してみるくらいでいいんじゃないかなぁ～」

「やる気をそがないでくれるか？　俺にとっては重要なことなんだからよ」

呪術師でもないゼロス達に、ダメージを肩代わりするアイテムの製作はハードルが高かった。

そもそも呪いに対する耐性があっても、呪いを自在に操れるわけではない。

それを可能とするのは【呪術師】や上位職の【死霊術師】くらいのものである。

おっさんもこの世界で【神仙人】のスキルを獲得したが、残念なことに呪術スキルを持っていないゼロスには再現不可能であった。

別系統から獲得したスキルゆえに大きな欠陥があるのだが、そこは特殊なアイテムを流用すればいい。

【ソード・アンド・ソーサリス】でもやってきたことだ。

「……つーか、ここって呪術関係の素材を集めやすいエリアってことなのか？」

「そうみたいだねぇ。デバフを与えるポーションの素材も集めやすいのかな？　面倒な相手に投げつけたっけなぁ～、懐かしい」

「ゼロスさんにもそんな頃があったのか、今じゃワンマンアーミーなのに……。つか、呪術系素材なんて誰が買うんだよ！　このエリアはハズレじゃねぇか!!」

「デバフポーションを作って売ればいいんじゃね？　少々お高いけど傭兵なら買うでしょ」

「犯罪にも使われそうじゃねぇか」

【ソード・アンド・ソーサリス】で散々使いまくったデバフポーションだが、現実的に考えるとその素材から値段は高めとなりがちで、傭兵達が購入するか微妙なところだ。

むしろ犯罪組織に使われる可能性の方が高い。

そんなものを売るくらいなら真っ当に回復ポーションを売ると言うアドであった。

「まぁ、それだけとは限らないじゃないか。探索は始まったばかりなんだし、気を楽にして地道に調べていこうや」

「確かに、こんなエリアじゃ遊び気分でないと気が滅入《めい》るよな」

「先は長いんだ、行けるところまで行ってみよう。高値で売れそうないいアイテムがあるかもしれないしねぇ～。ブルマとか」

「ブルマ!?　なんでそこでブルマが!?」

「宝箱から出てきたらユイさんにプレゼントするといいよ。夜の営みを盛り上げるアイテムとして使えるぞぉ～」

「ダンジョンの宝箱からブルマが出るのか!?　嘘《うそ》だろぉ、何なんだよ、この世界!!」

異世界のダンジョンは不思議がいっぱい、異常が満載。

さっさと先を行くおっさんの後ろを、『まさか、既に宝箱からブルマを発見したのか!? なぁ、このダンジョンは本当に大丈夫なんだよな!?』と叫ぶアドがついていく。

彼には、この廃坑ダンジョンが胡散臭《うさんくさ》いものに思えてきていた。

余談だが、ゼロスが便宜上つけた魔人という呼称は、もう少し先の未来で【フェイクヒューマン】と呼ばれることになるのだが、それはまた別の話である。

第六話　おっさん、ダークファンタジー系のボスとバトルする

剣を振るうたびに腐臭交じりの血液が飛び散る。

地面を染め上げる緑色の血液は気化し、それが鼻を突く刺激臭と毒の霧に変わり、荒廃した街並みを包み込んでいった。

人の姿をした魔人達はゼロスとアドを目にとめた瞬間、グチャグチャとおぞましい音を立てながら異形の姿へと変貌し、我先にと獰猛《どうもう》な牙を剥《む》いて襲いかかってきた。

ゼロスとアドは即座に剣を伸長させると、伸びた間合いを最大限に活用し、魔人達に触れられることなく無慈悲なまでの斬撃で殲滅《せんめつ》させる。

剣筋が雷のごとく空間に幾重も走り、まるで『お前達は無価値だ』と言わんばかりに、多くの魔人達の命を刈り取っていく。

二人のいる場所が竜巻の中心となり、吹き荒れる旋風は辛うじて人型であった哀れな者達を原形をとどめていないほどの肉塊へと細切れにし、全てが泡沫《うたかた》の悪夢のように消えていった。

「……ふぅ。あらかた片付いたかねぇ？」

「あぁ〜気色わりぃ………。マジで何なんだよ、こいつら………」

「変身後の姿は全く統一性がないのに、毒霧を残して消滅するところは共通しているんだねぇ……」

「状態異常の耐性、カンストしてて助かったな」

「こいつら、ダンジョンの外に出たらどうなるんかねぇ。やっぱり繁殖するのだろうか？」

魔人達にはそれぞれ職業が設定してあるようで、ホームレスから道化師、騎士、医者といった風貌の者達が、まるで舞台の配役のように各所に配置され、ゼロス達を発見すると形振《なりふ》りかまわずに襲いかかってくる。

見た目は人間っぽくても、その本質は獣そのものであった。

「マジで死にゲーの世界に迷い込んだ気分だ」

「実際迷い込んでるよ。弱い連中で楽だったけど」

「数が多すぎんだよ。それに、あの騎士連中は何だったんだ？　あのデカさは異常だろ」

「馬鹿げた大きさのポールアックスを振りかざしてきたときには本気で驚いたよ。一般の傭兵《ようへい》じゃ相手にならないんじゃないかなぁ〜」

「フルアーマー装備で、しかもブリッジ状態で向かってきてマジでビビった。まさか背中から昆虫の脚が生えていたとは……」

戦闘態勢になると醜悪な姿へ変貌する魔人。

触手や手足が増えるなどまだマシな範疇《はんちゅう》で、中には原形をとどめていない不気味な個体も多く、攻撃手段も多様性がありすぎて相手をするのが面倒だった。

特に手足や首を自在に伸縮しての攻撃は間合いが掴《つか》みづらく、群がる他の魔人達の合間から執拗《しつよう》に仕掛けてきて厄介極まりない。

しかも仲間がいても見境なく攻撃を仕掛け、仲間ごとこちらを捕食しようとしてくるのだから酷《ひど》いものだ。

そもそも同族を襲っている魔人もおり、ゴブリンなどの獣人の方が理性的な種族に思えるほどだ。

「武器を扱う知性はあるのにねぇ……」

「しかもドロップアイテムが呪い系って、何の罰ゲームだよ」

「限りなくゾンビに近い習性の生物なのかもしれないなぁ～」

ゾンビは生前の人間が残した残留思念に魔力が集まり、死体に憑依《ひょうい》して動き出す自然現象だ。これらのアンデッドは魔力に引き寄せられる傾向があり、自己保存のために生物を襲っては魔力を吸収し、獲物を求めて徘徊《はいかい》することを繰り返す。

では、魔人はどうなのか。

「徘徊しているのは魔力を持つ他の生物を探すための行動なんだろう」

「そんで、獲物を発見すれば姿を変えて集団で襲ってくるのか……。じゃぁ、仲間を食うのはどういった意味があるんだ？」

「推測だけど、食われた個体だけ普通より魔力を多く持っていたんじゃないかと思う。この生物は突出した個の力は必要とせず、均等な力を維持し集団で動くんだろう。そして少しでも魔力に差が出れば襲いかかり、食らうことで集団での力の均一化をはかる……のかねぇ」

「となると、やっぱボス的なのがいるってことか」

「まぁ、それが見当たらないから困っているんだけどねぇ～」

群れの中で能力差を均一に調整するという習性は、絶対的存在であるボスのために動くことを本能に刻まれた駒の宿命であり、裏を返せばボスの存在を決定づけている証拠とも取れるが、肝心のボスが見当たらない。

【マンイーター・ビーストコピー】の蔦《つた》にあたるものがないので、臭気なり音なり何らかの方法で命令を伝達しているのだろうが、もしかしたらアリのような高度で洗練されたコミュニケーションネットワークを構築しているのかもしれない。

となるとこの群れを成している存在は、さしずめ働きアリといったところだろうか。

中には武器や鎧《よろい》などを纏《まと》っている個体もおり、おそらくは擬態であると思われるも、ゼロスとしては別に詳しく知りたいわけでもないので考えないことにした。

「ただ、気になる動きをしてた奴らもいるよな？」

「集団攻撃に移らなかった魔人でしょ？　僕もおかしいと思ったんだけど、もしかして連中は見た目が似ているだけで別の種なんじゃないかな？　もしくは別のボスの管理下に置かれているから、あの魔人達は襲ってこなかったんだと思うんだが、アド君はどう見る？」

「魔人にも種類がある、か……。ボスが二匹もいるなんて考えたくもないな。どうせ気色悪いに決まっている」

巨体の魔人騎士に襲われたが一度だけで、それ以降は全く襲われていない。

一定の距離まで近づかれることが攻撃に転ずる条件なのか、あるいは別の命令系統で動いている別の種なのかと考えると辻褄《つじつま》も合うのだが、それは全て憶測《おくそく》の域を出ておらず、かといって詳しく調査するつもりもなかった。

「ところで、こんなときに関係のない話なんだが……」

「なんだよ」

「僕は、某馬っ娘《こ》ソシャゲで実装を待ち望んでいた、とある馬がいたんだよねぇ。結局この世界に来ちゃったから確認できなかったんだけどさ」

「本当に唐突で関係ない話だな……。で？　どんな馬なんよ」

「ハ○ボテエレ――」

「永遠にねぇよ!!　今話すことなのかよぉ、それぇ!?」

真面目な話に耐えきれなくなったのか、おっさんはボケをかました。

まぁ、薄気味悪い生物が辺りを徘徊している状況なので、馬鹿なことでも言わないと気が滅入《めい》ってくる気持ちは理解できる。

だが、納得できるかは別の話だ。

「そもそも馬じゃないだろ。なんで実装されると期待してんだ？」

「いや、万が一ということも……」

「だから、ねぇって言ってんだろ!!」

「コーナーで必ずコケることから、絶対にドジっ娘属性だと思うんだよねぇ。ハリ○テで有馬を目指したかったなぁ〜。エ〇ジーって女の子の名前っぽいじゃん」

「しつこいわぁ!!」

いや、おっさんは割と本気だったようだ。

意味不明な話を素直に聞いてしまった自分が馬鹿だったと、後悔するアドであった。

「さて、それじゃ真面目な話に戻ろうか」

「あんたが脱線させたんだけどな……」

「こういうエリア型ダンジョンだと、やっぱりボスがいるのはお約束だよねぇ。しかもダークファンタジーな街がベースときた。なら、エリアボスはどの辺りにいると思う？」

「街の教会か診療所、あるいは街から離れた森の中の遺跡に地下の下水道奥ってところか？」

「見たところ城も見当たらないし、そのあたりが妥当だろうねぇ。だが、ダンジョンのエリアは広いけど限定された空間だ。しかも相手は群れで行動する魔物でもある」

「序盤のパターンで言うなら、配下のすぐ近くにいる可能性が高いか。街の中にいると手間が省けるんだが、下水道の更に地下深くだったら？」

ダークファンタジー系の、しかも死にゲーのようなフィールド。

腐臭と鉄錆臭《てつさびしゅう》が漂い、不快感は精神力をゴリゴリと削っていく。

そんななか、ボスを探しに地下下水道に下りるとなると、密閉された状況下での悪臭によって精神が更にゴリゴリと削られていく。これはもう悪臭との戦いと言っても過言ではない。

だが、ボス部屋を探し当て討伐しなくては先に進めない。

彼らに選択肢はなかった。

「よくよく考えると、下水道に潜伏しているようなボスの相手って凄《すご》く嫌だよねぇ。普通に考えてあまりにばっちぃだろうし、目の前に現れたら真っ先に焼却処分をしたくなるよ。まぁ、ダークファンタジー系の魔物って大半が腐ってるような見た目だけど……」

「底の見えないような深い穴に飛び込むとか、デカい鳥や悪魔に別のエリアへ強制移動させられるとか、面倒な手順を踏む仕様だったら俺は帰るぞ」

「………帰れたら、いいよね」

「不吉なことを言うなよ!?」

ゲーム知識で実在するダンジョンに対応できるかは分からない。

情報がないよりはマシだが、結局ダンジョンの構造を予想したところでパターンは幾通りも存在するのだから、あくまで慰め程度にしかならないのが現実だ。

そんな会話をしながら、魔人を蹴散らしつつ進むおっさん達。

「襲われながら進んできたけど、街の中にボスがいそうな場所はあったかねぇ〜?」

「墓地や公園らしき場所はあったが、雑魚が徘徊していただけだったぞ」

「こりゃ、複数のルートがあるパターンかな」

「街の外はどうだ?」

「このエリアの広さにもよるかな。エリアの端ギリギリに進んでも何もなかった場合は隠しルートがあるということになるだろうから、探索するのも骨が折れそうだ。何よりもめんどい」

「絶対にやりたくねぇぞ」

ゲームでの探索は疲れることはないが、実際にダンジョンで探索を行うと精神と肉体に疲労が溜まる。

いくらチートな二人でも精神面は普通……とは言い難いが、やはりそこは人間。探索が長引けば精神はともかく、身体の方は負傷くらいはしかねない。

そもそも気軽にこのダンジョンへ足を踏み入れたこともあり、長期戦になる心構えなど全くできていなかった。

「他に街で探索していないところは……」

「あの大聖堂か？　あそこだけ建築様式が違うから不自然だよな」

「時代がバラバラな建築様式はダーク系ファンタジーぽいけど、こうして自分の目で見ると明らかに異質だよねぇ。ホラー感満載なのはダンジョンコアからのサービスだろうか」

「行ってみるか？」

「行くしかないでしょ。これで駄目だったら、街の外の薄気味悪ぅ～い森を探索することになる」

「ジメジメしてそうで嫌だな……」

元より異様な階層なので、前のめりで探索する気にはなれない。

呪術系アイテムをゲットしたところで旨みもない。

求めているのは鉱物資源や希少な薬草の類《たぐい》なのに、このような場所で足止めされるのは時間の無駄であり、そろそろ別のエリアに進みたい気分だった。

だからなのか、おっさんとアドは足早に大聖堂を目指す。

そしてその扉を開けると――、

「…………こうきたか」

「こっちもジメジメしてそうだねぇ」

――床が完全に抜け落ちて大きな穴があいており、その真下には地下遺跡が広がっていた。

どうやら古《いにしえ》の時代の都市のようで、穴の底には不定形の肉塊のような生物が蠢《うごめ》く地下水路があった。

「あれ、肉だよねぇ……。カイ君が見たら絶対に『肉に対する冒涜《ぼうとく》だ！』とか言いそうだよ」

「憎《に》っくき肉片とか言わないよな？」

「粗忽《そこつ》な肋骨《ろっこつ》かもしれないよ？」

「骨の要素がどこにもないだろ……。あと、そこは露骨じゃなかったたっけ？」

「テケリ・リとか言いそうだなぁ～。ショゴスの仲間かねぇ？」

「分かるのは、見た目がスライムに似た何かってだけだな。【スラッグ】っぽい魔物もいるようだが、あの肉塊に食われてんぞ」

スラッグは人よりも大きな巨大ナメクジのことだが、そのナメクジよりも小さい肉の塊が果敢にそれに飛びかかり、倒して捕食する光景は異様だ。

それはともかく、覚悟していたとはいえ、やはり下水道に下りることを余儀なくされていた。

「あの肉塊……どうやって跳躍してるんだろ。収縮した反動を利用して飛ぶなら分かるが、そんな予備動作がないよねぇ？」

「ここから見ただけじゃ分からんな。やっぱ……下りるのか？」

「嫌だけど、下りるしかないでしょ。けど下水なんだよね……」

「うぇ～～っ……」

ダンジョンは遺跡や森林などの様々な世界を内部に創造するが、エリアの全てが綺麗《きれい》な場所ばかりであるとは限らない。

生息する魔物の生態によっては、毒の沼や有害物質で汚染された場所も存在し、その環境に適応した生物を繁殖させる。

これは自然環境に合わせたものであり、人間に対しての配慮など全くと言ってよいほどに考えられていない。あくまでも環境に適応できる生物が優先なのだ。

そこへ部外者が侵入するということは、環境に適応した生物の縄張りに侵入することを意味し、敵性生物と判断され滅ぼされても文句は言えない。

「生理的に受け付けないのは分かるけどねぇ～……」

「なぁ……ここは諦めて周辺の森を念入りに調べたほうがよくないか？」

「このエリアは森よりも街の方が広い。おそらくだが、ここが正しいルートだと思う」

「……変な病気に罹《かか》ったりしないか？」

「保証はできな……あっ？」

「…………へっ？」

大穴に身を乗り出して真下を覗《のぞ》き込んでいた二人は、足元に対しての注意を疎《おろそ》かにしていた。

まさか足場が崩れるとは思っておらず、ゼロスとアドは真っ逆さまに汚水が満ちた地下に落ちていく。

「穴があったら落ちなくてはならない。バラエティー番組のお約束だぁ～ねぇ～」

「しみじみと言ってる場合か！　なんか、下の連中が集まってきてんぞ」

「彼らにとって僕達は餌なんだろうね。落下してきた獲物を集団で襲って捕食することを思いつくくらいには、連中は頭がいいんだろう」

「なら、対処法は一つだな」

「集まってくるならちょうどいい。消えてもらうさ」

どこに目があるかも分からないブヨブヨとした肉塊は、二人が落下する予想地点を正確に見抜き、飛び跳ねながら集結してくる。

そこに向かってゼロス達は魔力を集め、範囲攻撃魔法を放った。

「【コキュートス】」

「【サンダー・レイン】」

瞬間冷却の凍結魔法と降り注ぐ雷撃による範囲魔法が炸裂《さくれつ》した。

汚水に満ちた下水道は一瞬にして蠢く肉塊ごと凍《い》てつき、無差別に降り注ぐ雷撃は凍りついた敵を破壊し、あるいは氷結した氷や水を伝導して攻撃範囲から免れた魔物達を襲う。

雷撃の猛威から逃れられても、氷結して身動きが取れない状況で伝導した電気に撃たれ、結局は滅ぼされる運命から逃れることはできなかった。

そしておっさん達は悠々と凍りついた足場に着地する。

「汚水に塗《まみ》れた魔石、要るかい？」

「要らね。手を突っ込んだら病気になりそうだ」

「だよねぇ～……」

一撃で死亡できたらまだ救いがあっただろう。

肉塊の魔物の中にはまだ生存している個体もいるが、雷撃によって痺《しび》れているのか動けずにいた。

そこへ問答無用でショットガンを撃ち込むアド。

「ゼロスさん、こいつら……」

「ん？　なるほど……そういう生物なのか」

よく見ると、肉塊の魔物には手足が付いていた。

頭部のないブヨブヨとした大きな体に眼球はなく、タコのような突き出た口が実に卑猥《ひわい》だ。

太りきった肉塊の身体の真下に痩せ細った人間の腕を持ち、手のひらには水かきがあり、壁に張り付くためなのか腹には大きな吸盤を持つ管足《かんそく》がびっしりと生えている。

胴体を水面に隠して弱点の腹を守っているのだろう。

「こりゃ～浅瀬に生息する魔物の特徴だねぇ。ストローのような口を獲物に突き刺して溶解液を流し込み、溶けた肉を啜《すす》るのかな？　だが、獲物の接近には敏感で、攻撃範囲に近づいた瞬間に集団で襲いかかると……。骨が無さそうなのに腕が生えているのは、なぜ？」

「襲われる側としては嫌すぎる見た目だが……」

「種としては比較的に弱い部類だろうね。捕食する方法はノミみたいだけど、習性はゴブリンに近いんじゃないかな。生殖器がないのにどうやって増えるのかが気になる」

「卵じゃね？　もしくは分裂」

「分裂はないでしょ」

適当に言ったアドの言葉は、実は正解であった。

その後、次々に出現する肉塊生物を排除しながら水路を進むと、鉄格子を嵌《は》められた地下牢《ろう》のような部屋が並ぶ一角に辿《たど》り着いた。

だが、ここで二人が見たものは吐き気を催すほど気持ちの悪いものだった。

「「……………………………………」」

言葉にしようにも、なんと言ってよいのか分からない不気味な光景。

天井や壁に張り付いた肉塊生物と思《おぼ》しき物体。

しかし、その物体はまるで熟れた柘榴《ざくろ》のように背中がぱっくりと割れており、中にはびっしりと半透明の卵がキャビアのように詰まっていた。

更に言うと胴体が腐敗し、異様な臭気を放っている。

その死肉を貪《むさぼ》るのは、皮膚が爛《ただ》れ、瘤《こぶ》が無数に浮き出し、明らかに病気持ち確実なネズミらしき生物。

いや、よく見るとその瘤はネズミに寄生している肉塊生物のようで、微《かす》かに蠢いていた。

「「汚物は消毒だぁあああああああぁぁぁぁぁぁぁっ!!」」

咄嗟《とっさ》に無詠唱で放った炎属性魔法。

よほど気が動転していたのか、二人はどんな魔法を使用したのか覚えていない。

気付いたときには地下牢のような部屋が紅蓮《ぐれん》の炎に包まれていた。

それだけショッキングであったことが窺《うかが》える。

「ハァハァ……なんだったんだ、あの生物は………」

「思い出したくないけど、推測するに肉塊そのものが産卵器官になっていたんじゃないかな？　体内に卵ができると産卵場所に集まり、背中が割れて卵を剥き出しにするんだ。生まれた個体はネズミなどに寄生してある程度まで大きくなり、やがて群れで狩りをしながらあの姿にまで成長するんだと思う」

「だんだん気持ち悪くなってきたぞ……」

「子孫を残して死に、体は他の生物の糧にするんじゃないかい？　だって、子孫を生き永らえさせるには餌となる生物が必要だしさ」

「卵はネズミの餌にならないのかよ」

「捕食された痕跡が見当たらなかったから、孵化《ふか》するまで外敵を寄せつけない匂いでも放っていたんじゃないかい？　仮に食われたとしても卵があれだけあると……ねぇ？」

半透明の卵が密集している光景が脳裏に蘇《よみがえ》り、二人は身震いした。

カエルの卵を数百個くらい集め、それを薄皮で包み粘着性の液体を滴らせたものと言えばいいのか、とにかくトラウマになるほど醜悪なのだ。

二人もできるなら記憶から消し去りたい。

「……ネズミに寄生しているのは、生息範囲を広げる意味もあるんじゃないのか？」

「その可能性もあるねぇ。成長するにはより大きな獲物に寄生しなくちゃならないし、ちょうどいいのは巨大ナメクジのスラッグなんじゃないかい？　あれは動きが遅いし、餌もヘドロだけで生きていける。もしかしたら肉塊生物の養殖場扱いなのかもしれないねぇ」

「脳みそがあるようにも思えないんだが……」

「生存本能だけで生きているんじゃないかな」

「思考が単純ということか。どちらにしても生理的に受け付けない」

「あんな生物を受け入れられるような人間がいたら、それこそ人格を疑うよ。フゥ～……これらの生物はきっと、種を残すことにのみ特化しているんだと思う。どう繁殖しているのかは知らんけど」

生物は環境に適応する。

そして環境適応した生物に合わせて生態系も構築されるのだ。

つまり、大量に増える生物が生まれれば、その生物を捕食する別の生物が生まれるのである。

「こんな不気味生物を食っている生物って、いったいどんな奴らなんだ？」

「さぁ？」

考えられるのは間違いなく肉食生物。

おそらくだが数は少なく、この汚水まみれの生態系の頂点に位置する生物なのだろう。

だが、二人はそれを確認したいとは思わない。

絶対に気味の悪い生物なのは確かだからだ。

「先……進もうか」

「そうだな……」

心が折れた二人であった。

◇　◇　◇　◇　◇　◇

ダンジョンの下層へ向かうには、そこのエリアに配置されているボスを倒さなければ進むことはできないというのはゼロス達転生者の常識とされているが、これはゲーム内での話であり、実際は一度倒されればしばらく出現することはない。

そして、ボスの強さも『低階層から順に強くなる』というのは現実的にはありえず、いきなり驚異的な強さを持つボスと遭遇することも珍しくない話だった。

ゼロス達が勝手に呼称した魔人――【フェイクヒューマン】を束ねるボスを探し地下水路を歩き回っていた二人であったが、臭い思いをしつつやっとのことで居場所を突き止めることに成功した。

「あ～……こんなエリアだから、ある程度覚悟はしていたさ」

「けどよ、さすがにこれはないだろ」

そこには、地面から上半身を突き出した裸の女性が鎮座していたのだが、その光景もさることながら女性自体の見た目もまた異様だった。

見える部分だけでも全長は七メートルを超す、巨人と言っても過言でないほどの大きさの体。両腕は肩から無く、背中には昆虫のような長い脚が生えており、顔に至っては眼球が無数に蠢いていて鋭い鋏《はさみ》のように二股に割れた顎《あご》があった。

更にブヨブヨな肉塊生物が体に多数寄生しており、その姿は生理的な嫌悪感を抱かせる。

周囲には古の時代の建造物の瓦礫《がれき》が積み上がっており、今二人がいる砂地の空間だけがぽっかりと開けているような状況だ。

実に分かりやすいボスエリアである。

「まず、ここではっきりさせたい。あれはなんで地面に埋まっているんだろうねぇ？」

「目玉が無数にある裸の巨大女……。いったい誰得なんだよ」

「特殊な性癖でもない限り、誰も喜ばないねぇ。そんで、間違いなくあれがボスなんだろう」

「あの姿を見て喜ぶ奴がいたとしたら、人格がそうとう歪《ゆが》んでいるぞ」

出てくる生物が不気味なものばかりだと思っていたが、やはりボスも不気味生物だった。

そして、目の前の存在が魔人達の女王であることを確信する。

「天井の穴から食料を投げ込んでいるようだな、あの魔人共……」

「一見してあのデカブツが連中に飼われているように見えるけど、種族全体で狩りをしているところを見るに、やっぱあのデカい奴がボスなのは間違いないねぇ。砂地の足場と獲物を運び込んでくる働きアリ……か。あのボスの正体が朧《おぼろ》げながら分かった気がするよ」

「アリジゴク……ウスバカゲロウの幼虫だろうな。じゃぁ、あの魔人共は卵から孵《かえ》るのか？　だとしたら、あの崩れた建物にへばりついてる粘液まみれの球体が、まさか……」

「つまり、アレは腹部から上を地上に突き出したまま埋まっていることになる。今が弱点を攻撃するチャンスだと思うんだけど、それより魔人の卵をどうやって産卵するのかが凄く気になるねぇ」

「どうでもいいだろ……」

開けた砂地のど真ん中に立つ醜悪な女性像のような上半身。

ふとゼロス達は視線のようなものを感じた。

「アイツ、こっち見てね？」

「そうだねぇ、ガン見してるねぇ～」

大小複数の眼球がゼロス達を凝視していた。

つまりは完全に獲物として捉えているわけで。

「「やっべ……」」

平坦《へいたん》だった砂地が突然動き出し、中央に向けて傾斜を取り始めた。

引きずり込まれないよう、流砂に逆らうように走り距離を取るゼロスとアド。

「やっぱりアリジゴクだったか！」

「こりゃぁ、倒すのが面倒そうだ」

チートな二人でも所詮《しょせん》は人間だ。

踏ん張りが利かない砂地では分が悪く、昆虫のような敵ボスの方が有利な状況。

しかも巨大な裸婦の上半身は、身を守るためなのか少しずつ地下へと沈んでいく。

「逃がすかぁ、【ライトニング・ジャベリン】!!」

「んじゃ、【フレア・ナパーム】!!」

アドの放った雷の槍《やり》が巨大アリジゴクの腹部に突き刺さり、ゼロスの炎系魔法が連続して爆発を起こす。

頭出して尻隠す（？）のアリジゴクの魔物は熱と痛みで暴れだし、異形の女性像のような上半身が倒れ、その全容を露《あら》わにした。

確かに上半身は前述の説明通りなのだが、下腹部からは蜘蛛《くも》のような長い脚が鋭い棘《とげ》付きで八本も伸びており、人間の脚のようなものは存在しない。

「なんとも色気のない姿だねぇ」

「あんなのにモテたところで、ちっとも嬉《うれ》しくないよな」

昆虫も擬態することがあるが、目の前のアリジゴクが女性の半身に擬態している意味が分からない。露骨なまでに怪しい巨大な人型に、誰が近づくというのだろうか。

仮にゼロスが一人でこの場にいたとしたら、問答無用で攻撃魔法を叩《たた》き込んでいただろう。

「先制攻撃で強力な魔法をぶち込んでおくべきだったんじゃね？」

「あまりにもあからさまだったから、思わず躊躇《ちゅうちょ》してしまった。内心で別の罠《わな》があるのかと疑ってたよ」

「俺もだ……」

周囲に積み重なった瓦礫を足場に、跳びはねながら移動しつつ魔法で牽制《けんせい》して、敵の反応を見る。

だが、アリジゴクは多少焦げた程度であり、まだまだ脚をワチャワチャと動かし、元気いっぱいに動き回っていた。

よく見るとアリジゴクの身体は砂地の真ん中辺りで埋まりつつあり、そこを中心に徐々にゼロス達を呑《の》み込むように、足元が急な角度で傾いてきていた。

どうやら魔法を使用しているらしく、こちらの足場を悪くすることで逃げ場を制限する気のようだ。意外と知恵がまわる生物である。

「――って、沈んでいってるぅ!?」

「そりゃ、アリジゴクなんだから埋まるだろうねぇ。姿を現している時点で不利なんだからさ」

「最初から埋まっていればいいのに、なんでわざわざ姿を見せてたんだ？　罠の意味がないだろうに……」

「おっ、来たぞ！」

漏斗《ろうと》状のフィールドの底から、鋭い顎をこちらに向けたまま凄《すさ》まじい速度で猛然と突進してきたアリジゴクを、瓦礫の足場を使って巧みに避《よ》けつつ、同時にブヨブヨとした肉質の腹部に向けてショットガンを連続でぶっ放した。

更に――、

「【アイス・ランス】×20、【ウィンド・カッター】×20、【フレア・バースト】×30!!」

「【ガイア・ランス】×30、【フレアブリット】×30、【黒雷連弾】フルバースト!!」

――畳みかけるように放たれた中級攻撃魔法の無差別攻撃。

さすがに危険を悟ったのか、巨大アリジゴクは砂塵《さじん》を壁のように巻き上げ、目眩《めくら》ましを行うと、砂の中へと潜っていった。

放たれた魔法は威力を減衰されたものの直撃しており、確実に手傷を負わせているという手応えを感じていたが、まだ倒せたわけではないので二人は警戒を強める。

しかも地中に逃げられたため、どこから現れるか分からない。

大きさが大きさなので、攻撃に転じようとすれば必ず何かの兆候が表れるはずだと予測し、全神経を周囲に向けて様子を窺う。

「パターンとしては…………地中から襲ってくる、か？」

「どうだろうねぇ……。さっきみたいに流砂を起こして砂の中に引きずり込む気かもしれない。もしくは砂の中に隠してある餌を食って回復を図っているとか？」

「あ～……回復されると厄介だな。長期戦なんてやりたくねぇ」

地中で行動ができる魔物は総じて振動で獲物を察知する。

ゼロスとアドもそれを理解しているため、その場から動かずに敵の出方を窺っていた。

すると地鳴りが響き、地中から幾本もの竜巻が立ち昇り、周囲の瓦礫ごと破壊しだした。

どうやら無差別攻撃に切り替えたようである。

「おいおい、あのアリジゴクは馬鹿なのか？　こんなことをすれば逆に余計な音で俺達のいる場所が分からなくなるだろ」

「所詮は虫なんだよ。知能が低いから脅威を排除する方向に切り替えたんだろうさ」

「砂の盛り上がりで攻撃がどこから来るのか、まる分かりなんだが？」

「そこまで考えられないいんだろうねぇ。生き残ることを優先したんだろう」

「んで、ゼロスさんはアレが本当に虫だと思うか？」

「虫に似た何か……そういうことにしておこう。深く考えたって正体なんか分からないし、そういうことは学者にでも任せるさ」

生物の生存本能に従っての攻撃なのだろう。

だが、あまりにも戦略性に欠けた雑なやり方であり、無駄に魔力を消費してまで行う攻撃ではない。

「たぶん、自分よりも強い敵と戦った経験がないんだろうねぇ。だから子孫にその戦い方が継承されない。こちらとしては都合がいいし、このまま魔力を無駄に消費してもらおうか」

「地中に潜られちゃ攻撃しようもないよなぁ～」

地中に潜ることのできる魔物は面倒だ。

爆発系の魔法はどれも地下深くにまでは威力が浸透せず、氷結系で凍らせたとしても砂地が凍りつく程度で倒せるとも思えない。重力系の魔法では空間破壊が起こる可能性が高いので論外。

つまりはボスのアリジゴクが自ら出てくるのを待つしかなかった。

そうこうしている間に無差別攻撃が止まる。

「魔力が尽きたかな？」

「仕留めたかどうか様子を窺っているんじゃないか？」

砂地はまるで漣《さざなみ》すら立たない水面のごとく静まり返っていた。

おっさんも煙草《たばこ》を吸いながら巨大アリジゴクが出てくるのを待つ。

天井の穴からボスに向けて餌を投げ込んでいた魔人達は、何を思ったのか今度は自ら集団で飛び降り始め、巨大なアリジゴクの巣の中へと埋没していった。

あまりの出来事に言葉をなくすゼロスとアド。

落下した魔人は砂地の中へと引きずり込まれていき、そこから微かにだが咀嚼《そしゃく》するような音が聞こえてくる。

「おいおい……あの魔人共は何をやってやがるんだよ。自殺か!?」

「……連中は働きアリだと思っていたけど、どうやら非常食でもあるようだねぇ。女王様が負傷したとき、連中は自ら食われることで魔力チャージと回復を同時に行うんだろう」

「面倒そうだし上に向けて迎撃でもするか？」

「瓦礫が落ちてきたら僕らも困ることになるよ。それに四方から飛び込んでいるから少なからず取りこぼす。全部を始末するのは不可能だ」

「連中、躊躇なく砂地に潜り込んでるぞ。食われる恐怖心はないのかよ……」

「そういう習性を持った生物なんだろうねぇ。生贄《いけにえ》……供物？　何にしても見ていて気持ちのいいもんじゃないことは確かだ」

次々と身を投げ出し供給される供物。

主《あるじ》を守る献身と言うべきかもしれないが、近くで見ている者からすれば吐き気がする。

そして、状況は新たなフェーズへと進む。

「ん？　地鳴り？」

「このパターンは第二形態じゃないのか？　お約束ってヤツ」

「アリジゴクの第二形態……ってことは、まさか……」

大量の砂を巻き上げ、第二形態へと移行した巨大アリジゴクは宙へと舞い上がる。

その姿はゼロスの予想通り、アリジゴクの成虫であるウスバカゲロウ。

しかし、昆虫図鑑などで見られる姿とは一線を画していた。

「うっわ、羽化しやがった………」

「こう、きましたか。しかし……」

ダークファンタジーの定番というべきか、おぞましさもマシマシの姿に二人はドン引きするのであった。

第七話　おっさん、ダンジョンの方向性が心配になる

羽化を果たした巨大ウスバカゲロウ。

やはりというべきか、変態した姿も異様で異質な異形のものであった。

「羽化することは想定していたけど、これは……ねぇ」

「ここまで生物を冒涜《ぼうとく》するような不気味生物に、実際にお目にかかるとは思わなかったな。ゾンビを普通に受け入れている時点で今さらな気もするが……」

「…………普通にキモいねぇ」

トンボに似た外見に薄羽、というウスバカゲロウの特徴はそのままに、どんな生物でも捕食できそうな強靭《きょうじん》な顎《あご》を備えた頭部。胴部には獲物を捕縛して離さない鋭い爪を持ったとても長い脚が八本。

何よりも奇妙なのが、アリジゴクの時からあった女性の上半身のような胴体部分が、そのままウスバカゲロウの尻尾となるべき位置に逆さでくっついており、ゼラチン質のようなブヨブヨの体が異様さを加速させている。

その先には、灰色の長い髪が箒《ほうき》のように垂れた頭部があり、顔にはケタケタと嗤《わら》う三日月形の口とギョロギョロと動いている無数の眼球があった。

端的に言ってしまうと、『逆さの女性の上半身が尻尾みたいに合体したウスバカゲロウ、それも巨大な』といった見た目であり、なかなかに人間を冒涜しているような姿なのだ。

「あの重そうな図体《ずうたい》で飛びやがったぞ。あと女みたいな形状の腹部最後尾の……あれ、尻になるのか？　見た目が頭部のようなんだが、この場合は何と言うべきか……」

「うん、表現に迷うのはよく分かるよ。一見して口のように見えるけど、生物的には普通に尻の穴なんじゃないかね？　しかしアレ……カゲロウというよりは、むしろメガネウラかねぇ？」

「でかいトンボか。確かにそっちの方が合ってる気がする」

ゼロス達はボス相手だというのに余裕があった。

彼らはなまじゲーム知識が豊富にあることから、巨大アリジゴクが第二形態へ変態するまでは読んでいたが、変態後に凄《すさ》まじい能力を獲得するのではないかと、内心で怯《おび》え半分、怖いもの見たさの期待半分で身構えていた。

ところが実際に第二形態を見てみると、せいぜい飛行している程度でたいしてパワーアップしているようには見えず、未知への恐怖心と期待が大きかった分、一転して『なんだよ、前とあまり変わらねぇじゃねぇか』と、ガッカリ感から妙に落ち着いてしまっていた。

「巨体の魔物を見るたびに思うんだが、連中はなんで飛行できるんだ？　それなりの重量があると思うんだが、やっぱ魔力で浮かせているのか？」

「フロンガスで浮いていたりして」

「ガスを溜め込む器官があると？　それなら炎系統の魔法で倒せんじゃね？」

「んじゃ試してみるかい？　【ホーミング・フレアアロー】」

全力ではないにしろ、幾重にも放出された魔法の火矢による連続攻撃。

その全てがゲテモノカゲロウに直撃するが、多少焦げた程度でさほどダメージを受けたようには見えない。

それどころか高速で薄羽を動かし砂嵐を発生させ、舞い上がった砂がゼロス達の視界を奪う。

「うわっ!?」

「これじゃ向こうも僕らを見失うだろうに、変態しても頭が虫けら並みなのかねぇ？」

「頭が二つあるのに思考は一つなのか、あるいは両方とも単細胞なのか……ん？」

「あれ……手に絡まっているこの糸、いつの間に……」

砂嵐に紛れてゼロス達の身体に絡みつく細い糸。

皮膚に触れるとわずかにだが痒《かゆ》みが走ったことから、弱酸性の性質があるようであった。粘着性が強いのか、付着すると簡単に取れそうにない。

同時に砂煙の向こうから何かが高速で飛んできた。

「避《よ》けろぉ!?」

「これは……【砂砲弾《サンドキャノン》】!?　この砂塵《さじん》の中でどうやって僕らの位置を……って、まさか糸か!?」

「糸って、絡みついているこの糸で俺達の居場所を把握してんのかぁ!?」

「昆虫の口の他にも口があるからねぇ。そこから糸を吐き出してんじゃないかい？」

「ああ、ぶら下がった女の方の口のことか。髪の毛の可能性はないのかよ」

「ヤツの髪は灰色だったし色が違うんだよねぇ……」

言っている間にも砂砲弾は飛来し、周囲の瓦礫《がれき》を砂に変えていく。

砂砲弾は、魔法で集めた砂を球状に圧縮して音速で撃ち出す散弾魔法で、発射後にそれらの鋭利な粒砂が破裂・拡散し、敵を原形すら残さずズタズタに引き裂く。

一見原始的な攻撃に見えるが、粒砂を鋭利な刃状に凝結させたり、音速を超える速度で敵に向け撃ち出しながらも拡散する射程距離を制御したりと、実は超高度な魔力制御力が求められる。

人間では簡単に真似できない高等技術を、魔物は本能で使用しているのだから恐れ入る。

自身は砂塵の中に隠れ、まき散らした糸で獲物を感知し、間接攻撃で確実に獲物を仕留め捕食するつもりなのだろう。

環境に適応し獲得した自然生物の能力はこれだから侮れない。

「やっべ、俺達完全に捕捉されてるぞ」

「この糸、絡まるだけじゃなく地味に魔力を吸収してるようだ。ウスバカゲロウと思わせて、実はドレイン系の能力を持つ蜘蛛《くも》の魔物だったとか……」

「んなわけねぇだろ！」

「まぁ、対処法はあるんだけどねぇ〜。【ボルガニック・ピラー】×5」

ボルガニック・ピラーは対象物を真下から噴き上がる溶岩で焼き尽くす、火山噴火を疑似的に再現したかのような魔法だ。

ゼロスはボスエリアの広さを既に把握しており、巨大ウスバカゲロウの位置を予測しつつも、あえて周囲に五ヶ所の疑似噴火を引き起こし、砂のフィールドを溶岩へと変貌させた。

更に発生した熱量によって吐き出される糸を焼き切り、砂塵による目眩《めくら》ましすらも無効化させ、醜悪なボスの姿を浮き彫りにさせる。

「熱かろぉ〜、辛《つら》かろぉ〜？」

「んじゃ、地面に叩《たた》き落とすか。【サンダー・レイン】」

戦術が崩され慌てる巨大ウスバカゲロウに、雷の雨が降り注ぐ。

雷系統の魔法は麻痺《まひ》のデバフ効果があり、その効果を受けてしまった巨大ウスバカゲロウはそのまま灼熱化した地面に落下し、熱によるダメージを受けてしまう。

「文字通り、『落ちろ、蚊トンボ！』ってやつだねぇ」

「まぁ、せっかくの素材が駄目になるけどな……」

「君は、あんな生物の素材が欲しいのかい？　昆虫系の魔物って耐熱性がすこぶる悪いんだよねぇ」

「その代わり軽くて頑丈だぞ？　さすがにアレは要らんけど」

溶岩の中で熱に苦しみ暴れ回る巨大ウスバカゲロウ。

このまま放置しておいてもダメージを与えられるが、完全に仕留められるとは限らない。

「そろそろトドメにしないか？」

「薄羽も燃えてるようだし、逃げられることはないだろう。熱の次といえば？」

「冷気」

「「【コキュートス】!!」」

ダブルで放った氷結範囲魔法。

瞬間的にマイナス四十度の極寒地帯を生み出し、範囲内の全てを凍結させる攻撃魔法だ。

溶岩と炎に焼かれていた巨大ウスバカゲロウは、一瞬にして地形ごと凍結させられる。

そこへ二人は一気に距離を詰め――、

「アド君、上の頭は任せた！」

「了解！」

――アドは伸長モードにした可変剣を昆虫の頭部に、ゼロスは左手の小盾に仕込まれたパイルバンカーを逆さ女の頭の方に、それぞれ同時に叩き込んだ。

破砕音と爆発音が同時に響き、それぞれの頭部が無残に砕け散る。

身動きの取れない状況からの致命的な一撃を食らい、巨大ウスバカゲロウは冷却された溶岩の上に崩れ落ちる。

「死んだか？」

「それ、フラグだからやめてくんない？　まぁ、死んでいるとは思うが……」

ダンジョン内で死んだ生物はダンジョンに吸収される。

全てが吸収されるわけではなく、昆虫の甲殻やブヨブヨとした皮などが残され、ゼロス達はそれを嫌々ながら回収する。

その中に、両手で持つほど大きな魔石も残されていた。

「この魔石、売ったらいくらくらいになるかな？」

「さぁ～？　僕はいらないから、アド君が売るなり食うなりしてくれ」

「誰が食うか！」

「それと……宝箱」

「はぁっ!?」

巨大ウスバカゲロウが消滅した地点から少し離れた場所に、いつの間にか無駄に豪華な宝箱が出現していた。

戦闘中はなかったのに、忽然《こつぜん》とその場に置かれているのだから驚く。

「中身はあまり期待しないほうがいいよ？　お宝は人によって価値が異なるし、中にはとんでもないものもあるからねぇ。以前来たときにはブルマが出てきた」

「は？　さっきのブルマの話って、冗談じゃなくマジだったのか？」

「しかも意外に高性能ときた」

「高性能？　ブルマが？　どういうこと!?」

意味不明だった。

特定分野の方々には喜ばれるかもしれないが、アドが欲しいのは金になりそうな売れるアイテムであり、ネタアイテムなどお呼びではない。

宝箱からブルマなどが出てきても扱いに困るだけで、正直に言って持ち帰りたいとすら思わない。なにしろ使い道がないのだ。

「夜のプレイには使えるんじゃね？」

「心を読むなや！　俺はそんな特殊な趣味はねぇ!!」

「まぁ、ブルマだけあっても困るよねぇ～。一式揃《そろ》えていないことには、さすがにそういうお遊びもできないか……」

「そっちの話はどうでもええわっ!!　それより、なんで宝箱からそんなモノが出るんだよ」

「僕に言われてもねぇ～。それこそダンジョンコアに聞いてみないと分からんよ。それより開けてみなくていいのかい？」

「罠《わな》があるかもしれないから、まずは調べないとな。爆発でもされたらかなわん」

『それもそうだ』と言いつつ、おっさんは宝箱を調べ始めた。

わずかに開いた隙間《すきま》から針金を通し、仕掛けがないかを確認してみると、なにやらワイヤーのようなものが張られており、蓋《ふた》を完全に開くことで罠が発動する仕様のようであった。

鍵穴に仕掛けがなかったことが幸いである。

「ワイヤートラップで助かった」

「外せそうなのか？」

「ワイヤーは一本だけ……。ってことは、ポイズントラップだと思う。開けると同時に毒瓶が落下し、ガスを発生させる仕組みだと思うんだが、爆発するタイプの可能性もあるねぇ」

「障壁の魔法を張れば大丈夫じゃやね？」

「それもそうか。んじゃ、【フォースバリア】」

「爆発時の障壁展開は任せろ」

一般的に障壁魔法は対象物の周囲を包むか、一方向に向けて展開する魔力の壁を指す。

しかし、それではダンジョン内で宝箱などに仕掛けられた罠などに対処できず、少なからずダメージを負ってしまう。また細かな作業中に身を守ることができない。

しかし、フォースバリアは自身を球体の魔力の障壁で覆い、多少の伸縮性もあることから、作業を行いながらも身を守ることが可能だ。

普通の障壁魔法がコンクリートの壁なら、フォースバリアは分厚いゴムだと思えばよいだろう。衝撃を受け止めるのではなく衝撃を減衰させることに重点が置かれていた。

だが弱点もあり、薬物や化学反応を利用した物理的な現象による衝撃などには強くとも、魔力により発生した現象には比較的に弱く、ファイアーボール程度の魔法でも簡単に貫通してしまう。

そのためアドがフォローに入ったのである。

「さぁ～て、何が出てくるのか楽しみだねぇ」

慎重に蓋を開けてみると、内側からピンク色のガスが噴出したがダメージを負うことはなかった。

この手の見た目が分かりやすいガスは、大抵が魅了系か混乱を与えるタイプとおっさんは判断する。それはアドも同様だった。

「毒じゃなくてよかったじゃん」

「ある意味では毒かもしれないよ。まぁ、直接確かめたいとは思わないけど」

「んで、中身は何だった？」

「ちょい待ち……ポーションが五つと、これは……」

「ゲッ…………なんで!?」

宝箱から出てきたもの。

それは黒のブラジャーだった。

別の意味の毒でありお宝である。

「しかもGカップ用だ……。ユイさんへのお土産にするかい？」

「殺されるわ！　どんな嫌がらせだよ」

「サイズ的には無理があるか……。エロムラ君なら喜びそうなんだがなぁ～」

「何気に失礼だな。同感ではあるけど……」

「このダンジョン、方向性という意味合いで大丈夫なのかねぇ？　もしかして、邪神ちゃんの趣味とか？」

遠くで『そんなわけがあるか！』という声が聞こえた気がした。

「それよりも採掘場を探しに行こうぜ。中年がそんなもんを持っていると、絵面《えづら》的に悪いしさ」

「そだね……。なんか一気に疲れたよ。精神的にだけど……」

「ありがたくもねぇ、討伐報酬だ」

ダンジョンに一発かまされて精神的にダウンした二人は、ポーションだけを貰《もら》ってその場から離れ先を進む。

黒いブラジャーは宝箱の縁《ふち》にかけられ、寂しくその場に残されたのであった。

◇　◇　◇　◇　◇　◇

メルラーサ司祭長はいつもの気まぐれで旧市街の教会に立ち寄っていた。

そこでルーセリスに、邪神ちゃんと神官達の間で取り交わされた聖約の話をする。

本来は神器の件を含め機密扱いなのだが、世間話でもするかのように情報漏洩《ろうえい》をするメルラーサ司祭長に、ルーセリスは呆《あき》れていた。

まぁ、いつものことではあるのだが。

「来《きた》るべき日のために人間を救済する準備……ですか？」

「そうさね。んで、神様はあたしらに人間が滅びないよう動けって言ってきたさね。しかも今ある迷宮も注意が必要だという話さ」

「あの……普通に人手不足ですよね？」

「そこはアダン……司教が手を打ってくれているよ」

「今、アダン司教様のことを呼び捨てにしようとしていましたよね？　それで、他の神官の方々とはどんな話し合いが行われたのですか？」

「とりあえずは人手を確保するまで静観。ある程度集まったら、大々的に医療活動に参加する予定さね。ちょうどこの街の近くにも迷宮はあるからねぇ」

神官達の仕事は基本的に医療活動か、養護院での孤児達の教育くらいのものだ。

四神教が邪教認定されたため、現在は改宗中を理由に布教活動を完全に停止し、手の空いている者達は率先してボランティア活動に従事していた。

もっとも、彼らの活動は以前となんら変わらないのだが、やらない善行よりもやる偽善と言うべきか、以前にも増して活動に力を入れている。

「この紋章、あんたらが考えたのかい？　皆には好評さね」

「いえ、それはゼロスさんが……。申し訳ありません、勝手に決めてしまって……」

「かまいやしないよ。どうせ会議で延々と不毛な議論をするような話だったんだ。手間が省けたってもんだよ。ヒャッヒャッヒャ♪」

ルーセリスの新しい神官服を見て、神から授けられた紋章と同じものがその背中にあることに気付くも、あえて事情を聞くそぶりすら見せないメルラーサ司祭長。

内心では、『この子が神と接点を持てるとは思えないし、きっとあの魔導士が何らかの繋《つな》がりがあるんだろうねぇ。まぁ、触らぬ神に祟《たた》りなしさね』と、スルーする立場を決め込んでいた。

そもそも面倒事が大嫌いなメルラーサだけに、神なんて考えただけで面倒そうなことに自分から関わっていこうなどとするはずもない。

彼女からすれば、困っている人を救えればそれでいいのである。

「それにしても、もうその紋章を神官服に刺繍《ししゅう》したんですか？」

「司祭クラスから順番に、だがね。いつまでも悪名高い四神教の紋章なんて背負っていると、どんな厄介事に巻き込まれるか分かったもんじゃないからねぇ。無理はしてみるもんさ。ただ、あたし

らのような年寄りには少々キツイさね。若い神官達には好評のようだけどさ」

「それは……さすがに、職人さんには迷惑だったのでは？」

「急に総本山が潰《つぶ》れちまったんだし、しょうがないさね。四神教とはさっさと手を切らないと、不届き者から襲撃されてからじゃ遅いんだよ。そこはあんたも分かっているんじゃないのかい？」

メーティス聖法神国が滅んで一番混乱したのは、その傘下で甘い汁を啜《すす》っていた神官達だ。

実際、その神官達は不当に高い治療費や、権威を笠《かさ》に着た傲慢《ごうまん》な態度で多くの民から恨まれていた。その反動から襲撃を受けているという話も国境を越えて聞こえてくる。

逆に、反抗勢力というか危険分子扱いで他国へ島流しにされた神官達のうち、ソリステア魔法王国にいる神官達は比較的に冷静に行動している。

元より本国に対して不満を持っていた者が多いので、総本山が潰れたところで『とうとう潰れたのか』程度の認識であり、アルフィアが顕現した今となってはどうでもよくなっていた。

煩《うるさ》く騒いでいるのは彼らの監視役であった上級神官達だけである。

「貴族出身の神官の方々は、今頃は何をなされているのですか？」

「相も変わらず金、金、金さね。もっとも、あたしらはもう連中に従う気も付き合うつもりもないからねぇ。きっぱり断ってるよ」

「それでもめげずに四神教での地位を持ち出してくると思いますけど……」

「そんときは、『あたしらは改宗した。これ以上はあんたらと関係を持つつもりはない』と拒絶すればいいさね。それよりも問題なのは……。これから出現するとかいう迷宮への対応さね。魔物の放出が始まれば、あたしらも最前線で医療活動をしなくちゃならない」

「私……戦闘訓練なんてしばらくしていないのですけど」

「そう、今の神官達は戦う術《すべ》を持っていない。このままでは全滅は確実だろうねぇ」

護身術程度は学んでいるが、神官達の戦闘技術はたいしたことはない。

それはルーセリスも同様で、ダンジョンから出てくるような大型の魔物を相手にしてまともに戦えるとは思っておらず、メルラーサ司祭長が危惧することも理解できた。

人と魔物が入り乱れる乱戦状態に陥ったとき、対人戦闘の訓練しか受けたことがない神官達は、自分の身を守ることすらできないのだ。

「ルー……あんたも今のうちに錆落《さび》としをしておきな。魔物相手に対人戦闘術なんて役に立たないからねぇ」

「今の私はジャーネよりも弱いですからね。また子供達と一緒に戦闘訓練を受けるべきでしょうか……」

「あの子らも独り立ちの時期だからね、邪魔だけはするんじゃないよ」

コッコ達との実戦訓練が始まった当初は、ルーセリスも子供達に混じって参加していたが、神官の活動を優先しなければならず徐々に参加頻度が下がっていった。

いや、正直なところ、コッコ達との訓練の光景があまりにシュールすぎていまひとつ真剣になり切れなかった、というのが本当の理由なのだが、今の状況を踏まえると、そんな悠長なことを言ってはいられない。

ルーセリスの錆落としは、己の心との戦いであった。

「やはり訓練しないと駄目でしょうか」

「駄目だね、あたしより先に死ぬなんてことは許さないよ。ついでにあんたの旦那に魔法でも教えてもらえばいいさね。あっ、ジャーネもか」

「まだ結婚していないんですけど……。それより神官が魔法って……まぁ、攻撃手段が多いに越したことはありませんが……」

「未曽有の危機が来ることを先に知っているのに、それに備えないのは馬鹿のすることさね。あとになって後悔するくらいなら今のうちに動いておきな。ついでに結婚もねぇ」

メルラーサ司祭長は戦う準備を始めることを促す。

それだけ事態を重く見ているということなのだろう。

「さて、用も済んだことだし、そろそろ帰ろうかねぇ」

「いつも突然すぎますよ」

「それがいいんじゃないか。また来るよ」

言いたいことを言ったらすぐに帰るメルラーサ司祭長。

立ち去る間際に『武器の点検も一応はしておきな、罅《ひび》でも入ってたら致命的な失敗に繋がるんだからねぇ』と言い残し、颯爽《さっそう》と帰っていった。

そんな背中を見送ったルーセリスは、溜息《ためいき》を吐《つ》きながらも自室に戻ると、収納しておいた武器を取り出して点検を始めた。

武器１　モーニングスター（品質がいまいちの支給品）
武器２　メイス（実用性を兼ねた儀礼用武器）

武器3　アックス（修行前にメルラーサ司祭長から譲り受けた片刃斧《おの》）
武器4　鉈《なた》（刃の分厚い薪割《まきわ》り兼用の護身用片手武器）

ルーセリスの武器は、力任せに叩き潰すかカチ割る武器に限定されているようである。

モーニングスターはともかく、普通の神官であればメイスや杖《つえ》（ロッドやスタッフ）、あるいは棍《こん》（ロングロッド）が一般的だ。

これらの武器から見てもルーセリスの内面が交戦的であることが窺《うかが》える。

「錆はないようですね………」

気分が重かった。

これから出現するダンジョンよりも、今現在において確認されているダンジョンからの魔物の放出による危険性を知り、ルーセリスは戦闘訓練を積むかどうか悩んでいた。

しかしながら頼みのゼロスはどこかへ出かけ、ジャーネ達も傭兵《ようへい》ギルドの依頼を受けて外出中のこともあり、相談する相手がいない。

「鈍《なま》った体を鍛え直すのに、時間は足りるのでしょうか？　ハァ～………」

教会裏の隣人が家を留守にするのはいつものことだが、相談したいときにいてくれないのは本当に困る。

しばらくジャーネ達と共に行動して鍛えるにも、場合によっては仕事の邪魔をしてしまいかねない。かといって、単独で鍛え直すにも無理がある。

「……思い立ったら即行動。仕方ありませんか」

そう呟《つぶや》くと、アックスを手に持ち裏口へと向かう。

この日より、ルーセリスは再びコッコ達と戦闘訓練を始めるのであった。

◇　◇　◇　◇　◇　◇　◇

巨大ウスバカゲロウを倒したあと、ゼロス達のいた場所近くの瓦礫が突然崩れ、先へ続く道が出現した。

わずかな明かりに照らされただけの通路を進むと行き止まりで、不審に思ったゼロスとアドであったが――、

「「あぁあああああぁぁぁぁぁぁぁっ!?」」

――突然足元が崩れ下層へと落下した。

「また穴か……。それに随分とタイミングがいいな。こりゃぁ～、ダンジョンコアが操作でもしてるのかねぇ？」

「んな暢気《のんき》なことを言っている場合か！　下を見ろよぉ!!」

「おぉ!?　第四階層直通かぁ～、まさか強制移動させられるとは思わなかった」

迫りくる広大な森林エリア。

そして、真っ逆さまの状態で落下中のアド。

その時、おっさんは何かがひらめいた。

「ちょっ!?」

アドの首を肩で押さえると同時に両手で彼のふくらはぎあたりをロックし、そのまま重力に任せて降下する。

ほぼ同時に地面に着地した瞬間、アドの全身に衝撃が走る。

見事におっさんのバスター技が炸裂《さくれつ》した。

「ぐはぁ!!」

「…………やっちまった。あまりにもタイミングがよかったから、気付いたら、つい……」

「つい……じゃねぇ！　なに……バスターかましてくれやがんだよぉ!!」

「いつかやってみたいと思っていた。小学生の頃の念願が叶《かな》って満足だよ。ありがとう、アド君……君には感謝している。そしてグッバイ、あの頃の少年の心」

「ふざけんなぁあああああぁぁぁぁあっ!!」

本気で感謝の涙を流しているおっさんの首を、アドは両手で絞めていた。

まぁ、まだバスター体勢のままだから、見た目はかなりシュールな光景ではあるが。

「はっはっは、苦しいじゃないか、アド君……」

「今のうちに、あんたを殺《や》っといたほうがいいと思ったからなぁ！」

「思ったよりも威力がなかったようだねぇ。首、背骨、股裂《またさ》きの三点責めじゃなかったっけ？」

「ざけんなぁ、本気で痛かったんだぞ！　なんてことしやがる!!」

「ごめん、三大奥義のスパークの方がよかったんだね。ただ、空中だと複雑な体勢変更で技を決めるのは無理なんだ。未熟ですまない……」

「かけられる技の種類で怒ってんじゃねぇんだよぉ!!」

言われてみれば恥ずかし固めを極《き》めたままであったことに気付き、おっさんが即座に手を離したことで、アドは無様に地面へと転げ落ちた。

「このおっさん、とんでもねぇ真似しやがって……」

「男なら、一生に一度は綺麗《きれい》にバスターを決めてみたいだろ？　アド君もいることだし、次は人型の魔物でドッキングの方も試してみるかい？」

「誰がやるかぁ!!」

不機嫌なアドをよそに、おっさんは周囲の状況を確認する。

第三階層は荒廃したゴーストタウン状態だったが、第四階層は原生林に覆われたエリアのようである。

遺跡のようなものも今のところ見当たらず、獣の息遣いを随所で感じられた。

「変わった感じはなさそうだね。三階層が異質だっただけなのか……う～ん」

「チッ……これじゃ地上と変わんねぇな。採取できる素材もたいしたことがなさそうだ」

「やさぐれたねぇ」

「誰のせいだよぉ!!」

「うっかりバスターかけちゃったのは謝るよ。ただねぇ、ここに来た理由も君の都合が大きな要因だし、考えてみると売れそうなものという漠然とした理由なだけで、アド君が何を求めているのかが不明瞭なままなんだよねぇ」

「半ば強引に連行されたんだが？　まぁ、俺のために行動してくれたことには素直に感謝するけど、それにしたって魔物のドロップ品は微妙なものばかりだし、薬草もその辺で手に入るようなものしか採取できてねぇ……。このダンジョン、ハズレなんじゃねぇのか？」

アドが求めているアイテムは、要はすぐにでも換金できるものというだけで、具体的に何なのかは今一つ不鮮明だ。

また、それらのアイテムはダンジョン内を隈《くま》なく探索し、採取場所や採掘場を自ら発見しなくてはならず、今のところどちらも確認できていない。

ゼロスの記憶にある採取や採掘のスポットは構造変化によって失われてしまったため、案内したところで見つけることなど不可能。そもそもダンジョンが構造変化を起こしていることについてはゼロスに責任はないので、アドも率先して探し当てようと行動するべきだろう。

おっさんはあくまでもアドのために動いているだけで、最後まで面倒を見る必要はないのだ。

「そりゃぁ～、君を強引に連れ出したことは謝るよ？　僕もまさかここまで構造が変化しているとは思わなかった。けどねぇ、君は結局のところ何を探しているんだい？　希少な薬草？　それとも鉱石や宝石かい？　あるいは魔物の素材か……全部を求めるにはここは広すぎて無理がある。まずは何を優先するのかを決めてほしいところなんだけどねぇ」

「俺としては、すぐに金になりそうなものなら何でもいいんだが……」

「漠然としすぎでしょ。君は今後生きていくうえでの生活基盤を整えようとは考えていたのに、具体的な生活設計が完全に疎《おろそ》かになっているんだよ。確かに僕達は大抵のことなら生産職のスキルでどうにでもできるけど、君の場合は家族がいるんだからちゃんと仕事として取り組まないとまずいんじゃないのかい？」

「まぁ、俺も生産職をやれたらいいなとは思っているけどさ、どこから手をつけていいのか分かんなくなるんだよ。子育てのことも考えなくちゃならないし、考えるほど不安になってくるんだ」

「思考の袋小路に陥るわけね。けど、それならなおさら計画性は大事だろ？　幸いと言っていいのか分からないけど、僕達はチートだ。この世界の人達とは違い、努力という対価を支払わずに楽に生活基盤を整えることができる恵まれた立場なのに、なぜ率先して行動に移さないのか不思議なんだけど？」

「いや、それでいいのか？　狡《ずる》すぎる気がするんだが……」

アドもゼロス同様に生産職のスキルを扱える。

だが、元来の人の好《よ》さからくるものなのか、アドはこれらの力を行使することに躊躇《ためら》いのようなものがあった。

『一時の感情に駆られたとはいえ、あんなものを作っちまったからなぁ……』

そう、アドはゼロスと合流する以前はイサラス王国に所属し、人間を魔物に変貌させるような危険なアイテムを生み出してしまったのだ。

四神への復讐心《ふくしゅうしん》があったとはいえ、人間が化け物になる瞬間という罪過の悪夢を見てしまったこともあり、能力を行使することに対して潜在意識が拒否反応を示している。

ユイと合流できたことで、彼は冷静に自分の行いを見つめ直す余裕ができたからか、あらためて自身の危険性に気付いてしまった。

「自分の店を開く気もあるんだろ？　なら、もう少し積極的に行動するべきだねぇ。将来が不安なのも分かるけどさ、君は自分が恵まれすぎているということを自覚したほうがいい」

「自重していても、時々タガが外れるゼロスさんに言われてもなぁ……」

「失礼な。こう見えて僕は充分に自重してるさ。気まぐれで販売している魔法薬なんかも、【ソード・アンド・ソーサリス】内では中堅勢が使用するような品質に抑えてある。それでも破格な効果なんだよ。この現実の異世界ではね」

「嘘《うそ》だろ……アレで自重していたのか!?」

「君だって軽ワゴンなんて作ってるじゃないか。アレだって【ソード・アンド・ソーサリス】では中盤でお世話になる飛空船と同等だし、この世界では産業革命を引き起こす大発明だぞ？　分かりやすく言うと、君は地球で言うところのアインシュタインやニコラ・テスラ並みの天才扱いになる。アド君……君はねぇ、自分で思っているほど自重なんてしちゃぁ～いないのさ」

この世界では、【ソード・アンド・ソーサリス】の序盤～中盤で手に入る技術だけで充分に稼げ、しかも破格性能のぶっ飛んだアイテムまで製作できるということだ。

「……ゼロスさんはさぁ、この世界で生きていくことを怖いと思ったことはないのか？」

「怖い？　なぜ？」

「たまに思うんだよ。俺達からすれば、この世界は夢の中みたいなもんだ。魔法があって魔物が生息し、おまけに神様がいて……。エロムラがこの世界に来て、真っ先にヒャッハーしたのもよく分かる。けどさ、どうしようもない現実で嫌でも夢でないことを理解させられる」

「ここで生きている人達がいて、家庭があって、法律があるのに人の命が軽い世界だって？」

「あぁ……。んで、生活に慣れてくると、今度は地球での生活が夢だったんじゃないかと思えてくる。家族や友人達の顔をたまに思い出すけど、実際にはこの世界にその人達はいない。記憶の現実感が薄れてくるんだ。おまけにこの世界では人を殺しているのに、それが当たり前だと受け入れている自分がいる。まるで、初めからこの世界の住人だったみたいにさ」

「そう悩むのは、一人でいる時間が多いからじゃないのかい？　ユイさん達はなんだかんだで公爵家の仕事をしているし、君だけはイサラス王国との関係もあり、表立って働かせるわけにもいかないから、必然的に一人でいる時間が多くなる。なんせイサラス王国の英雄様だしねぇ」

アドは外交特使という名目で公爵家に保護されており、国政に関わるような仕事からできるだけ遠ざけられている。リサやシャクティのような善意の協力者という身軽な立場ではないのだ。

魔導銃に関しては、いずれは勇者や別の異世界転生者から広がっていく技術であり、アドが部品製作に関わっていても大きな問題ではない。こう言ってはなんだが、同盟国でもあるイサラス王国への報告を遅らせていればいいだけだ。

要は派手に動かなければ基本的に自由を保障されている立場ということなのだが、その自由の時間が長く暇すぎてアドは時折ナーバスになるのだろう。

「孤独な時間が長いと、精神的に病むことが多くなるからねぇ。適度な気分転換をしないから、色々と不安を抱えて悩むんじゃないのかい？　将来が不安なら、今は自分の足元を固めることに集中すればいいんだよ。ほら、すぐそこに【ハッチマーヤ】が飛んでいるよ」

「マジ？　あのハッチマーヤが!?」

蜂型の昆虫魔物――――ハッチマーヤ。

女王蜂を中心としたコロニーを形成する蜜蜂だが、大きさが二メートル近くある巨大蜂で、花粉だけでなく糖分の多い樹木の樹液を集める習性がある。

尻の針には象すら一撃で倒す強力な毒を持つが、アルコールと混ぜることで毒性は薬効成分に変質するので、魔法薬の素材として価値が高い。

だが、真に価値があるのは蜂蜜やローヤルゼリーで、その希少価値は伝説級。

魔物にしては大人しい習性をしているが、さすがに巣を荒らされれば集団で敵に襲いかかり、針の毒か蜂球《はちきゅう》による熱量によって衰弱死させる。

「【ゴールデン・ローヤルゼリー】、いくらで売れると思う？」

「売れないと思うよ。おそらくだが、持ち込んだ先で騒ぎになって、値が付けられないうちにあれよあれよと王家に献上されるに決まっている。ひと舐《な》めで十歳は若返ると言われるほど栄養価が高いからねぇ」

「確か、【回春の秘薬】にもたっぷり使われてたんだよな？」

「カノンさんも無駄に使ったもんだよ。秘薬を精製するのに大量に集めたけど、そのほとんどがゴミになって消えたしねぇ。副産物で変な魔法薬もできたようだが、服用したら全員がヒャッハーになったもんなぁ～」

「レイドで各プレイヤーに試供したアレ……副産物だったのか。無料で配ってたから怪しいと思ってたんだ」

「彼女にボランティア精神を求めるだけ無駄だよ。副産物の魔法薬の効果を知りたかっただけの、ただの実験だから……」

ゲームでの出来事を語り合いながら、二人はハッチマーヤの追跡を開始。

一時間ほど原生林を歩き回り、フィールド端の断崖に巨大な巣を発見するのであった。

第八話　おっさん、今さら昔の仲間に疑問を持つ

スズメバチの巣を探す方法はいくつかある。

その中でも有効なのは一匹のスズメバチを捕まえ、その体に目印をつけて追跡する方法だ。

ハッチマーヤは体も大きく、目印をつけずとも追跡することは容易であるが、問題は巣を発見したあとだ。

巨大な蜂が数百匹も密集している巣に近づくなど自殺行為であり、下手に刺激しようものなら集団で襲いかかってくるほど獰猛《どうもう》で、殺されたあと、細かく刻まれ幼虫の餌にされてしまう。

昆虫ゆえに思考はシンプルで、それだけに容赦がない。

ゼロス達は、そんなハッチマーヤの巣を崖の中腹にある亀裂の中で発見した。

「よくもまぁ、あんな場所を見つけたもんだよ。土の中でなくて助かったけど……」

「あの中に数百匹……最悪、千匹近くいるんだろ？　結構難易度が高いんじゃないのか？」

「女王蜂もいるしねぇ、かといって全滅させるわけにもいかない。貴重な素材を集めてくれる虫だからなぁ～」

「普通なら麻痺《まひ》毒を発生させる煙球を投げ込むんだろうが、あの大きさのハッチマーヤに通用するのか疑問だな。サイズ的に耐性があるかもしれない」

「大丈夫だ。こんなこともあろうかと氷結弾を用意しておいたから、このバズーカで撃ち込もう。二～三発撃ち込めば瞬間的にマイナス三十度まで下げることが可能で、瞬間冷凍させてしまえば蜂蜜からローヤルゼリーまで取り放題さ」

「なんで、そんなものを都合よく用意してんだよぉ！」

バズーカで撃ち込む氷結弾。

つまり手軽に範囲魔法を撃ち込める武器ということだ。

アドはこのおっさんが戦争する意思がないとか、本気で疑わしく思った。

「いやぁ～、狭い空間で魔法を使うと、逆流現象で僕らもダメージを受けるからさぁ～。想定される事態に対して有効な魔導具を用意するのは当然じゃないのかい？」

「なぁ、本当に戦争する気はないんだよな？　俺から見ると、ゼロスさんは戦争に備えているとしか思えないいんだけど……」

「失礼な、一応は魔物捕獲用に作ったものだよ。あくまでも外気の温度を奪うことで範囲氷結現象を引き起こすもので、限定された狭い空間で使用するならともかく、平原のようなフィールドだと拡散率が高くてたいした効果が望めないんだなぁ～」

「けど、限定された密閉空間であるなら同じ効果を発揮するんだろ？　充分にヤバい武器になりえるだろ。そんなもん気軽にポンポンと作るなよ」

「液体窒素みたいなもんなんだけどなぁ……」

「扱いを間違えたら危険なのはどっちも変わりないだろ。絶対に売るなよ？　絶対だ！」

念押しされるおっさん。

無論、販売目的で作ったわけではいのだが、ここまで念押しされると逆に販売を考えたくなるというのが、ひねくれ者の性《さが》というものだろうか。

意図的に凶悪兵器を作るつもりもないが、こうした物理現象を利用した兵器の知識をこの世界の魔導士が知ったら、いったいどのような行動を取るのか多少の興味もある。

「……結局のところ、早いか遅いかの違いでしかないと思うんですよねぇ」

「だからって、率先して広げていい知識や技術でもないだろ」

「もちろん、僕もそのあたりのことは弁《わきま》えているつもりだよ？　けどねぇ……」

「けど？」

「その知識が広がらなかったせいで、多くの人間が死ぬ可能性もあるんじゃないかなぁ〜。まぁ、最終的には倫理観や結果論の問題って話なんだろうけどさ」

知識や技術は使いようだ。

確かに侵略目的で利用されれば脅威だが、その技術も防衛目的で使われると話も変わってくる。技術そのものに善悪は関係なく、それらを扱う人間の意志に委ねられ、常に倫理観が問われることになる。

実際、イストール魔法学院で教えている魔法の知識でさえ、悪用すればかなり危険な事態を招くことは充分に可能だ。魔法という学問を追究すれば、科学とたいして変わらない結果をもたらしてしまう。

そのための法律や規約を制定する必要があるとは思っていた。

「んじゃ、撃ち込もうか」

「撃つんだな……」

「これはアド君の生活基盤を整えるためのもので、使わなくていいのなら使わないけど？　僕はあくまでも協力者という立場なだけだしぃ〜、君が自分で素材や鉱物を何から何まで集められるなら、僕からは何も言わないし何もしないさ。結局は君自身の問題なんだからねぇ」

「うっ……」

「それに……撃ってみたいだろ？　バズーカ砲」

「撃ちたい」

自分に正直なアドだった。

彼も所詮《しょせん》は男であり、銃やバズーカ砲などを含めた兵器にロマンを感じる側の人間だった。どれだけ殺傷力が高かろうと軍用兵器に憧れを持ってしまうことは否定できない。

「まぁ、正確には形だけ似せた空気砲みたいなもんだけどね」

「グレネードランチャーみたいにポコスカ撃つのか？」

「どちらかといえば迫撃砲が近いんじゃね？　弾も一発しか撃てないし、次弾はセルフで後込め式……」

「四連装ロケットランチャーの形にすればいいだけじゃねぇの？」

「アド君……エグいことを考えるねぇ。さっきまで武器を作るのがどうのこうのと言っていた人物とは思えない発想だぞ。僕だって躊躇《ためら》ったというのに……」

「…………うっ」

そう、ゼロスは確かに現代兵器に似せて作ったが、あえて効率性を除外した。

誰かに見られて真似されても面倒ということもあるが、それよりも自分が使う上で単発火力というロマン武器の一点を重視し、多連装式を意図的に避けたのだ。

一応この世界の文明レベルに配慮もしていた。

その心遣いの傾向がズレまくっているようだが。

「自覚しようか、アド君。どれだけ綺麗事《きれいごと》を並べ立てても君は僕と同類なんだよ。むしろ効率性を重視する点では僕よりタチが悪い」

「それは、認めたくない事実だな……」

「事実でしょ。なんだかんだ言いつつも結局は利便性を求め、高性能であることを望む。現実を軽く考えているんじゃないのかい？　行動に反映されない言葉は、重みを感じないいんだけどねぇ」

「魔導銃やダネルＭＧＬを作っておいて説得力がないぞ」

「アレは弾の製作が難しいという欠点がある。【魔封弾】を一から作るとなるとかなり手間がかかるから、コスト面でも優しくなくて実用向きじゃないんだよ。【魔封管】の劣化版とはいっても希少金属や素材をこれでもかと使うしねぇ」

魔封弾はミスリルやオリハルコンなどの希少金属をコスト度外視で使用することもあり、素直に火薬式を作ったほうが遥《はる》かに安上がりだ。ソリステア魔法王国側に知られても防衛費の予算や生産性の問題から手間ばかりかかり、量産は難しすぎる。

ソリステア派の工房で量産している魔導銃と比べても国家予算が飛ぶほどの価格差があり、標準装備にするには不向きだ。

これなら魔導士に無詠唱魔法と近接戦闘技術を叩《たた》き込んだほうが安上がりだろう。

敵陣に範囲魔法攻撃を撃ち込むなどのためだけに、わざわざ高価な魔導具を使う必要はなく、長距離狙撃も今の量産魔導銃で充分こと足りる。

魔導士が大勢、国に所属しているというだけで、戦場では優位に立てるのだ。指揮官が突撃一辺倒でない限り、ではあるが……。

そんなことをアドにつらつらと語るおっさんは、『同じ話をするのは、これで何度目だっけ？』などと思っていたりした。

「というわけで、バズーカを撃とうか」

「どんなわけだよ！　つぅか、コレも高価な魔導具なんじゃないのか!?」

「いぃ～んや。撃ち込む弾には二つの溶剤が封入されているだけで、けっして魔法なんかじゃないんだ。これは化学反応によって外気の温度を瞬間的に奪い去るだけのただの物理現象だよ。まぁ、中身はこの世界の不思議素材から作ったんだけどね」

「なぁ……それ、製造方法さえ覚えられたら、この世界の住人でも量産ができるんじゃないのか？むしろ魔導銃なんかよりも危険な兵器になる気がするんだが」

「不可能ではないけど、知らなければ作りようがないんだからさぁ、そんなに警戒する必要もないんじゃないかい？　教えなければいいだけの話なんだから」

この世界の住人は、物理現象による爆発なども全て魔法による効果であると思っており、科学への理解は限りなく低い。

なので、一見するとゼロスの『教えなければいい』は暴論に見えて、実は的を射た発言かもしれない。

実は、この氷結弾の技術を確立したのは殲滅《せんめつ》者であるカノンである。あくまでゼロスは工程通りに作業を行って作ったに過ぎず、ぶっちゃけゼロスですら仕組みや理論といった部分は一切理解できていなかったりするのだ。

おっさんレベルで理解できないのだから、この世界の者達に分かるはずもなく、ましてや応用など天変地異が起こっても無理だろう。

ちなみにゼロスとしては、魔法薬でこの現象を起こすより、魔導術式で行ったほうが手っ取り早いなぁ～と思っていたりする。

「これに関してはレシピの調合方法も恐ろしく細かい指示が書かれていてねぇ、僕でも苦戦するほどだったよ。再現できただけでも褒められるべきレベルかなぁ～」

「つまり、レシピがあっても作ることが難しいのか。俺じゃ作ることすらできないだろうな」

「というわけで、これ。さぁ、バズーカを撃とうか！」

「…………要するに、バズーカを撃ちたいだけなんだな」

「せっかく作ったんだしねぇ。この世界での効果がどれほどのものか知っておく必要があるでしょ」

アドは諦めた。

そして、バズーカを右肩へ水平に載せると、照準器を使いハッチマーヤの巣がある崖の岩壁の亀裂に狙いを定め、引き金を引いた。

『ポスポスッ！』という間抜けな音と共に弾頭は岩壁の亀裂奥へと吸い込まれ、空洞内が霜で白く染め上げられる。

「…………念のため、もう二発ぶち込もうかね」

「充分じゃないのか？」

「念のためだよ。どうせ君は夜のバズーカを撃ち込むのも得意なんだろ？　『俺のバズーカはもっと凄《すご》いんだぜ☆』なんて言って、毎晩ヒャッハーしてんでしょ。ちくしょうめぇ!!」

「唐突の下ネタぁ！　あと、俺はそんな真似した覚えはねぇぞ‼　知らないのに変なイメージを勝手に押しつけてくんなぁ‼」

「知らぬさ、それがどうしたぁ！　天然鈍感男を装いユイさんを焦《じ》らし、意図的に誘導し関係を持ったままの勢いを持続させ、突き進んだ道だろぉ！」

「変なテンションでいきなり嫉妬してんじゃねぇよ⁉　酷《ひど》い濡《ぬ》れ衣《ぎぬ》だぁ‼」

おっさんは、現在進行系で継続中の年下の女性二人との微妙な関係に対して、いまだに悶々《もんもん》とした感情を消化できずにいた。

ゼロスは知らないことだが、実はジャーネの方も似たような感情を抱いており、こうなると『もう、どんな形でも関係を持ってしまったほうが楽ですね』と吹っ切れているルーセリスの決断も、妥当な判断と考えていいだろう。

「地獄で会おうぜぇ、ベイベー‼」

「ハッチマーヤに八つ当たりしてんじゃねぇよ⁉」

おっさんの嫉妬心は収まることがなく、躊躇なく二丁構えのバズーカを発射。

とばっちりを受けたハッチマーヤがかわいそうである。

「さて、それじゃ巣に行こうか」

「……まるで何事もなかったかがごとく。ゼロスさん……俺より情緒不安定になってないか？」

「恋愛症候群《ラブ・シンドローム》を発症するとねぇ、自分でも思考能力が過敏になることが分かるんだよ。それが何かのきっかけで一気に暴走する。その恐怖たるや……無邪気な心のままでいられたなら、そんなことは知らずにいられたのに……」

「それって、自分で抑制はできないもんなのか？　人間なんてウサギと同じで年がら年中発情できる生物だろ」

「できるなら僕がとっくにやってる。惑星規模の魔力枯渇が大きな原因だから、自然界の魔力濃度が元に戻るまでこの奇病の発症は続く。君も他人事《ひとごと》じゃないんだけどねぇ……」

恋愛症候群の発症原因は自然界の魔力濃度が低下したことにある。その環境下で多くの人種が慣れてしまったがため、わずかな魔力変動で相性の良い者同士の脳波が魔力で同調し、魔力波の増幅でレッツ・フォーリンラブを決めてしまうのだ。

恋はいつでもハリケーンと言うが、ハリケーンどころか破滅への片道切符になりかねない災厄だ。この惑星の自然界魔力が元に戻ったとき、後世の歴史家はこの珍妙な季節病をどう書き記すのだろうか。

遥か未来においては笑い話になっているかもしれないと思うと、おっさんとしては『せめて自分の醜態が歴史に残るような事態にはならないでほしい』と願わずにはいられない。

そんな哀愁漂うやるせない背中を見せながら崖を登っていくゼロスと、その後を追うアド。

ほどなくして二人は断崖に開いた亀裂へと到着した。

「おぉ……見事に凍りついてるねぇ」

「ハッチマーヤ、全滅したんじゃね？」

「この巨大蜂は冬眠するから、この程度で死ぬことはないよ。それにしても……デカい巣だねぇ。こんなのは初めてだ」

「確かに……これはすげぇ」

亀裂の奥は天然の巨大冷凍庫状態であった。

幼虫を育て、巣を守る単純だが平穏なハッチマーヤの日常が、外からの襲撃者によって一瞬にして氷結させられてしまった。

それでも彼らは生きていた。

「【ソード・アンド・ソーサリス】でもここまで巨大なものはなかったぞ」

「天井から床まで、だいたい十メートルくらいかな。奥行きもあるようだし、かなり大きな巣だ。さて、採取の時間だよ」

ハッチマーヤは分類上、蜜蜂だ。

女王蜂を中心に、餌や蜂蜜を集める働き蜂と巣を守る護衛蜂、そして幼虫の世話をする保育蜂と、それぞれ役割分担が明確に決められてコロニーを形成していた。

「蜂蜜は確か、ハッチマーヤの卵から孵化《ふか》したばかりの幼虫に与える餌だったよな？」

「ある程度大きくなると、魔物の肉を唾液と混ぜて発酵させた餌で育て始める。この餌――【インセクトベント】もかなり高額で取引されるぞ。一流の料理人が作る肉料理よりも遥かに美味らしい」

「何の魔物の肉が混ざっているのか分からねぇから、食いたくねぇな」

「ゴブリンですら餌に使うからねぇ。犬すら食わないと言われる魔物なのに……」

【インセクトベント】は幼虫の餌であるが栄養価も高く、肉の旨みが凝縮されたダンジョンの珍味扱いで、【ソード・アンド・ソーサリス】では手のひらサイズの缶詰にして売っても三ヶ月は豪遊して暮らせる値がつけられた。

この世界では分からないが、高級食材として広まる可能性は充分にある。

「一応鑑定したが食べられるみたいだ。ただ、魔物には肉質に毒が含まれる種族もいるし、それらをどうやって解毒しているんだ？　もしかして蜂蜜の抗菌作用と発酵作用によって、どんな毒性の強い魔物の肉でも最大限に解毒・熟成されるとか……。地球の常識が通用しないから分からん」

「糖分が発酵すると、アルコールになるんじゃなかったっけ？」

「ある程度の水分がないと酒にはならないよ。蜂蜜が乾燥しても糖しか残らないし、抗菌作用も強いから腐らない。普通の蜂蜜でこれなんだから、昆虫系の魔物であるハッチマーヤの蜂蜜はどんなことになっているのやら……」

「なるほど、抗菌作用の強い蜂蜜を魔物の肉に混ぜるから腐らず、逆に熟成されて旨みが増すことになるのか」

「樽《たる》に満載してデルサシス公爵の商会に卸してみるのはどうだろう。いい値で買い取ってくれると思うよ。あっ、乳幼児に蜂蜜は危険だから、かのんちゃんにはくれぐれも食べさせないように」

「育児本にも似たようなことが書いてあったな。黒糖もだっけ？」

乳幼児には黒糖や蜂蜜を与えるのはＮＧと言われている。

その原因はボツリヌス菌であり、抵抗力の低い乳幼児がボツリヌス症を発症すると死亡例が出てしまうほどに危険であり、現代の日本では広く知られている常識だ。

「インセクトベント……本気で持っていくのか？」

「樽二十個分もあれば充分でしょ。蜂蜜もそれくらいあればいいか」

「こいつらにとっちゃ迷惑な侵入者だよな、俺ら……」

「この蜂蜜を使うと、ポーションづくりの時に高濃度魔力水の量を節約できるし、作る手間も省けるんだよねぇ」

「奥は蜂蜜か……。馬鹿げた量だな。おっ、あそこにあるのはゴールデン・ローヤルゼリーか」

「手分けして採取だ！　君の場合、お金はいくらでもあったほうがいいんだろ？」

「おう……。店を開くためにも、素材は多めに集めておかねぇとな」

巣の中はいくつものエリアに分かれており、一番奥には蜂蜜の貯蔵庫。その手前はインセクトベントの熟成部屋になっていた。

蜂の幼虫なども珍味として珍重されているが、さすがに抱えるほどの大きさがあるハッチマーヤの幼虫は、生きているのでインベントリーやストレージ枠に入れることもできないので諦めた。

それ以前に、ここまで巨大化した幼虫など食べようとも思わない。

「俺、蜂蜜の方を回収するわ」

「じゃぁ、僕はインセクトベントの方を回収するよ。スコップでね」

「これだけの量を採取しようとすると、普通に肉体労働だよな……」

「樽の方もそれなりに重量があるからねぇ」

なんだかんだ言いつつも手慣れた様子で採取作業を行う二人。

そんな棲家《すみか》荒らしの姿を、中途半端に凍りついて難を逃れていたハッチマーヤ達は、忌々《いまいま》しげに見ていることしかできないでいた。

凍《い》てついていなければ集団で襲いかかっていたはずなのだが、こうなると哀れだ。

ゼロス達が持ち去った素材はハッチマーヤにとって微量であったことは幸いである。

◇　◇　◇　◇　◇　◇　◇

四神の威光を失ったメーティス聖法神国は混沌《こんとん》としていた。

混乱に乗じて領地拡大を狙う貴族達。

異端者として迫害を受ける神官達。

国への不満から暴動を繰り返す国民達。

そんな中、冷静に状況を見極め独自の動きを見せる者達がいた。

そう、国の勝手な都合で理不尽にこの世界に召喚された勇者達だ。

彼らはそれぞれ部隊を与えられ、聖天十二将とは別の命令系統で動ける騎士団であったが、政治の中枢を丸ごと失った国に留《とど》まるのは危険と判断し、部下やその家族を引き連れて亡命する道を選んだのだ。

そして現在、各勇者の率いる部隊にそれぞれ分かれ、一路ソリステア魔法王国を目指し長い旅を続けていた。

「ヤーさん、ヤーさん」

「サマっち……その言い方は、義理と人情を秤《はかり》にかけたお堅い職業の方々みたいで、俺としては嫌なんだけど……」

【佐々木《ささき》　学《まなぶ》】（通称サマっち）と【八坂《やさか》　学《まなぶ》】の同名コンビは、【笹木《ささき》　大地《だいち》】や【川本《かわもと》　龍臣《たつおみ》】の部隊よりも早く亡命準備を整え、混乱の渦中にあるメーティス聖法神国から離れ他国に亡命すべく動いていた。

こうした段取りを整えるのは八坂の得意とするところであり、国から出ることを望まない部下の家族達にも、『このままだと戦乱の火中に飛び込むことになるけど、いいの？　死ぬよ？　自由意思は尊重するし俺は別にかまわないけど、その時には俺達は守ってやれないからね？　生まれた土地に骨を埋めたいという気持ちも多少は分かるし』という伝言を持たせ、半ば脅迫気味に説得することに成功し、気付いたときには亡命希望者による大規模なキャラバンが形成されていた。

「それよりもヤーさん、なんか……商人達が増えている気がするんだな」

「……機を見るのに長《た》けた商人達は、メーティス聖法神国がもう駄目だと理解したんだろうな。家財を持ち出して心機一転、新天地で一旗揚げようとしてるんだろ」

「こうなると、食料にも問題が出てくるんだな」

「そんときには狩りでもして、なんとか不足分を補うしかない。幸いとも言うべきか、このところ草食の魔物と出くわすことが多いし、間引くにはちょうどいいだろ」

元々メーティス聖法神国では、勇者召喚の影響で植物が簡単に育たない荒野が各地に点在していたのだが、例の地震があって以降、急速に自然の力が戻ってきているようで、青々とした草花が繁殖し始めていた。

同時に、今まで見たこともなかった草食性の魔物が群れを成して行動している光景が、頻繁に目撃されるようになっていた。

では、この魔物達はどこから現れたのだろうか？

答えは分かりきっていた。

「【試練の迷宮】か、もしくはそれ以外のダンジョンから魔物が放出されているんじゃないか？

急速に生態系が元に戻ろうとしているように感じるんだが、サマっちはどう思う？」

「これは危険な兆候だと思うんだな」

「……だよな」

この国の国民達は不安定化した国内の状況に戸惑い、周りの環境が変化し続けていることに気付いていないが、異世界出身の勇者達はその変化を敏感に感じ取っていた。

現状、草食系の魔物やゴブリンなどの小型種が数を増やしているようだが、いずれは肉食系の魔物も増える可能性が高い。

そのような事態になったとき、率先して貴族達が対処に回るのか疑わしい。間違いなく見捨てられる者達も出てくるだろう。

「貴族派閥同士のいざこざも絶えないし、戦争が始まるのも時間の問題だろ。ヤバいのはフューリー・レ・レバルト将軍だな」

「ヤーさんはフューリー将軍を危険視してるんだな。ぼ、僕はアーレン・セクマ将軍の方なんだな」

「フューリー将軍は人望があるし、他人を取り込む手練手管《てれんてくだ》に長けている。立ち寄った街で聞いた話だと、既に周辺の貴族をまとめ上げているって話だぞ。しかもこの短期間で不安定化した行政を正常化するために苦心しているそうだ。この噂《うわさ》を聞いて支持しない奴なんていないだろ」

「でも、お、おかしい話なんだな。なんで、距離の離れた街にそんな噂が流れているのか、ふ、不思議なんだな」

「不思議なもんか。自分の配下を使って意図的に噂を流し、民衆からの支持を得ようとしてんだから」

情報が錯綜《さくそう》し混乱している時期だからこそ取れる有効な手段。

有力な貴族達は周辺の貴族達を取り込むために必死で、民の置かれた状況は放置されたままだ。

そのような状況で民のために苦心する領主の噂が立てばどうなるか。

民は自分達の住む領地を治める領主とフューリー・レ・レバルト将軍を比べる。

高まる名声はやがて彼を王へと押し上げることになるだろう。

「じゃぁ、アーレン将軍の方はどうなんだな？」

「あの人は、どっかの馬鹿貴族を担ぎ上げたようだぞ？　一応は公爵家らしいが領地も狭く、民からの信頼も底辺って噂だ。名ばかり貴族だな」

「……そ、そんな貴族を担ぎ上げても、む、無茶なんだな」

「そんで、その公爵の名のもとに武力で周辺の貴族を平らげているらしい。いざ危険が迫ったらその公爵の首を切るつもりなんだろう。使い捨てにするにはちょうどいい神輿《みこし》だな」

「あ、悪辣《あくらつ》なんだな!?」

「んで、その情報を流しているのもフューリー将軍の配下の者だと俺は思っている。どっちが悪辣なんだかな……」

王になろうとしている男と、神輿を担ぎ上げて戦乱の世を作ろうとしている男。

人道を貫き名君としての片鱗《へんりん》を見せるフューリーと、挿《す》げ替え可能な神輿を担ぎ上げて戦いを楽しむアーレン。勇者達にとってはどちらも物騒な存在だ。

「川本氏は大丈夫か、し、心配なんだな」

「川本は大丈夫だろ、問題は笹木の馬鹿だ。甘い言葉にホイホイと釣られそうな気がするんだよなぁ～」

「クズ大地君は別にどうでもいいんだな。アホが自業自得で死んでも、だだ、誰も悲しまないんだな」

「サマっち……辛辣《しんらつ》すぎるだろ。同感だけど」

【笹木　大地】に対する勇者達の心証は共通している。

強きに靡《なび》き、弱きを挫《くじ》く典型的なクズだという意見で一致していた。

普段は偉そうな態度をしている姿は、かつて死んでいった勇者【岩田《いわた》　定満《さだみつ》】と共通しているが、少なくとも岩田は人間性に関してはクズでも、力に対してはそれなりの信念のようなものを持っていた。

だが笹木にはそれすらない。

場当たり的で状況に流されやすく、煽《おだ》てられればその気になる単純さで、簡単に他人を裏切るような性格だ。だからこそ信用されていない。

「岩田は、少なくとも強い相手に対してはそれなりの敬意を持っていたからなぁ～。何かとタイマン張ろうとしていたし、面倒な奴だったけどな」

「大地君は薄っぺらいんだな」

「周りから持ち上げられたら、後先考えずにその気になっちまう馬鹿だし、俺としては仲間だと思いたくない」

「ゲームだと間違いなく足を引っ張るキャラなんだな」

「もしくは、中盤で仲間を裏切り敵側に寝返るキャラだろ」

「そして、散々利用された挙げ句に生贄《いけにえ》かなんかで殺されるんだな。大地君はそんな雑魚臭がプンプン臭うんだな」

勇者達から見た笹木の評価は最低で辛辣だった。

それすら今さらなことなので、合流予定であるもう一人の勇者を心配する。

「川本はどうしてんだろうな……。うまく俺達と合流できればいいんだろうが、善意で余計なものを背負いかねないからなぁ～」

「川本氏は人が好《よ》すぎるし、正義感も強すぎるんだな。困っている人達を見捨てることなんてできないんだな」

「いい奴すぎるんだよ。頼まれたらＮＯと言えない典型的な日本人そのものだし、強く迫られたら押し切られて……うっわ、考えたくない」

メーティス聖法神国にとって勇者とは聖女に次ぐ象徴的な立場だった。

召喚された当初は国民の前で大々的に喧伝《けんでん》され、戦闘能力の高い者は騎士団の団長クラスにいきなり抜擢《ばってき》。以降は軍務という名の雑用に従事させられてきた。

国のイメージアップのためにアイドル活動みたいな真似もさせられたことがある。

【滅魔龍《めつまりゅう》ジャバウォック】により聖法神国の悪事が露見されたが、国民の中にはいまだに勇者を救世主扱いしている者もおり、国内の混乱を収めてほしいと懇願する者も少なくない。

「こ、今回は、さすがに安請け合いはしないと思いたいんだな」

「だといいんだが……」

「それよりも、あそこが少々不安なんだな」

「あいつらか……」

二人の視線の先には、馬車の荷台で手を震わせている生産職達の姿があった。

「原稿を……白い原稿をっ!!」

「クッ……点描作業の後遺症が……。手の震えが止まらん……」

「集中線……カケアミ、背景……アシスタント作業はもう嫌……。早く作品を描かせて……」

「静まれ、我が右手……今は創作意欲を溜め込むことが先決。落ち着け……落ち着くのだ」

「私に……私に漫画を描かせろぉおおおおおぉぉぉぉぉっ!!」

「「…………」」

ヤバい目つきのおかしな生産職達。

彼らこそ、メーティス聖法神国が誇る公然猥褻《わいせつ》創作物をばらまく薄い本創作出版部隊、【メーティス聖法出版】の精鋭作家達の姿だ。

度重なる修羅場を乗り越えてきた彼らは、限界まで締め切りに追われる日々が快楽となってしまっており、もはやまともな生活が送れないほど行き届いた洗脳教育をされてしまった重度の駄目人間となっていた。

空いている時間のほとんどをネームやテロップ作業に費やし、寝ているときは修羅場の悪夢に苛《さいな》まれる、引き返せない道を進んだ求道者《きゅうどうしゃ》だ。

彼らの日常に安息の時間はない。

「サマっち……なんで、あんな連中を連れ出してきたんだよ。隙《すき》あらば俺達をネタにするようなクズ共だぞ」

「ソ、ソリステア魔法王国に連れていけば、もしかしたら正気に戻せる魔法薬があるかもしれないし、まともになれば戦力になるかもしれないんだな。それに【腐・ジョシー】女史は意外にやる人なんだな」

「逆に、更なる地獄を見る過酷な修羅場へ突入するんじゃないか？　連中のせいで摘発を受けたらどうする気だよ。あと、ジョシーと女史が被《かぶ》っているんだが……」

「そ、そそ、その可能性を見落としていたんだな……。あの人達、基本的にドMなんだな」

「こうなると、ますます川本が余計なお荷物を抱え込んでこないことを祈りたいな。あの連中だけでも厄介なのに、更に余計なものを背負い込みたくはない」

「難しい問題なんだな」

しかしながら、この時の二人の心配は最悪な形で当たってしまうことになる。

多くの難民を引き連れた川本龍臣の部隊と合流することになろうとは、この時は誰も予想していなかった。

唯一の救いは笹木の部隊の方は少人数で合流してきたことだろう。

この時の勇者達は、『こいつ、本当に人望がないんだな』と再認識したのだとか……。

薄っぺらな人間は対人関係も薄っぺらいようである。

◇　◇　◇　◇　◇　◇

フューリー・レ・レバルト将軍――いや、伯爵は執務室で事務官と共に政務に追われていた。

周辺貴族は彼に臣従し、更に格上貴族から離反した貴族達を取り込むことで着々と勢力を伸ばしており、本来であればこの勢いのまま軍事行動に移るべきなのだが、地震の被災地への対応に追われ、こうして事務仕事を余儀なくされていた。

だが、英雄王を目指すフューリーにとっては避けて通れない仕事であるため、鬱屈《うっくつ》した感情を必死に隠しながらデスクワークに忙殺される日々を過ごしている。

「ふぅ……。これは、どうしても南の土地を手に入れなければいけませんね」

「南、ですか？」

「えぇ、我々の領地は国のほぼ中央寄りですからね。他の貴族の領地を得ても海側の国との距離は遠く、交易のためにはどうしても街道を押さえたいところです。流通経路を確保しないことには復興もままなりません。難民も増えてきていますしね」

「ソリステア魔法王国は南東ですから、領地から見て南とは、小国家群との交易ですか？」

「商業連合国と言い換えてもいいかもしれません。複数の国が関所を廃止し自由貿易を行っていますから、交渉次第ではソリステア魔法王国より関税を安くすることができるでしょう」

「ソリステア魔法王国との交易はいいのですか？」

「今のままでは足元を掬《すく》われますよ。あの国には危険なお方がいますからね」

「……………【沈黙の獅子】ですか？」

「あのお方ほど英雄に相応《ふさわ》しい……いえ、覇王の方が正しいでしょうか。今の段階で敵に回すには恐ろしい人物ですよ」

フューリーは英雄王を目指すにあたり、特に危険視している人物がいた。

世代を重ね君臨するグラナドス帝国の【征服皇帝】。

征服皇帝を支える正体不明の軍師【静謐《せいひつ》の指し手】。

自分の英雄譚《たん》の好敵手として選んだ【アーレン・セクマ将軍】。

ソリステア魔法王国の影の王にして【沈黙の獅子】の異名を持つ【デルサシス公爵】。

そして、フューリーは誰よりもデルサシス公爵に強い憧れを持っていた。

「あのお方が本気で動けば、この大陸の半分は確実に支配できるほどの実力を持っていると、私は思っています。まったく……なぜあのお方が王でないのか理解に苦しみますよ」

「酔狂なのでは？　もしくは常識に囚《とら》われない自由人である可能性も高いですね」

「あのお方にとって西域中央の領土争いなど、つまらないものなのでしょう。せめてファーフラン大深緑地帯全域にも大国が複数存在していれば、大陸制覇に興味を持ったかもしれませんね」

「私達にはありがたい話なのですがね」

フューリーの口調にはどこか熱が込められていた。

彼が西域中央を含めた北大陸全体を西域と呼称するのは、世界から見てもちっぽけな人類生存領域で争い合うことに対し、酷く滑稽な印象を持っているからなのであろう。

そんな狭い領土争いにデルサシス公爵が動くなど、覇王の才を持つ者には相応しくない行為であると考えていた。

ここまでくるともはや心酔の領域である。

「ところで、最近は奇妙な報告が多いようですね」

「奇妙……ですか？」

「えぇ……畑に植えた作物の成長が早くなっているとか、今まで魔物の姿すら見られたことのない地域でゴブリンが活発に活動しているとか……」

「確かに現場からそのような報告が上がってきていますが、それほど気にすることでしょうか？」

「気になりますね。ええ……私としてはとても気になります」

本当の神が復活を果たした。

そんな神が次に起こす行動は世界の再生であろうことは予想がつく。

植物の急速な成長はそこに端を発していると思われるが、問題は魔物の姿が各地で見られるようになったということだ。

何かを見落としているような気がしてならない。

『魔物の増加……つまりどこかで繁殖をしていた？　しかし、なぜ今頃になって……いや、今だからこそ魔物が活発に動きだしたと見るべきでしょうか？　これが神の復活による影響だとするのであれば、魔物が増えやすい環境……ダンジョン？』

今まで起きた事実から関連する情報をまとめ推測するフューリー。

ダンジョンが魔物を放出することがあるという話は傭兵《ようへい》ギルドから聞いたことがあるが、メーティス聖法神国ではダンジョンから魔物が放出されるような事例は長いこと起きていない。

この手の調査は魔導士の学者が行っているものなのだが、魔法そのものを禁止していたメーティス聖法神国では全ての関連する書物や研究資料を焚書《ふんしょ》しており、簡単に調べることができない環境にあった。

そのため憶測《おくそく》交じりの推論で調査を始めなくてはならない。

『調査をするには行動方針を決めておく必要がありますね。勇者の召喚による世界の魔力枯渇……

神はきっと世界中の魔力を元の状態に戻そうとするはず。もしダンジョンがこの影響で活性化し始めているのだとすれば、ダンジョンは既に魔物の繁殖場と化していることになります。ですが……………』

世界の魔力濃度が元の状態に戻る影響でダンジョンの活動が活発化したと考えると、今置かれている状況とも辻褄《つじつま》が合う。

となると問題は魔物の繁殖力だ。

魔物も生物である以上、成長するにはそれなりの年月を必要とするはずだ。

仮にダンジョンで繁殖が行われていたとして、短期間で放出するほどまで大量繁殖させることが可能なのか疑問であった。しかもメーティス聖法神国で活動状態のダンジョンなど【試練の迷宮】以外になく、そこで魔物の放出現象が起きたという事例は聞いたこともない。

『ダンジョンが活発化していると仮定して、この推測が正しかった場合、遺跡と化した古いダンジョンは実は休眠していただけで、活動を再開したと見ることができる。これは徹底的に調査をしないと危険ですね』

フューリーの国造りは今のところ順調だ。

なんとかギリギリの状況で地震による被災地の復興が進む中、不確定要素を放置しておくのはマズい事態だと結論づける。

考えすぎであれば笑い話で済むが、事実であった場合は最悪の事態を招く恐れがあるからだ。

「……すぐに、傭兵ギルドに通達を出してください」

「通達ですか。それで、何と？」

「私の名を使い、『試練の迷宮ならびに各ダンジョン跡地の徹底調査』の要請を出します」

「我が国にはダンジョンがいくつか確認されていますが、一つを除いて稼働しているという話は聞いたことがありませんが？　それなのにダンジョン跡地にも……ですか。そこまで徹底する必要があると？」

「ええ、もしこの世界の魔力が減衰した影響でダンジョンが活動を停止していたとしたら、世界に魔力が戻ることで目覚める可能性も捨てきれません。この忙しい時期に魔物の相手までしていられませんからね。念入りに調査をする必要があると判断しました」

「……嫌な予感がしますね。これが杞憂《きゆう》であってほしいですが……」

「私もですよ」

植物の繁殖力が上がることは、魔物が生息しやすい環境になるということだ。

フューリーも貴族ゆえに数多くの書籍を読み知識を深めており、その中の植物学者が残した書籍には『魔力の濃度が高い地域ほど植物や動物の成長が顕著であり、その生命力や繁殖力は信じられないほど強い』と記載されていた。

世界の再生が始まっているのだとしたら、その影響は大陸全体に及んでいると考えることが自然であり、人間の都合などおかまいなしに自然の猛威が牙を剥《む》く。

野菜の成長が早いと暢気《のんき》に喜んでいては、気付いたときには原生林に囲まれていたなどということも充分に考えられる事態であり、しかも魔物がダンジョンから放出されるというオマケ付きだ。

警戒するには充分な理由である。

「メーティス聖法神国という国は高い代償を払い滅びましたが、多額の借金も残していったようです。その返済を我々がさせられるというのは、なんともやりきれませんね」

「その取り立て屋が神ですか？　生存者の話では神が降臨したということですが、私には信じられません。本当に神などいるのですか？　私にはどうにも……」

「あの日、マハ・ルタートから放たれた気配は尋常なものではありませんでしたよ。民達に感じ取れたかは分かりませんが、私は勇者の血を引いていますからね。心の底から湧き上がる畏怖《いふ》の感情は今でも忘れようがありません。あのような強力な気配を放つ存在など会いたくもない」

「おや、英雄を目指すフューリー様なら、神の御尊顔《ごそんがん》を拝謁《はいえつ》賜れる機会を喜ぶと思っていましたが、違うのですか？」

「私を何だと思っているのです？　神など天上から我々の行いを見物していればいいのです。直接降りてきて口出ししてくるなど、迷惑極まりません。人の世は人の手で築いていくものだと思いますからね。我々は須《すべから》く神の子ではあるのでしょうが、いちいち親の干渉を受けては成長などしないでしょう？　私は自立もできない親不孝者になどなりたくありませんね。それがたとえ間違った道であったとしても、神に甘え続けるような存在にはなりたくないのですよ。情けないではありませんか」

この世界は四神がいたがゆえに、フューリーは神が存在していること自体は否定していなかったが、気まぐれに神託で人間に干渉してくることに対しては不満を抱いていたこともあり、聖天十二将の地位にいながらも四神教の教義に傾倒したことは一度もなかった。

それには幼い頃から抱いていた英雄願望を拗《こじ》らせ、純粋な想いが野心へと変わっていく過程で四神に対しての不満が積もり、やがて神という存在に疑問を持ったことが起因している。

四神が紛《まが》い物の神と判明した今では、『自分は間違っていなかった』という自信が長年抱え込んでいた英雄への道を進みたいという信念と繋《つな》がり、蓄積されていた英雄願望が見事に爆発。

結果、彼は国造りへと走り出してしまった。

現代日本風に言うと、彼は行動力のある厨二病《ちゅうに》だと言える。

「何にしても、我々は新たな時代を築く道を進まざるを得ない立場です。今は苦しい状況ですが、多くの民の協力を得られれば、理想とする国の基盤くらいなら作れるかもしれません」

「理想の国を建国するとは言わないのですね」

「私が理想とする国は、所詮は独り善がりのようなものですよ。代を重ねれば理想の形も変わるでしょうし、私が是とする国とは大きく乖離《かいり》していくことでしょう」

「なるほど……。では、その理想のために書類の整理を早く終わらせてください。まだまだ処理してもらう書類がありますから。その前に傭兵ギルドへ提出する調査依頼の書類作成もお願いします」

「理想は遠く、現実は非情なるかな……。儘《まま》ならないものです」

深い溜息《ためいき》を吐《つ》くと、フューリーは傭兵ギルドへの調査依頼の手配書を書き始めた。

その最中に新たに運び込まれた書類の山を見て彼は絶望する。

徹夜仕事が確定した瞬間であった。

その後、ようやく休息をとれたフューリーであったが、敵対意思を露《あら》わにした周辺の貴族が領地に攻め込んできたことにより、戦場へと向かうことになる。

彼の心の平穏はまだまだ遠い。

◇　◇　◇　◇　◇　◇　◇

ゼロスとアドは蜂蜜とインセクトベントを採取し、ハッチマーヤの巣穴からダンジョンのフィールドに戻ってきた。

断崖を下りて一服するゼロスの横には上機嫌なアドの姿がある。

「そういえば、ハッチマーヤの蜂蜜を使ったポーションの作り方、アド君は知っているのかい？」

「手伝った記憶はあるが、正確な調合手順は覚えていないぞ。まぁ、大量に手に入れられたから多少失敗しても元は取れるだろ。調合方法は知っている人に聞けばいいしな」

「それ、僕のことかい？　まぁ……別にいいけど」

アドは生産職の手伝いをしたこともあり、調合や鍛冶《かじ》のスキルはそれなりに育っていたが、自分から率先してアイテム製作を行うことはない。

それなのに採取や採掘を行えば生き生きとしてくるのだから不思議だ。

「君さぁ、もしかして採取や採掘みたいなマメな仕事が好きなタイプ？」

「カノンさんから依頼を受けて、ちょくちょくやっていたからな。気付いたら得意になっただけだぞ。別に好きというほどのものじゃない」

「彼女は魔法薬の探究は嬉々《きき》としてやっていたけど、素材の採取は仕方なくやっていた印象だからなぁ～。適当な理由でアド君や知り合いのプレイヤーをこき使っていたっけ……」

「それでもカノンさんの作ったポーションは効果が凄かったから、俺達も文句を言わず依頼を受けてた。依頼内容はハードだったがメリットもあったし」

「けどねぇ、自分が出張れば早く片付くような依頼も君達に任せていたんだろ？　つまり、やりたくないことは絶対にやらない。アレでは社会人として通用しな…………あれ？」

「どうしたんだ？」

突然カノンに関してゼロスは違和感を覚えた。

この世界に来る前、【ソード・アンド・ソーサリス】でのカノンについては、その言動に社会人ならではの内容がちらほらとあったことは記憶しているのだが、それよりも前のまだ仲間に加わって間もない頃に、彼女の口から『自分は中学生だから』といった個人情報を一度だけ聞いたことがあった。だいたい三年くらい前の話だ。

もし中学生という情報が正しければ現在は高校生。つまりアドの妻であるユイと同年代ということになる。

だが、ゼロスの記憶ではカノンは会社での愚痴をこぼしていたこともあり、少なくとも高校生ということは年齢的にまずありえない。

ここである疑惑が脳裏をよぎる。

「…………カノンさんって、実は二人いた？」

「はぁ!?　ゼロスさん……あんた、いきなり何を言い出してんだ？」

「いや、三年くらい前に、僕はカノンさんが中学生だという話を確かに聞いたことがあるんだよ。けどこの世界に来る前にどこかの研究所で働いているみたいな話も聞いた。年齢が合わないんだ……。研究所で働いているということは、少なくとも大学を出ていなければおかしい。『カノン』というアバターを二人の人間が使用していたと考えれば辻褄が合うんだが……」

「それはおかしいだろ。【ソード・アンド・ソーサリス】のアバターは、登録したプレイヤー本人でなければ使うことができない仕様のはずだろ。別の人間が他人のアバターを使うにしても、網膜認証システムで弾《はじ》かれる」

「そうなんだけどねぇ…………今思うと、時々カノンさんの言動が妙に幼いときがあったんだよねぇ。なんで今まで疑問に思わなかったんだろ…………」

「だとしたら【ドリーム・ワークス】の筐体《きょうたい》の認証システムに、なんらかの不具合でもあったんじゃないか？」

「そういえば、前にテッド君が『年齢規制がなぜか作動しない』と言ってた気がする。そういうこともありえる……のか？」

同じパーティー仲間でもある【テッド・デッド】が使う筐体は、なぜか年齢制限の規制が作動せずにモザイク処理が必要なグロ画像を直視し続けるという、謎の不具合を起こしていた。

そのような前例もあることから、アドの言う認証システムの不具合も可能性は決してゼロではない。身バレ防止のためにあえて不必要な情報を流している可能性も考えられるが、仲間のカノンはそのような小細工をする性格とは到底思えず、アドの意見が正しいように思えた。

だが、何かが引っかかって仕方がない。

『三年前、僕は確かに『中学生だから』という言葉を聞いたが、同時期に『助教授から不倫しないか？って誘われた』などという愚痴も聞いたことが……。この時点で大学生であったことは間違いない。カノンさんの中の人が二人いたとして『だからどうした？』って話なんだが、妙に引っかかるんだよなぁ〜。なぜだ？』

異世界に来て、初めて仲間の不審な部分に気付いたゼロス。

しかし地球とは世界が隔たれている以上、今さら確かめようがない。

喉の奥に小骨が刺さったかのような、なんとも言えない引っかかりを抱えながら、おっさんは一人悶々と考え続けることとなった。

ゼロスは失念していた。

そもそも【ソード・アンド・ソーサリス】というゲームや筐体自体が疑惑の塊であることを……。

第九話　おっさん、エビ（ザリガニ?）を食う

何気に気付いてしまった【殲滅《せんめつ》者】仲間であるカノンに対する疑惑。

元々ゼロスの【ソード・アンド・ソーサリス】でのプレイスタイルは冒険がメインであり、プレイヤーとのコミュニケーションはあまり重視していなかった。相手から話してくることに関しては聞くが、自分からプライベートについて尋ねることはない、というスタンスである。

なので、いくら考えたところで答えが出るはずもなく、もはや別世界でのことなので、確かめる手段などどこにもなかった。

「…………気にはなるけど、今さらだからねぇ」

「この世界にいる時点で、もう、どうすることもできないからな」

「転生……いや、転移？　していなくても、他人のプライバシーに土足で踏み込むほど、僕は人間

性が腐ってないつもりだ。そこまで図々《ずうずう》しく厚かましい真似はしないさ」

「ナンパしているプレイヤーは結構見かけたよな？　あの連中の態度もなかなかに図々しくも厚かましかったが、そのあたりのことはどう考えていたんだ？」

「別にどうも思っちゃ～いないさ。他人事《ひとごと》だし、そもそもアバターの中の人の性別なんて分かりゃしないんだから、なぜにナンパしようだなんて思えるのか僕は不思議でならなかったよ。犯罪プレイに走るのもゲームだと割り切っていたから、良心の呵責《かしゃく》に苛《さいな》まれることがないのと同じかねぇ？」

「自由度の高い電脳世界だからこそ、現実の自分とは違う自分に憧れているんじゃないのか？　ＰＫ《プレーヤーキル》する連中の考えていることは知らんけど」

「普通にプレイしている僕達から見れば、倫理観から外れるようなプレイをする連中の考えなんて分からんさ」

『普通にプレイ？　誰が……どこで？　なぜにそこまで自信を持って言えるんだ？』

アドからしてみれば、ゼロスを含めた殲滅者達のプレイスタイルも普通とは言い難い。

むしろ常識から大きく逸脱していたと断言できる。

どこまでも自由に、とことん我儘《わがまま》に、人の迷惑も顧みずに好き勝手にやっていた様子しか思い浮かばない。

自分達の行動が他人からどう見られるのか、殲滅者達は全く気にしてなどいなかったことは間違いなく、それを『普通にプレイしている』と本気で思っていたことを改めて知る。

おそらくは殲滅者同士でも、『こいつらよりはマシ』と自分自身を棚に上げて思っていたのかもしれない。

そんな当時のことを思い出し、『やっぱ普通じゃねぇよ。この人ら……』と心の中で呟《つぶや》くアドであった。

「なぜにそんな冷めた目で僕を見るのかね？」

「……いや、気にしないでくれ」

アドとしては、『大穴から落ちたとき、どさくさでバスター技を仕掛けてくるような奴が、どの口で普通などとほざきやがる！』と言いたいところだが、それを言ったらあとで何をされるか分からないので、ぐっと言葉を呑《の》み込んだ。

このおっさんが羽目を外したら、とことん非常識になることを誰よりもよく理解している。

なにしろアドは被害者でもあるのだから。

「まぁ、無茶苦茶なプレイをしていたことは認めるけどねぇ。今思うと、『なんであんな非常識な真似ができたんだろうか？』と本気で考えることもあるよ」

「あっ、まともな感性を持っていたのか」

「あるさ、人並みにねぇ」

「人並み……ね。そんな人間が【ソード・アンド・ソーサリス】で黒歴史量産してんだから笑えないよな」

「フッ……人が生きていくうえで、黒歴史を刻まない者なんていやしないよ。その時の気分や思い立った瞬間、あとは場の空気に流されるなど、その時々の状況下において人は大きな過ちを犯すものだ。安全な場所にいる上層部には前線の戦況が分からないように、その瞬間まで本人は自分が最大級の失敗をしたことに気付いちゃいないのさ。アド君……後悔とはね、何かをやらかさないかと先に思い悩むことではないんだよ」

「………カッコよくニヒルに言っているがよ、俺は騙《だま》されないぞ。その黒歴史ややらかしに巻き込まれるのは周囲の人間……具体的に言っちまうと俺なんだが？」

「失礼な。最近はエロムラ君もだよ」

「このおっさん、反省はするが後悔はしちゃいねぇ!?　人として最低だぞ！」

素知らぬ顔で煙草《たばこ》に火を灯《とも》すゼロス。

そう、このおっさんは【ソード・アンド・ソーサリス】ではかなりの非道を行っているが、そこはあくまで『所詮《しょせん》はゲームの中でのことだから』と考えており、その刻み続けた黒歴史に対しては反省するものの、後悔し思い悩むことなど一切なかった。

厄介なのは、この個性が現実世界であるこの異世界でも顔を出し、現在進行系で周囲の人間を巻き込んでいることにある。

つまり、おっさんは全く反省をしていなかった。

「まさかとは思うが、今もゲーム感覚でいるつもりじゃないよな？」

「現実と非現実の区別はつけているつもりだよ？　けどねぇ、そもそもこの異世界にいきなり送られ、今までなんとか暮らしてきたんだ。生きていくうえで地球での常識なんて捨てなくちゃならん状況下において、まともでいられると本気で思っているのかい？」

「い、いや……俺は常識を捨ててなんかいないけど？」

「どうだろうね？　実際において僕達は人を殺したことがあるし、ときに他人の命を犠牲にしたこともある。この時点で地球での常識や倫理観は捨て去っているだろ？　向こうでは考えられなかった行動をこちらで平然と実行できる時点で、僕達は充分におかしい存在になっているよ」

「…………」

ゼロスやアド達が言うゲーム感覚。

この感覚はこの異世界で生き抜くうえで、アドも否定できないほど役に立っていることは間違いない。特に戦いの場面ではそうだ。

相手が魔物や人間でも無意識にスイッチが切り替わり、冷徹に殺生を行う。

地球で生活していたらありえない衝動であり、考えられない行動だ。

「平和な社会で生きていたのに、異世界に来て突然殺人行為をするだけでなく、罪悪感すら抱かない。それどころか受け入れているんだ。ゲームのお陰で下地が整っていたと考えるのが自然だね」

「最初は罪悪感があったはずなんだが……確かにこの環境に順応しすぎな気がする」

「地球で暮らしてきたときとは違い、僕達の命に対する認識は恐ろしく低い。だから……」

「だから？」

「こうも簡単に、生き物を殺せる!!」

そう言うと、咄嗟《とっさ》に引き抜いたショートソードで、茂みから飛び出してきた影をゼロスは斬りつけた。

両断されたのは実に奇妙な姿の生物であった。

一見して人型だが、頭部はまるでイソギンチャクのようで、左右に大きな黒い眼球を持ち、地面まで届く長い腕と大きな手のひら、胴体は寸胴《ずんどう》で足が極端に短いという謎の生物だ。

「な、なんだぁ!?　全く気配を感じなかったぞ!?」

「隠密性の高い生物のようだねぇ。見たことのない生物だが……【鑑定】」

謎の生物に対して鑑定スキルを使用した。

＝＝＝＝＝＝＝＝＝＝＝＝＝＝＝＝＝＝＝＝＝＝＝＝＝＝＝＝＝＝＝＝

【チャク・チャック】


イソギンチャクのような頭部とゴブリンのような身体を持つ人型の魔物。

隠密性に優れ、不意打ちで獲物に飛びかかり、仕留めたあとは頭部から丸呑みする。

頭部の中心には牙の生えた円形の口がある。

無数の触手には麻痺《まひ》液と毒液を打ち込む針を持ち、獲物を仕留めるときは散弾のように放ち、相手の動きを止めて捕食する。

血液に強い毒性があるので食用には不向き。

腕は長く、長い指の先にある大きな爪には凶悪な細菌が繁殖しており、引っ掻《か》かれただけでも数分で腐敗しだすほど危険。遠距離から仕留めることを推奨。

脚が短いので走ると簡単に転ぶが、跳躍力は見た目以上に高いので油断はできない。

卵で繁殖するため個体数は多く、一匹見たら百匹の群れが近くにいると考えてもいい。

集団行動になると、体をくねらせながら『ミルミルミー』と叫び奇妙に踊るミルミルダンスが見られる。一般的な感性を持つ人であれば誰もが嫌悪感を持つことだろう。

一応だが石器を扱う程度の知能があり、ミルミルダンスでコミュニケーションをとる変な社会性を持っているが、個体同士で会話が成立しているのかは謎。


＝＝＝＝＝＝＝＝＝＝＝＝＝＝＝＝＝＝＝＝＝＝＝＝＝＝＝＝＝＝＝＝

「「…………………」」

なんとも言い難い謎生物だった。

奇妙な冒険譚《たん》に出てきそうな不思議な生態と危険な能力を持っている。

腐食性を持つ細菌というのが特に恐ろしい。

「なぁ、こいつの頭……イソギンチャクだよな？　どこに脳があるんだ？」

「知らね。どちらかというとローパーじゃないかな？　獲物を丸呑みにするにしたって、頭部の割合に体が追いついていないんだけど……。胃袋もそんなに大きくはないだろうに、食いきれなかった部分はどうするのかねぇ？」

「インセクトベント……まさかとは思うが、こいつらの肉が混ざっているんじゃないのか？　食欲が失《う》せるんだが……」

「アレを食べるつもりなのかい？　あくまでも素材用だよ？　複数の薬草と魔石の粉末を混ぜて煮込み、蒸留することで強力な精力剤が作れるんだ」

「ならいいんだが……」

インセクトベントは確かに珍味として売れるかもしれないが、不気味生物が混ざっていると思うと、さすがに食用として売るのは気が引ける。良心が痛むだろうことは間違いない。

そんなことよりも、この廃坑ダンジョンが異様で奇妙なものを創り出していることの方が問題だ。

「呪術系の素材に正体不明の不気味な生物か。ますますダークファンタジー系の様相になってきたねぇ。このダンジョンはマジでどこに向かっているのやら……」

「バランスが無茶苦茶だろ。何だよ、腐食する細菌って……。傷口から侵入した瞬間から体内で爆発的に繁殖でも始めるのか？　腐食＝壊死《えし》だとするなら、このダンジョンは相当危険だぞ」

「天然の細菌兵器を保有する魔物が生息しているとはねぇ」

ＢＣ兵器を持つ天然の生物など危険極まりない。

しかし、逆に言えばチャク・チャックは細菌に対する抗体を持っていると考えられ、うまく抽出して培養できれば抗菌液が作れる可能性も高く、ダンジョンに挑む傭兵達も死なずに済むかもしれない。

しかしながら、ゼロスもアドもそうした抗体を培養する知識を持っていなかった。

「一応、爪先の皮膚片と体液を採取しておこう。デルサシス公爵に渡して国で研究してもらえばいいさ」

「細菌兵器を作り出さないか？　俺としては、そっちがやばいと思うんだが……」

「一歩間違えばアウトブレイクだよ。バイオハザードでもいいけど、研究者がそういったリスクを考えないとは思わないんだよね。兵器に流用なんて危険すぎるからさ」

「頭がいい連中は先の危険性を理解するって？　けど、国のお偉いさんが兵器転用を実行させようとしたらどうなるんだよ。下手するとこの細菌で国が亡《ほろ》ぶと思うんだよなぁ～」

「けどねぇ、こいつらがダンジョンから出た時点でＯＵＴでしょ。どちらにしても研究しておく必要はあると思うよ。こうして既にダンジョン内で繁殖してるんだからさ」

「俺達、余計なことをしていないか？」

チャク・チャックがダンジョン内で繁殖している以上、数が増えたことで引き起こされる暴走《スタンピード》でダンジョンから放出される可能性もあり、そのタイミングで細菌への対処を始めたところで、既に相当数の犠牲者が出ているであろうことは想像に難くない。

なにしろこのチャク・チャックは自然界で天敵となる生物がいない。肉食の魔物がチャク・チャックを捕食しても、この細菌に感染して命を落としてしまうからだ。

しかもその細菌は魔物の躯《むくろ》から蠅《はえ》などの昆虫によって運ばれ拡散し猛威を振るう。

ヒールなどの回復魔法など何の役にも立たず、毒ではないからキュアなどの毒素分解魔法でも効果が及ばない。

このような理由から細菌への抗体はどうしても必要になる。

「こりゃぁ～、少し調査したほうがいいかねぇ」

「ゼロスさんと行動すると、なんで面倒事が増えるんだ……」

「僕のせいじゃないでしょ」

「トラブルを引き寄せる体質なんじゃね？」

「よしてくれよ」

かくして二人はチャク・チャックがダンジョン内でどれだけ生息しているのか、誰かに頼まれたわけでもないのに勝手に調査を開始した。

まぁ、スタンピードでチャク・チャックがダンジョン外に出てしまうことになれば、他人事では済まされないのだから仕方がないのかもしれない。

下手に傭兵ギルドに報告などすれば、それこそ被害者が増えかねないのだから。

◇　◇　◇　◇　◇　◇　◇

「ふふふ……いいね、いいねぇ～♪」

「マジで採り放題だな」

チャク・チャックの調査を始めたはずのゼロスとアドだったが、気がつけば採取に夢中になっていた。

森に覆われた第四階層は、薬草の宝庫だったのだ。

広く流通している一般的なものから希少なものまで採りたい放題のウハウハ状態。

普通に売り捌《さば》いても一財産くらい稼げそうな勢いだ。

別の言い方をすれば乱獲し放題でもある。

「なんか、見たことない薬草なんかもあるけど、これって使えるのか？　俺は世間一般に流通している魔法薬しか作れないいんだが……」

「ユイさんにやらせてみれば？　君なら状態異常無効化のアイテムくらい作れるでしょ」

「大怪我《おおけが》するような爆発でも起こしたらどうする気だよ」

「そこは瞬間的に発動する結界や魔法障壁でカバーすればいいんじゃね？」

アドが店を開くとして、商品を作るのがアドだけでは無理が出てくる。

無論ゼロスも少しは手伝うつもりではあるが、商品は毎日補充しなくてはいずれ底を突いてしまう。入荷の当てがない以上は自作でなんとかするしかない。

ソリステア派の工房と繋《つな》がりを持てば、仕入れや経営サポートも受けられるのであろうが、国家機関と密接な関わり合いを持つのは避けたいところであり、結局のところは自分達でなんとか切り盛りしていくしかない。

夫婦二人での経営ができるのかゼロスには甚《はなは》だ疑問であったが。

「まぁ、どっちにしてもユイに錬金術を教えるのは却下だな……」

「そらまた、なぜに？」

「してもいない浮気を疑われたとき、その都度毒を盛られるから……」

「Ｏｈ………」

ヤバい奴――もとい、愛情深い女性に錬金術の知識を持たせるのは危険だった。

ケモ・ブロスとは真逆の立場で、亭主の命がヤバい。

「……ポーションを入れる瓶も作らなきゃ駄目か？」

「あ～……陶器製の試験管でいいんじゃね？　蓋《ふた》はコルクで塞《ふさ》げば充分でしょ」

「陶器は瓶を作るより面倒じゃねぇか。俺だと魔導錬成で作り出すのは無理だ」

「じゃぁ、地道に砂を集めますかねぇ～」

「海砂は無理だから、必然的に川砂になるか。こんなダンジョンの、しかも森のど真ん中に川などあるのか知らんけど」

「使い魔でも放って周辺を調べてみるかい？」

そう言いつつすぐに使い魔を放つおっさん。

第四階層はかなり広大なフィールドのようで、森を出るとすぐに遺跡らしきものが点在する平原が存在し、その先に川があった。

川底が見えるほど透明度が高い。

「ん～、砂の確保はどうにかなりそうだねぇ」

「おっし！」

「んお？」

使い魔の視覚から、川の中に蠢《うごめ》く大量の生物の影を確認した。

それを見た瞬間、おっさんの脳天から足元にかけて稲妻のような衝撃が走り抜ける。

「アド君、アド君！」

「なんだよ、ゼロスさん。急に興奮状態になって……ま、まさか、俺に欲情したとか!?」

「…………アド君や、そのボケはときに命取りになるということを知ろうや。一瞬だけど……本当に一瞬だけど死体すら残さず殺したいと思わせる程度に君への殺意が湧いたよ」

「お、おう……。つか、程度どころの話じゃねぇだろ!?　跡形もなく俺を殺《や》ろうとしてんじゃねぇか！」

「そんなことはどうでもいい！　この先の川で、デカいエビを発見した。ロブスターを超えるほどの大物で、しかも大量に生息しているぞ」

「なにぃ!?」

ゼロスが発見したエビ。

大きさは四十センチくらいで見た目も普通の姿だが、一瞬だが捕獲することに躊躇《ためら》いを覚える。

というのも、ここはダンジョンであり、体内に毒を持っていたり肉質に金属が含まれていたりといった、食用に適していない可能性があったからだ。

こういった問題は水質の悪いところで生息していることで起こるのだが、幸いにしてこの川は澄んだ水質なので、そういった問題はなさそうである。

「問題は寄生虫か」

「ちょい待ち！　ゼロスさん、ここはダンジョンだ。仮にエビを捕らえたとして、どうやって持ち帰るつもりだ？　生き物はインベントリー内に入らないだろ」

「……即死させてすぐに入れればいいんじゃね？」

「なるほど、ダンジョンに吸収される前に根こそぎか……」

「気になるなら実験してみるといいかもしれない。インベントリーに入れるのと、調理の両方を試す」

「土産にもなるからな、さっそく試すか！」

二人は無言で頷《うなず》き合う。

この二人、甲殻類がもの凄《すご》く食べたかった。

オーラス大河にもエビやカニはいるのだが、やや泥臭さが残っているので二人はあまり好みではない。

食べる前の下処理で三日ほどかけて体内の泥を抜かねばならず、調理の前段階に時間が掛かるのだ。

しかし透明度の高い川の中に生息しているなら期待が持てる。

「すぐさま確保だ！　アド君、覚悟はいいかい？」

「ああ、俺はこれから修羅に入る」

おっさんと青年は、まるで何かに取り憑《つ》かれたかのように、全力疾走した。

溢《あふ》れる食欲が抑えられない。

進む方向になにやら不可思議な魔物もいたようだが、一瞬にして倒してしまい、哀れにもダンジョンに吸収され消えていった。

「あれだけ透明度が高いと、僕らの姿を見つけた瞬間に一斉に逃げ出すだろう。なら、分かっているね？」

「おうよ。一瞬で仕留めてやらぁ!!」

一陣の風となった二人は、川に反射する光が見えてくるのを確認すると、すぐさま魔力を高め、走りながらも魔法を放てる準備を開始した。

そして水面が近づいてきたタイミングで躊躇いもなく魔法を放つ。

「「【サンダー】!!」」

まるで雷でも落ちたかのように川に水柱が立ち上がり、電流が水面を伝って駆け抜ける。

ちなみに全く関係ないが、電流を流して魚を捕るビリという漁法は違法である。

「捕れやあぁぁぁぁぁぁぁぁぁっ！」

「駆逐する勢いでゲットォオォォォォォォォォッ!!」

どこからともなく取り出した大きな網で、感電したエビを乱獲していく。

何が彼らをそこまでさせるのであろうか？

このエリアのエビを本気で駆逐しかねないほど、凄《すさ》まじいばかりの勢いであった。

「死んでいるやつはインベントリーに入る。大量だぜ」

「問題は味だよねぇ。回収を終えたらさっそく味見してみようか」

「調理している最中にダンジョンに吸収されないか？」

「そのあたりは大丈夫なんじゃね？　ダンジョン内で料理したことがあるけど、食材が吸収されることはなかったから」

「生息している魔物限定で吸収している可能性もあるし、ここは検証する意味で、簡単に塩茹《ゆ》でにしてみようぜ」

「いいねぇ〜♪」

さっそく鍋を用意し、塩を入れた水にエビを無造作に入れて茹で始める二人。

検証とは名ばかりで、その目はどう見ても食欲に取り憑かれた捕食者のものであった。

茹でている最中も腹の虫の大合唱が止まらない。

「マヨネーズとチーズもあるし、エビが煮えてる間に焼いてみるのもいいんじゃないかい？」

「なっ⁉　それ……絶対に美味いやつじゃん‼」

「食欲が抑えられないねぇ……」

「やべぇ、まだ焼いてもいないのによだれが………」

もの凄く邪悪な笑みを浮かべながらエビを焼く準備を始めたゼロス。

確保したエビを包丁で縦に両断すると、そこにマヨネーズとチーズをのせじっくりと焼き始める。

アクセントにハーブを散らすといい香りが鼻腔《びこう》を擽《くすぐ》った。

「ま、まだか……？」

「もう少し………駄目だ、止められない食欲が早く食えと僕を急《せ》かす」

「胃袋が食い物を欲してやまねぇ、さすがはエビだな」

「今日は暴食に走るだけで終わりそうな気がするねぇ」

青い殻が赤色に染まり、焦げ目のついたチーズとマヨネーズの色合いが食欲を増幅させる。見ているだけでも美味《おい》しいやつだ。

もはや無言となった二人の皿に二つに分けられたエビをのせると、銀色に輝くフォークを天高く掲げ、まるで聖戦に挑む戦士のごとき覚悟と気迫でエビに向けて振り下ろす。

凄まじい速さで振り下ろされたフォークの先には、チーズとマヨネーズに包まれたエビの白身が湯気を上げて刺さっていた。

そして、切腹でもするかのような覚悟で目を閉じると、プリップリ熱々の身を静かに、そして香りすらも味わうようにゆっくりと口の中に入れる。

無言の二人の間に微《かす》かに聞こえる咀嚼《そしやく》音。

そして――、

「「筆舌に尽くし難し!!」」

――くわっと目を見開き、同時に同じ言葉を叫ぶ。

そこからは再び無言となった。

一匹や二匹では足りぬと追加のエビを焼き、ただひたすら貪《むさぼ》り食う。

更に茹で上がったエビにも齧《かじ》りつき、胃袋に限界がくるまで一心不乱に没頭ならぬ没食を続けた。

あまりの美味さに涙を滝のごとく流しながら……。

「「ごちそうさまでした……」」

二人は心の底から食材に感謝した。

逆に言うと感謝の念を抱くほどの美味であったということだ。

「いやぁ～、実に満足のいく味だったねぇ」

「……なぁ、一心不乱に食っていて気付かなかったが、コレってエビじゃなくザリガニなんじゃねぇのか？　川って淡水だろ？」

「どっちでもいいじゃないか。美味かったし」

「そうだな。ミソの苦みと身の甘さといったら、思い出しただけでも……」

「殻もガンガンに煮込めば、濃厚なスープが作れんじゃね？　試してみよう」

「俺の腹を壊す気か⁉」

思いついたら即行動。

おっさんは食い散らかしたエビの殻を集め川で丹念に洗うと、熱したオリーブオイルとニンニク、バターで炒め、全ての旨みを抽出するために手持ちの金属棒で粉砕していく。

半ば粉々になった殻の状態を確かめ、水と切り刻んだ野菜や香草を適当にぶち込むと、しばらく中火で煮込み続けた。

「そんな棒でよく粉々にできたな……」

「力押しの荒業だけどね。鍋をもう一つ用意して、旨みの含まれた濃厚スープを布で濾《こ》す」

「殻は捨てるのか？」

「畑の肥料になりそうだから、持って帰るよ。ゴミのポイ捨てはダンジョンでも駄目でしょ」

「くっそ、腹いっぱいなのにまた美味そうな香りが……」

「ここで取りいだしましたるはドラゴンベーコン。細かく刻み、濃厚スープに入れた後に塩コショウで味を調えながら、更に煮込めば……」

ほどなくして赤いスープが完成した。

トマトと野菜たっぷりのエビ濃厚スープだ。

皿から漂う香りに、満腹状態のアドの腹の虫が再び合唱した。

「マジか……。あんな適当な作り方で、なんでこんな美味そうなスープができんだよ」

「これが男飯ってやつさ。さぁ、お・あ・が・り・よ」

「こ、このおっさん……俺の腹を破裂させようとしていやがる」

「トッピングにチーズをのせるかい？」

「なんで、そんなに用意周到なんだ？　のせるけど……」

完成したスープを目の前にしたアドにスプーンを手渡すと、ひと掬《すく》いし息を吹きかけ熱を冷ましながら静かに口の中へ啜《すす》った。

「な、なんじゃこりゃ～～～～～～～～～～っ!?」

美味かった。

暴力的なまでの美味さだった。

エビ、トマトを含む野菜、ドラゴンベーコンや香辛料の旨みが凝縮され、超濃厚。

グルメ漫画なら巨大化して口からレーザーを放ったり、無意味に全裸になるほどのリアクションをしていただろう。

その美味さ、尊厳破懐級。

「やべぇ……この美味さの破壊力は凄すぎるぞ」

「ハッハッハ、アド君は大袈裟《おおげさ》だなぁ～。そんなわけ……うっまっ!?」

「ゼロスはん、あんた……なんちゅ～もんを食わせはるんや」

「まさか、ここまでとは……。これはスープパスタにしてもイケるんじゃないか？」

「また、そうやってメニューを増やすぅ～っ！」

ダンジョン飯を堪能する二人。

魔物にいつ襲われるか分からないこの状況下で、暢気《のんき》に料理に舌鼓を打つ彼らの余裕は異質すぎるのだが、当の本人達は異常な行動に慣れてしまったのかマイペースを貫いていた。

傭兵がダンジョンに挑むときは、味は二の次で携行性や保存性を重視した食料を選ぶのが一般的であり、それは軍隊でも変わらない。

その常識に照らし合わせると、ゼロス達のやっていることはまさにクレイジーだ。

「全部は食いきれないか。作りすぎたようだし、持って帰ろうかねぇ」

「ユイにも飲ませてやりたいが、かのんに与えて大丈夫か？」

「ん～……甲殻アレルギーがなければ大丈夫だと思うけど、気になるなら自重しておいたほうが無難かな」

「アレルギーか……この世界だとどうなんだろうな？」

「僕に聞かれてもねぇ」

この世界の医療の常識を知らないゼロスとしては、地球での一般常識に照らし合わせるしかない。

知らないなら無難な選択肢を取るしか方法がないのだ。

「さて、それじゃ～行こうか」

「どこへ？」

「いや、アド君？　君、ポーションの瓶を作る珪砂《けいしゃ》を必要としていたよねぇ？　チャク・チャックの生態調査もあるし、エビの確保も忘れちゃぁ～いけないなぁ～。もしかしたらカニもいるかもしれん」

「最後はゼロスさんの欲望だろ」

「カニ……要らないのかい？」

「カニもしばらく食べてないな。正直に言うと食いたい」

満腹なはずなのに食材に貪欲な二人だった。

調理器具を片付けた後、ゼロス達は川に沿って歩き出す。

少し進んでは砂とエビをゲットし、歩いてはまた採取と捕獲を繰り返す。

時間が掛かるが確実に素材も集まっており、川の中には少ないながらも翡翠《ひすい》やダイヤ等の鉱物が交ざった原石もあった。

「ふむ……以前のような古代文明の遺跡より収穫がいいな」

「遺跡だったら何か問題があるのか？」

「いやぁ～、探索していたときに擱座《かくざ》していた多脚戦車と戦闘になってねぇ。主砲やミサイル撃ちまくりで大変だったよ」

「多脚戦車……アレか。分解するのが手間だったな」

「鋼材は大量に手に入ったけど、君が求めているのは違うだろ？　まずは魔法薬専門店を開いて、鍛冶《かじ》に手を出すのはあとからでいい。最初からあれこれ手を出すと面倒になるだけだから、販売業に慣れてからで充分さ」

この世界の魔法薬の効能は生産職の技量に大きく左右されている。

ポーションは、下級、中級、上級といった等級によって品質を保っていられる期間が変わるのだが、錬金術師の技量差によっても期間に大きなバラつきがあり、経験の浅い者達が作った下級ポーションなどは高いだけで需要がほとんどないことが多い。

中級のポーションが作れ、なおかつ錬金術師としての技量が高い職人が切り盛りしている店ほど繁盛しているので、結局のところ、どれだけ客からの信頼を勝ち取れるかどうかの話になる。

「アド君なら中級のポーションなんて簡単に作れるだろ？　生活基盤を整えるだけなら、何も重傷者が一発で回復するような高品質・高効能でなくてもいいんだ。逆に、そんなものを売ったら赤字確定だよ」

「まぁ、確かに……素材だけでも赤字確定だわな。ポーションの薬瓶だって材料が必要だし」

「付与魔法なんかも秘匿している連中がいるようだし、同じ品質の魔法薬を安定して大量生産できるほどの錬金術師が少ないんだわ。下手するとポーションの瓶目的で店を訪れる客が来るかもよ？　ガラス製品として見ると一般のものよりも遥《はる》かに透明度が高く、おまけに頑丈だから」

「それはそれで、なんかスッゲェムカつく」

話しながらも川沿いから森の中へ入りしばらく進むと、少し開けた空き地のような場所に出た。

しかもその先ではチャク・チャックが群れを成している。

咄嗟に草むらに隠れ、彼らの生体を確認することにし、気配を消して様子を窺《うかが》う二人。

そこで彼らは見つけてしまった。

チャク・チャックとは似て非なる新たな魔物を。

『ゼ、ゼロスさん……また新種だ』

『こりゃまた対照的な……』

それは痩せ細ったひょろ長い人型の身体にミミズのような長い頭部を持つ、実に奇妙で気持ち悪い生物だった。

チャク・チャックと共通しているのは不気味という一点だけだ。

ゼロスが鑑定をしてみる。


＝＝＝＝＝＝＝＝＝＝＝＝＝＝＝＝＝＝＝＝＝＝＝＝＝＝＝＝＝

【ニョル・ミョルニール】

細身長身の身体と長い手足を持つ、ミミズのような頭部の人型の魔物。

長い頭部で獲物を丸呑みにし、口内にあるストロー状の舌を突き刺して血液を吸い尽くす。

一見して吸血生物のような特徴だが、呑み込んだ獲物は強酸性の胃液で溶解させ捕食する。

チャク・チャックとは縄張り争いをする関係で、どちらも捕食対象。

毒はないが、吐き出す胃液は強力で危険。

目を持っていないので生物の熱や臭いを感知して狩りを行う。

貧弱そうな見た目の割に頑丈で、三十メートルほどの高さから地面に落下しても死ぬことはない。

知能はチャク・チャックに比べて低く、本能だけで生きている生物。

新たな人類種の失敗作。


＝＝＝＝＝＝＝＝＝＝＝＝＝＝＝＝＝＝＝＝＝＝＝＝＝＝＝＝＝

『『失敗作なんだ……』』

このダンジョンのコンセプトが少しだけ分かった気がした。

おそらく惑星上の魔力が急速に失われ、生態系が破壊されることに気付いたダンジョンコアが独自に作り出した、新人類としての試作生物なのであろう。

本能のままに生きていることから、知能は獣よりも単純な思考しか持っていないのかもしれない。

どちらにしてもチャック・チャック同様、不気味な生物だった。

「連中、互いに殺し合っているんだけど……」

「醜く、浅ましく、何よりグロいねぇ。処分しちゃったほうがいいんじゃないかい？」

「繁殖力がどれほどあるかも分からんし、勢いで倒すのもどうかと思うぞ。連中が卵生だったらどうすんだよ」

「数千個の卵を地中に産み落として、ウミガメみたいにわらわら孵化《ふか》するところを想像すると、さすがに気持ち悪くなるかな」

「よせよ、想像しちまったじゃねぇか……」

遭遇する不気味生物の数々に、おっさん達はゲンナリした表情で観察し続けるのであった。

第十話　おっさん、アドの意外な才能を知る

魔物の世界は弱肉強食だ。

たとえ見た目がどれほど不気味であろうと生きている以上は他の生物を食らい、次の世代に命を

繋《つな》ぐ運命からは逃れられない。

チャク・チャックやニョル・ミョルニールも、互いに捕食し合う者同士である以上、生存のための戦いを行っていた。

「「…………」」

だが、その光景は人の目から見ると実におぞましい。

チャク・チャックは群れで獲物を狩る習性があるのか、数の少ないニョル・ミョルニールに自慢の牙で襲いかかっていくが、見た目の印象から外れた頑丈さに皮膚を喰《く》いちぎることができず、苦労していた。

一方、ニョル・ミョルニールも数で襲いかかってくるチャク・チャックにまとわりつかれて動きが制限されてしまい、敵を丸呑《まるの》みしようにも簡単にはいかない。

それどころか、チャク・チャックの爪の細菌に感染し、瞬く間に腐り落ちていく個体が出る始末。

細菌の影響を受けず生きている個体は、おそらく耐性があるのであろう。

「なんつ〜か、お互いに形振《なりふ》りかまわず襲撃し合っているように思えるな……」

「ニョル・ミョルニールは熱や臭いで敵を捕捉するようだけど、チャク・チャックも同じなのか？

それにしては攻撃が雑に見えるけど……」

「確かに、手当たり次第に襲いかかっているだけのように見えるな」

「つまり頭が悪い」

鑑定ではチャク・チャックの方が知能は高そうな説明だったのだが、現状の戦いぶりを見るに誤差程度の違いでしかないようだ。

同程度の知能を持つ者同士が戦う場合、単純に数で勝るほうが優勢だろうと考えられるが、こと魔物の場合においてはそうではないようだ。

細菌に侵されたニョル・ミョルニールが腐り果て絶命していく中で、耐性のある数匹の個体が次々にチャク・チャックを捕食しており、信じられない早さで丸呑みにした体を消化していく。

その凄《すさ》まじいほどの消化能力と暴食ぶりには驚きを通り越して呆《あき》れるほどだ。

「ニョル・ミョルニール……アレもヤバくねぇか？」

「あれだけの数に襲われているのに、耐性持ちはほとんどダメージを受けてない……そして非常識なまでの消化能力。動きも素早いから一般の傭兵《ようへい》では太刀打ちできなさそうだねぇ」

「呑み込まれたら一瞬で消化されちまうだろ」

「硬いのに伸縮性と柔軟性も持ち合わせている。普通の生物ではありえないことだよ。それに、奴《やっこ》さんの消化液だって相当な強酸性のはずだ。なのに自分が溶けることもない。あの化け物が新人類としての失敗作とはねぇ……」

「どんな過酷な環境を想定したら、あんな化け物が作られるんだよ。ダンジョンってマジで恐ろしいな」

獲物を捕食することに特化した能力。

鋭い嗅覚と熱探知能力もそうだが、ゴムを思わせる柔軟性と伸縮性のうえに硬さも兼ね備え、エネルギー消費を抑えるためなのか余分な筋肉は持たない。

なぜ視覚を持たないのかは不明だが、そのぶん他の感覚器官が優れており、害獣として見ればかなり厄介な存在だ。

ダンジョンから地上に放出されれば、この魔物によって家畜どころか人間も蹂躙《じゅうりん》されてしまうだろう。

「……骨があると思うか？」

「チャク・チャックを丸呑みしているし、骨は最低限身体を維持する程度の数しかないんじゃないかい？　肋骨《ろっこつ》も骨にしては柔らかいというか……アレって伸びてね？　軟骨みたいに柔らかい可能性が高いねぇ。頭部に骨がないことは確かとして…………どんな進化を辿《たど》ったらあんな生物になるんだか……」

「……頭がデカいミミズだからな」

「チャク・チャックからの攻撃を見れば分かると思うけど、ワイヤー入りのタイヤゴムに齧《かじ》りついているように見えるもんね。何度も噛《か》み続けるとさすがに食いちぎれるようだし、あのミミズヘッドも無敵じゃないわけだ」

「あっ、本当だ……。頭を食いちぎったぞ。ジャーキーやスルメを食う感覚に近いのだろうか？　顎《あご》が疲れそうだが……」

「アド君や、見た通り連中には顎骨どころか頭蓋骨《ずがいこつ》すらないさ」

チャク・チャックとニョル・ミョルニールはどちらも口に鋭い牙があり、獲物に食らいついて丸呑みするという特徴があった。

しかし、チャク・チャックが麻痺《まひ》と毒で獲物を弱らせ丸呑みし牙で細かく肉片にしていくのに対し、ニョル・ミョルニールは呑み込んだ獲物の体を大雑把《おおざっぱ》に引き裂いて消化液で処理しており、似たような生態に見えて実はかなりの違いがあったりする。

「似通った身体構造をしているのに、なぜにこうも生態が異なるのか不思議だよねぇ。ただ、さぁ～」

「ただ？」

「こうして集団での喰い合いをしているときって、他の生物から見たら襲いかかる好機なんだよねぇ～。ファーフラン大深緑地帯では日常だったし」

「おいおい、そんなフラグをおっ立てるなよ。そんなことを言ったら……」


――ギョアアアアァァァァァァァッ‼


どこからともなく響いてくる大型肉食獣の咆哮《ほうこう》。

ゼロス達はその声の主を探すように周囲を見渡すが、どこにも姿が見当たらない。

不思議に思ったところで、地面に異常があることに気付いた。

まるでモグラが移動するかのように地面が隆起し、一直線にチャク・チャックとニョル・ミョルニールが乱戦中の場所へと向かい、地中から飛び出してきた鋭い顎《あぎと》で両方の魔物に食らいついた。

「……大物が出現するだろって言おうとしたらホントに出てきやがった。つか、アレってスピノサウルスか⁉」

「ワニのように突き出した顎と、背中のヒレはそれっぽく見えるけど……別の生物だねぇ。前脚は地面を掘るのに適した形状をしているようだし、体中から無数の小さな棘《とげ》が列をなして生えているときた。もしかしたら水陸両用の生物なのかも……」

「ニョル・ミョルニールを食いちぎってんぞ。もの凄《すご》く顎の力が強いようだな」

「上位捕食者のようだ。ありゃぁ～、ちょいとした竜種のようだねぇ」

現れた魔物を鑑定してみると、名は【グリースピタロス】というドラゴンであった。

水辺や泥地に生息し、柔らかい砂や泥の中に潜り獲物を待ち構え捕食する肉食獣。

青紫の体液を口から垂らし、咀嚼《そしゃく》すらせず呑み込む姿は自然界の王者の風格がある。

「まさに弱肉強食だねぇ……」

「ダークファンタジーから一転、ハンターゲームに変わりやがった。あの不気味生物、ゴブリンと同じで捕食される立場なのかよ」

「これまでの魔物の生態を見る限り、やっぱりダンジョンの仕様が変わったと見るべきだろう。以前の魔物達はダンジョンから魔力供給を受けていたみたいで、餌なんか食べなくとも繁殖できていたんだけど……」

「食物連鎖の生態系が確立されていると？」

「ここまで見せられたら、そう考えて間違いないだろうね」

廃坑ダンジョンに入ってから、何度も魔物が捕食を行う姿を目撃してきたゼロスとアド。

以前は魔力供給を受けて捕食関係のない魔物同士が不自然な生態系を構築していたが、現在は弱肉強食の世界となり魔物達は常に命の危機に晒《さら》される状況となっている。

これはダンジョンの環境が、より生命の本質に近くなったと言える反面、ある種の遊びのようなものが失われたようにも感じられた。

「ゴブリンやオークはダンジョンに侵入した傭兵を襲っていたが、どこか子供の遊びのような稚拙さがあったんだよ。だが、チャク・チャックやニョル・ミョルニールにはそれがない。獲物を発見したら形振りかまわず襲いかかる。鬼気迫る勢いでね」

「つまり、以前のダンジョンは長閑《のどか》だったんだな？」

「長閑……まぁ、言い換えても間違いではないよ。実際、食うか食われるかって状況ではなかったわけだし……」

「スポーツとしての真剣さと、生存を懸けた真剣さの違いってやつか？」

「それもあるけど、外敵に対しての警戒心が緩かったね。しかし今はそれがない……危険だねぇ。生存がかかっていることで、野生の獰猛《どうもう》さの発露を促していたのだとしたら、人間も捕食対象ってことだろ？　つまり外部に放出されても充分生存が可能な下地がダンジョン内で作られるわけだ」

これまでスタンピードが発生すると、ダンジョンから放出された魔物は魔力の供給を受けられず、空腹から凶暴化して周辺の動物を襲うようになり、徐々に野生化していった。つまり、外の環境を学習するうちに生存本能が磨き上げられ、自然に適応していくのである。

だが今後は、最初から過酷な生存競争を経験した魔物が放出されることになり、防衛側は多大な損失と犠牲を覚悟する必要が出てくるだろう。

そもそも、現状の生態系が維持できるのかすら怪しい。

「遊び感覚で他生物を殺す有象無象を相手にするより、自然界の中でも戦える能力を持った魔物の方が狡猾《こうかつ》で厄介だからねぇ。このダンジョン内だけで生態系が維持され続けるならかまわないが、もし外部に放出でもされたら日常が地獄に変わるぞ。これって最重要な報告案件なのでは？」

「俺達、閉鎖されてるダンジョンに無断侵入してんだけど……」

「そこが問題なんだよねぇ～」

ダンジョン内で起きている異変は報告する義務がある。

しかし、傭兵ギルドから直接閉鎖の話を聞いている以上、無断侵入したゼロス達は何らかの処罰を受けることになるだろう。

「匿名で報告書を投げ込んでおくべきかな？」

「それがいいかもな。というわけで、報告書の作成はゼロスさんに任せた」

「じゃぁ、アド君には遭遇した魔物のイラストでも描いてもらおうかねぇ～。これも立派な冒険者のお仕事さ」

「この世界に冒険者なんていねぇだろ。つか、俺が描くのぉ!? 俺、美術の成績悪かったんですけど!?」

「知らん。面倒事を押しつけようとしたって、そうはいかないぞ～。君も道連れさ」

かくして、おっさんとアドは匿名で放り込む報告書作成のため、隠密行動を行いながらスケッチや生態調査を始めるのであった。

当初の目的から離れていくのはいつものことである。

◇　◇　◇　◇　◇　◇

【ソード・アンド・ソーサリス】において、モンスターの生態調査は冒険者ギルドからよく出される依頼の一つである。

特定の魔物の生息地域や生息数、群れの移動予想や周辺の環境など、情報が詳細であるほど報酬の値が上がっていく仕組みであった。

ゼロス達もそういった依頼をいくつもこなしてきたため、ゲームとは異なる異世界ながらも効率よく調査を行い、その結果、この廃坑ダンジョンは安定の方向に向かっているという認識に至る。

二人が一通りの調査を終えた頃には既に地上時間で夜半を回っており、魔物を避けキャンプを張り、焚火《たきび》の前で眠い目をこすりながら報告書をまとめていた。

「……魔物の強さは【ソード・アンド・ソーサリス】基準にしてAランク。薬草類は豊富だが、生態系を見る限りでは最低でも十人規模の大所帯で探索に挑むことを推奨するねぇ。魔物の凶暴性を加味すると、このダンジョンは総合的にSランクレベルの難易度であることは間違いない。下位の傭兵達が不用意に挑むことがないよう強く進言したほうがいい……。分かっただけでも、こんなもんかな？　まだ予断を許さないけど、このダンジョンが安定したら危険すぎる」

「四階層目でこれだから、実際厳しいだろうな。今後の構造変化でどう変貌するかも未知数だし、かなりヤバいと思うぞ？」

「傭兵達が生きて帰れるかも怪しいところだねぇ……」

「あのグリースピタロスも、あとから出現した巨大カニに食われたからな……。このダンジョン、生存競争が厳しすぎるぞ」

「ファーフラン大深緑地帯ほどじゃないさ」

「アレでかぁ!?　どんだけ魔境なんだよ……」

チャク・チャックやニョル・ミョルニールを捕食していたグリースピタロスは、地中に潜伏していた巨大カニ【ギガントクラブ】からの不意打ちを受け、頚部をハサミで寸断されると同時に、そのまま餌として食われた。

このダンジョンの魔物は食欲が旺盛のようで、食べたそばから瞬時に消化しているように思えてならない。

なにしろギガントクラブと同等の大きさであるグリースピタロスを瞬く間に骨にしたのだから、捕食速度が異常なまでに速い。

人間など、あっという間に骨すら残さず食い尽くされるだろう。

「ギガントクラブ……アレってどう見てもタラバガニに見えたなぁ～」

「五倍くらい凶悪な姿だったけどな。けど、不思議と美味そうに見えた」

「僕もだよ。試しに狩ればよかったかねぇ？」

「【ソード・アンド・ソーサリス】では美味くなかっただろ。代わりに【ダミーロッククラブ】を捕獲できたんだから、良しとしようぜ」

ダミーロッククラブは自分の甲羅を岩場のように擬態化させる能力を持つ、人間の大人ほどの大きさのカニのことで、ギガントクラブに比べると味は上品で高級食材としても扱われているが、傷みが早くすぐに腐る。

インベントリーがなければ三時間ほどで腐りだし、三日後には殻だけ残し、内臓や肉は異臭を放つ液体と化してしまう。

二人はギガントクラブは狩らなかったが、代わりにダミーロッククラブは乱獲していた。

「一度インベントリーに入れるとダンジョンに吸収されなくなるのって、なんかおかしな話だよな。ダンジョンはどうやって判断してんだか……」

「神が創り賜《たま》いしシステムだからねぇ、僕達の凡俗な頭じゃ計り知れないさ。考えるだけ無駄だよ」

「それより……ゼロスさん」

「何かね？」

「調査報告書を書いている合間にカニを解体していたようだが、なに作ってんだ？　それに、そこの蒸篭《せいろ》は？」

おっさんの傍《かたわ》らで湯気を立たせた蒸篭からいい香りが漂っていた。

アドが確認した限りだと目にもとまらぬ速さでペンを走らせ、報告書を書き上げていたように見えたが、同時に包丁でダミーロッククラブも器用に解体していた。

「ちょいとカニシュウマイでもとね。んなことより、君に頼んだ魔物の絵はどうなんだい？　かなりマジに描いていたようだったけど」

「薬草のデッサンはいまいちだな。魔物の方が楽だった……」

「ほう、ちょいと見せてみぃ～」

「あっ!?」

隙《すき》を突いてアドから絵を奪い取ったゼロス。

薬草など採取できる素材イラストはかなり力を入れていたようで、本物と見間違えるほどにリアルな描写で描かれているのだが、魔物の方はデフォルメされている。

チャク・チャックやニョル・ミョルニールは二頭身のブサキモキャラで、グリースピタロスやギガントクラブに至っては、もはやゲームの敵キャラのようなコミカルさでありながらも特徴はしっかりと捉えていた。

素人から見てもかなり上手《うま》いのだが、素材イラストと魔物イラストの間には、極端なまでにデッサン力の差があった。

「……美術の成績、悪かったんじゃなかったっけ？　無駄にクオリティが高いんだけど」

「絵は得意だぞ？　ただ、色をつけるとなぜか変なものが出来上がるけどな。小学生の写生会の時、下絵は先生に褒められたんだが、着色したらホラー風に仕上がったっけなぁ～……」

「プラモデルに着色したことはなかったのかい？」

「あ～……刷毛《はけ》ムラやら指紋なんかが付いちまって、とてもじゃないが自慢できるような出来じゃなかった。無駄に金を使ったとしか思えない汚い仕上がりでさ。それ以来、素組みのやつしか飾ったことはねぇよ」

「あ～……いるよねぇ。下描きは上手なのに、色をつけた瞬間に全てが台無しになる不器用な人……」

「その不器用な人なんだよ、俺はね！」

アドは色彩センスが皆無だった。

せっかくデッサン技能はずば抜けているというのに、色づけの才能が壊滅的で、おっさんとしてはとても残念でならない。

「君、絶対に漫画家やイラストレーターになれないタイプだね」

「なるつもりは最初からない。自覚してんだからあらためて言われるとへこむんだよ。それに、漫画家はイラストレーター以上にありえないと断言できる」

「その心は？」

「ストーリー展開を考えるのが苦手なんだよ。これも小学生の頃なんだが、国語の授業で小説を書くことになってさ。その時のストーリーが今思い出しても黒歴史もんだった」

アドに文才はなかったらしい。

方向音痴で道を覚えるのに時間が掛かり、ヤンデレの奥さんと娘を養おうにも未来の展望が見えず、文才がないのでおそらくは報告書などを書くような事務仕事にも向いていないと思われる。

憶測《おくそく》の域を出ないがアドに向いているのは肉体労働しかないように思え、本気で『ハンバ土木工業に就職してみるかい？』と聞きたくなったが、脳裏にハンバ土木工業の棟梁《とうりょう》であるナグリに怒鳴られながら、ブラックな現場で汗水流して働くアドの姿が浮かんでしまい、その哀れさに言葉を掛けることができなかった。

そのため『せめてこれを』と言い聞かせつつ、一人黙々と夕食のシュウマイを作り始める。

アドが火の番をしながら見ていた鍋ではお湯が沸騰しており、おっさんは作ったシュウマイを蒸篭に並べ、その蒸気で蒸しに入った。

そんなゼロスの横でアドはユイのデッサン画を描き始めていた。

これまた無駄に上手い。

しばらく時間が経《た》つと、蒸篭から良い香りが漂い始める。

「…………ヘッ、シュウマイ食うかい？　出来たてだぜ」

「なんで泣きながらシュウマイを渡す？」

「練りたてのからしが目に染みただけよ……。いいから食いな、冷めちまうぜ……」

「なんで俺を見ようとしないんだ？　まぁ、食うけど……醤油《しょうゆ》ある？」

「あいよ………」

「いや、だからこっち見ろや」

かなり遅い晩飯を食べ始める二人。

アドの魔法薬販売業が失敗すれば、ゼロスが想像した未来が確定してしまう可能性が高く、その過酷さを思うとあまりに悲惨すぎて涙が止まらず、おっさんはしばらく顔を背け続けていた。

その後は【ガイア・コントロール】と【ロック・フォーミング】を駆使し、かまくらのような寝場所を構築。

ついでに魔物避《よ》けの臭気を放つ【魔避香】を焚《た》いて就寝したのだが――、

『……ねぇ、俊《とし》君？　今日は帰ってこないみたいだけど、浮気なんかしていないよね？　もしかして、ゼロスさんと一緒にイケナイお店に行っちゃったのかな？　かな？　ねぇ、どうなの？　ねぇ？』

『『なんか、ドス黒い声が聞こえてくるんですけど……気のせいだよな？』』

――二人はなかなか寝つけなかったという。

第十一話　セレスティーナ、執筆作業でストレス発散中

ゼロスとアドがアーハン廃坑ダンジョンで一夜を明かしている頃、イストール魔法学院学生寮ではセレスティーナが珍しく執筆作業をしていた。

学院都市であるスティーラの街は地震の被害が少なかったため、二週間ほどで日常を取り戻し、

今は建築業者が建物の被害チェックに入る程度にまで回復していた。

当然のことだが、学院も日常に戻ったことで、セレスティーナ達上位成績者は臨時講師を再開し、それ以外の者達も研究や鍛錬に勤《いそ》しんでいる。

だがここにきて、一般学院生に交ざって上位成績者達の講義を受けようとする学院講師が現れ始める。

彼らは新たな知識を学びたいという高い志から講義に参加しているのだが、実際に教える側である上位成績者達からすれば想定外のことであり、精神的なストレスを感じるようになっていた。

上位成績者といっても所詮《しょせん》は普通の学院生。下級生に教えるならまだしも、つい数ヶ月前まで教えを受けていた講師に教えるというのはさすがに辛《つら》いものがあり、セレスティーナもまたストレスを抱えていた。

そのストレスを発散させるため、魔導ランプの明かりの下、彼女は一心不乱に紙にペンを走らせていた。

「……お嬢様、そろそろお休みになられては？　既に日をまたいでいます」

「明日……いえ、もう今日ですね。臨時講師のお勤めもありませんし、あとでゆっくり休みますから大丈夫ですよ」

振り向きもせずにペンを走らせるセレスティーナの姿に、普段から暴走気味のミスカも心配になってくる。

質が悪いとはいえ安くはない紙を消費しては、文面が納得いかないと丸めてポイ捨てする彼女の姿に、ミスカも『お嬢様にここまでストレスを与えることになるなんて、講師達は本当にダメダメだったのね。もっと早く改革していればこんなことにはならなかったのに……』と、前体制の学院に対する不満の声を心の中で呟《つぶや》いた。

イストール魔法学院は前体制である魔導士団（正確には各派閥に属する魔導士達）の下で運営されていたこともあり、優秀な者達の研究成果を取り上げ冷遇するような足の引っ張り合いをして、新たな発見や異なる見解などを一笑に付すという大罪を犯してきた。

その体制が崩れたあとも苦労させられるのは下にいた者達ばかりで、講師達も『今のままではマズい』と一念発起し、恥を忍んで学院生達とともに上位成績者達の講義を受けていた。

『知らないのは恥ではない、知ろうとしないのが恥である』という言葉があるが、教える側が現役の学院生というのは、なんともおかしな状況である。

講師もまた研究者なので学ぶこと自体は間違いではないのだが、臨時とはいえ講師をする上位成績者達にとっては精神的にくるものがある。唯一、前体制の横柄な講師達がいないことだけが救いといえよう。

そこを理解しているだけに、ミスカもセレスティーナのストレス発散を止めることができないでいた。

「それほどまでにストレスを抱えていたのですか？」

「講義をするまではいいんですよ。でも、さすがに年配の講師や教授に手ほどきをするのは……」

「まぁ、お嬢様はこれまで講義の場を破壊する立場でしたから、教える側になって苦労することはいい経験になると思います。ですが、そこまでストレスが溜まるのであれば、誰かに講義を代わってもらってはいかがですか？」

「それだと講義していた内容の引き継ぎもありますし、私達の代行をしてくれる方が同じ講義を行えるとは限りません。しばらくはこのままなのでしょうね……。ハァ～」

「まぁ、難しいでしょうね」

ミスカもセレスティーナやキャロスティーが行っている講義内容は知っている。

彼女達の行っている講義とは、ゼロスから教えてもらった基礎能力向上の修練法であり、今までの学院では行われなかった実戦向けに対応したものだ。

保有魔力の増強や魔法の操作技術、身体強化に多重展開など、反復練習が重要となる。

基礎能力が低いと、身体レベルが上がったところでせいぜい前時代の魔導士と同等程度にしかなれないが、今では講義を受けたほぼ全員が前時代の魔導士以上の基礎能力を有していた。

同じ知識や技術を持っていようとも、訓練を始めた時期や訓練内容の差で決定的な開きができてしまうので、講師達も焦りから自身を鍛えることに前向きに取り組むようになったのだ。

そのやる気に水を差すような真似をセレスティーナはしたくない。

「騎士にしても魔導士にしても、基礎能力をある程度高める訓練は必要と意見が一致していますし、学院の運営側からも理解を得ていますから問題はありません。あるとすれば私達が講師達に基礎訓練を教えることに慣れるのが難しいことだけです」

「お嬢様のように疑問を徹底的に調べ上げ、質問攻めにするよりはマシですね」

「そんなに迷惑だったのでしょうか？」

「質問に答えられなかっただけで講師としては失格でしょう。お嬢様が気にする必要はありません。むしろ今までがマズすぎただけの話ですから」

上位成績者同士の話し合いで、基礎能力や基礎体力の向上は優先事項となった。

一部の講師達はその結論に難色を示していたが、実際に効果が表れてくると手のひらを返したかのように自分達も講義に参加し、今では生徒達に追い抜かれまいと必死だ。

なかには自主鍛錬をする者まで現れ、その動きが学院全体にも行き渡っており、基礎訓練を行っていないのは古いしきたりを持つ有力な貴族や不良学生くらいのものだ。

改革は成功したと言ってもいいだろう。

「そういえば、クロイサス様がまたおかしなことを始めていましたね。妙な金属の絡繰《からく》りを錬金科の生徒と製作していましたが……」

「魔導蒸気機関ですね。火系統の魔法でお湯を沸かし、発生した蒸気で動力を生み出す実験という話です。魔導自動車よりは効率が良さそうですが」

「爆発したら大惨事になりますね。効率といえば、金属加工は錬金術師よりも鍛冶《かじ》師に任せたほうが効率は良いと思うのですけど、クロイサス様はいつ気付くのでしょうか？　あっ、そういえばツヴェイト様も学生の兵役動員を危惧されておいでですたよ？」

「隣国が崩壊しましたから、難民と共に犯罪者も流れ込んでこないか心配なのでしょう。治安が悪化したら私達も駆り出されてしまいますし、貴重な人材の無駄遣いだと思っているのでは？」

ツヴェイト達ウィースラー派の戦術研究の者達は、今の社会情勢を考慮して最悪の事態に備えていた。

イストール魔法学院の学院生は有事の際に戦力として徴兵される責務を負っている。

まぁ、そこまでくると戦況は最悪の事態に陥っている可能性が高く、だからこそ事前に対抗手段をいくつも用意しておくことに決めたのだろう。

なにしろ隣国のメーティス聖法神国は無駄に国土が広かったのだ。

一部の特権階級者の元に支持者が集まることで国を興すことまでは想定できるが、その国も予想ではソリステア魔法王国と同規模の国になる可能性が高く、何より国内が荒れている時期に引き起こされるのが戦争だ。

これは歴史が証明している。

国内の不安定な情勢を誤魔化すように他国へ攻め込む真似は幾度となく行われていた。

ツヴェイトは戦端を開くための口実が『奪われた国民を取り戻す』であると予想し、侵略戦争へと発展すると考えている。

しかし、ソリステア魔法王国がイサラス王国やアルトム皇国と同盟を組んでいることは周知のことであり、さすがに三国から反撃を受けるような無謀な真似はしないだろうとも推測しているが、現実が予測を超えてくることなどよくあるので油断はならない。

権力を持った為政者が無能であるほど最悪の事態に陥りやすい。

「お父様はどう考えているのでしょう。ミスカは何か知っていますか？」

「一度くらいは戦争があると予想してますね。近いうちに国境付近の領土が増えると思いますよ」

「そこまで事態が進んでいるのですか!?」

「まぁ、いきなり戦争にはならないでしょうが……。この平穏はあと数年くらいで終わると見通しておられますよ？」

「建国ラッシュで国がいくつか増えても、内政が安定するとは限りませんからね。貿易で外貨の獲得もしなくてはなりませんし……」

「お嬢様……意外と政治に詳しいのですね。驚きました」

「一応、公爵家の娘なのですけど!?」

セレスティーナは公爵家の一人娘だが、いつまでも現状に甘んじているつもりはない。いずれは家から独立し、自分の理想とする道に進みたいと考えている。

理想は、師であるゼロスのような世間に埋もれていながらも有能な魔導士になることだ。

言わずもがなだが、セレスティーナはおっさん魔導士をかなり美化して見ている。

しかも現在進行形でだ。

『あの方は、そんな綺麗《きれい》な存在ではないと思うのよね』と思いつつ、言葉には出さないミスカはメイドの鑑であった。

「私はてっきり、『男性同士の恋愛模様にしか興味はありません。ガチムチ兄貴に胸毛脛毛《すねげ》ボーボボー、耽美《たんび》おっさん、鬼畜眼鏡×美少年、それに該当する人は前に出なさい』、と断言すると思っていたのですが……」

「ミスカ、私を何だと思っているのですか？」

「腐女子ですが、なにか？」

「………………」

まぁ、余計なことを言わなければの話だが。

セレスティーナにしても、ミスカにだけは言われたくなかろう。

「私はいつまでも趣味にのめり込むほど、子供ではありません！」

「では、今熱心に書き上げているものは何なのでしょうか？」

「ストレスの発散です。そもそも学生に臨時講師をさせるなんて話自体が前代未聞なんです。今の講義内容で本当に魔導士の質が上がるのか不安なのですから」

「ゼロス様のような無茶はしていませんから、うまく講師をしているように思えますが？　下級生からの評判も上々ですし、才能があるかと」

「自分ではそのように思えません……」

他者に何かを教えるということは、導き手になるということだ。

その重圧を徐々に実感し、色々と抱え込んでいるのだろうとミスカは理解するも、そのストレスの発散方法が薔薇《ばら》色小説というのはいただけない。

最近の方向性がどうもアブノーマルへと突き進んでいるようで、ベストセラーとなった書籍のような文学的なものが全く見当たらず、セレスティーナの将来が不安になってくる。

このままでは無意味な自責の念に潰《つぶ》されてしまうかもしれない。

セレスティーナ達成績上位者は間違ったことを教えていないとミスカは断言できる。

ミスカが学生だった頃に比べ実戦向きであり、机上の空論を並べ立てるだけだったかつての魔法理論とは大きく異なる。

時が戻せるのであれば自分が受けたいと思うほど、今の学生達の環境は恵まれているように思えた。

「他者の将来を左右しかねないことは重々理解しています。ですが、今の学生達がお嬢様達に教えを受けられる環境は、この学院を卒業した身としては羨《うらや》ましい限りですよ。なにしろ自分の実力が上がっていくことを実感できるのですから」

「ですが、もし間違ったことを教えてしまったら、その講義を受けた学生の命を左右しかねません。研究者を目指すのであれば修正は利くでしょうが、戦いに魔法を使うような宮廷魔導士を目指す者に対しては許されないことです」

「その時はゼロス様が悪いと言えばいいんですよ。なにしろ、お嬢様に魔法の知識を与えたのはあの方ですからね。ツヴェイト様もクロイサス様もその影響を大きく受けています」

「さすがに、それは……」

「それに、ただ教えを乞うだけで間違いに気付かず、疑問点や違和感を覚えながらも改善すらせずに放置するような、向上心のない学生達にも問題はあるでしょう。そんな輩《やから》はどうせ出世なんてできませんよ」

身も蓋《ふた》もない言い方だった。

ミスカからしてみれば、セレスティーナがプレッシャーに苛《さいな》まれる必要はないと思っている。

そもそも学生達に問題を押しつけた講師陣営の情けなさの方が問題だ。

いくら成績が優秀とはいえ社会経験の乏しい学生に講義を丸投げするなど、どう考えても無謀な試みであり、教職者としては最低の決断である。

しかも国の上層部からの命令を盾に、講師達は学生の臨時講師を継続させ、本来やるべき責務から逃げ回っている。これは旧魔導士団時代から続いた悪習であり、こんな悪《あ》しき伝統を残した者達は全て裁かれるべきだとミスカは思っていた。

だが、旧魔導士団に所属していた魔導士の大半は既に職務を追われ、見込みのある者達は命懸けの現場に送り込まれ地獄の洗礼を受けている。

それなのに腐りきった旧組織の体制は、置き土産とばかりに問題を放置したまま今も残されているのだ。

安易にクビにしたことは間違いで、きちんと責任を取ってから処罰するべきであったのではないかとミスカは考えていたが、今さら現状を変えることは難しい。

既に沙汰は下った後なので今さらだ。

「腐りきった爺共《じじい》など、事態の収拾に当たらせたあとに、ファラリスの雄牛で処刑してしまえばよかったのに……。クビなんて生ぬるい」

「そ、それは少し過激すぎるのではないでしょうか……」

「今さら言っても仕方がないですが……。さて、お嬢様が散らかした紙くずを片してから休むとしましょうか。まったく、こんなに紙を無駄に使用して、お嬢様は紙職人に申し訳ないと思わないのですかね……。資源の無駄使いですよ」

「……ゴメンナサイ。あと三ページほど原稿を書いたら、大人しくベッドで休むことにします」

「そうしてください。掃除するのも大変なのですから」

床に散らかったボツ原稿を集めるミスカ。

だが、集めた紙くずにどんな内容が書かれているのか、好奇心がそそられる。

セレスティーナは背を向けたまま原稿に集中しており、幸いにもミスカの行動は見られていない。

『ちょっとだけ……ちょっとだけよ、ミスカ……』と心で呟きながら、手にした紙くずを広げて内容を確認する。

『テレジア＝シュトラーゼ公爵令嬢！　お前のような悪辣《あくらつ》な女との婚約関係など我慢できん。この場で婚約を破棄させてもらう！』

『えっ!?　あの……殿下？　突然何を仰《おつしや》られるのですか!?』

『知らないとは言わせんぞ！　ミリアリア＝テンプテーション男爵令嬢に対する嫌がらせの数々、俺が知らないとでも思っているのか!!』

『そのようなことをした覚えなど、私にはありません！』

『しらばっくれるな！　俺が愛するミリアリアの名誉を貶《おとし》めてまで王妃の座が欲しいのかぁ、卑しい女め!!』

なんか、凄《すご》く普通に読める内容だった。

いや、貴族視点で読む限りだとありえない状況なのだが、今までの薔薇咲き誇る内容に比べれば百倍マイルドである。

『真っ当……とは言い切れませんが、今までに比べて凄く普通の内容ですね？　スランプなのでしょうか……』と、首を傾《かし》げるミスカ。

更に続きを読む。

『そもそも私は、殿下との婚約を他の誰かに押しつけられるのであれば、今すぐにでも押しつけたいと常々思っておりました。ですが殿下との婚約は王命。王族と我が公爵家との間で取り決められたことなので、私には逆らう権利など与えられておりません。殿下がどうしても破棄したいのであれば、直接陛下の前で婚約破棄の許可を取ってからにしてくださいませ。このような場でいきなり宣言されても迷惑なだけですわ』

『『『『えっ!?』』』』

「いや、待てっ！　テレジア……お前、俺との婚約を破棄したかったのか!?」

『当然ですわ。どこに愛してもいない殿方のもとへ嫁ぐことを喜ぶ女がおりましょう……。王妃という立場も自由などほとんどなく、正直なりたいと思ったことなどありません。それも殿下の妻という立場ですのよ？　ありえませんわ。ですが……これも王命。臣下としては断ることもできません。宿命として受け入れるほかありませんの……。あまりの苦しさに胸が張り裂けそうな思いですわ。そんな私が彼女に嫌がらせをするなどと、お思いになりまして？』

『そ、そこまで嫌われていたのか!?　俺、お前に何かしたか!?』

『いえ、ただ生理的に無理というだけの話ですわ。私にだって殿方に対する好みというものがありますもの。殿下に対しては、その……申し訳ありませんが論外です』

本当に貴族視点から見ればまとも（？）なストーリーであった。

しかも公開断罪してみれば、断罪を受けたはずの令嬢は妃《きさき》という立場に執着どころか全く興味がない。

思わず『うん……これは当然ですね。こんな粗忽者《そこつもの》の婚約者という立場など、地獄以外にないわ……。こんなのが次期国王なら国が亡《ほろ》びます。お嬢様は本当にどうしてしまったのでしょう？　作風があまりにも……』と心でミスカは呟く。

明らかに今までのセレスティーナとは異なる作風であった。


『ちなみにですが、私の好みの殿方は強面《こわもて》で長身、比類なき屈強な歴戦の戦士のような方ですわ。甘やかされて育った軟弱で貧弱で惰弱な殿方など、はっきり申しまして眼中にありませんの』

『それ、俺と真逆のタイプだよなぁ!?　むしろ野蛮人だろ!!』

『野蛮ですか？　少なくとも妻を守れるだけの必要な力は持ち合わせておりますし、むしろ女なら逞《たくま》しい腕に抱かれたいと思うのでは？　勇猛でも紳士であれば見た目の屈強さなど気になりません。このような公の場で女性一人を殿方数人がかりで糾弾するような卑怯者《ひきょうもの》よりも、遥《はる》かに素敵だと思うのですけれど』

『うぐっ……』


読み進めるにつれ、まともに見えて実はかなり酷《ひど》い内容になってくる。

そして主人公である令嬢の男性の好みも極端だった。

公衆の面前で威風堂々と自分の好みの男性像を暴露する公爵令嬢の女傑ぶりが、実にセレスティーナの作品らしいとも受け取れる。

しかしあまりにも作風がぶっ飛んでいる。

最近流行《はや》りの甘ったるい恋愛小説に一石投じるつもりなのかもしれない。

しかし、これだけは言える。

「お嬢様がご乱心なされたぁあああああぁぁぁぁぁっ!!」

「ひゃぁ!? な、なんですか! 突然叫び出すなんて……」

「どうなされたんですかぁ、お嬢様! いつもの『俺の昂《たかぶ》る聖槍《せいそう》をお前の鞘《さや》で包んでくれないか？ 今にも暴れ出したくなるほど滾《たぎ》って仕方がないんだ』とか、『お前のここは準備できてるじゃねぇか。ククク……どこまでもそそらせてくれる坊やだ。まぁ、俺が躾《しつ》けてやったんだがな』とか、萌《も》える展開はどこへ消えたのですかぁ!! こんなの、こんなのお嬢様らしくありません!!」

「何気に失礼ではありませんか!?」

「お嬢様は腐っていなくては駄目なんです! 腐っていないお嬢様など、お嬢様ではありません!! スランプであるなら原点に回帰し、土に還《かえ》るほどのヘドロの如き熟成醗酵《はっこう》の腐を極めるべきなんですよ! なぜ路線変更などしたのですか!!」

「乱心しているのはミスカでははっ!?」

ミスカが求めているものは腐であり、腐こそがセレスティーナの真骨頂であると断言する。それゆえに路線変更した作風が納得できない。

しかしながら、それはあくまでもミスカの価値観の押しつけであり、セレスティーナとしてはただのストレス発散で、そこまで言われる覚えはない。

むしろ、ただのありがた迷惑であった。

暴走するミスカを必死で抑えながら、セレスティーナの夜は更けていく。

深夜の風に腐の単語をいくつも乗せて……。

◇　◇　◇　◇　◇　◇　◇

早朝、ハンバ土木工業の棟梁《とうりょう》であるナグリは、ゼロス宅の隣の更地に来ていた。

ここは以前まで居住者のいない家屋や荒れ地が存在していたが、彼ら土木作業員の手によって綺麗に整地され、今や新しい家屋が建てられるのを待つばかりであった。

その更地に現在多くの職人達が建材を運び込んでいる。

「ようやく始められるな」

ハンバ土木工業はどんな仕事も期日までに終わらせるプロの集団である。

そんな彼らが新築――アド邸の工事に入れなかったのは他に仕事を抱えていたこともあるが、地震による影響での復興作業が重なって工事着工日が延びたためだ。

無論これはスケジュール上、仕方のないことである。

しかし、常に仕事を完璧にこなしてきた彼らにとって、本来であれば既に工事に着工していなければならない現場を放置しておくなど、とても我慢ならなかった。

「ナグリよぉ、さすがに今回は無茶じゃねぇか？」

「叔父貴よぉ、俺達はプロだ。街の復興作業なんか今まで鍛えた新人達に任せておけばいいだろうが、受けた現場を放置しておくなんて納得できねぇだろ」

「そりゃそうだが、自然災害は別だろ。他にも現場があるんだからよぉ」

「だが、この家だけは別だ。仕事の依頼は前からあったが、それをこっちの都合で引き延ばしてたんだ。これ以上の引き延ばしは俺達の沽券《こけん》に関わる」

「だが、新人共もそろそろ限界だぜ？　一日くらい休暇を入れてやらんと、動けなくなる連中も出てくるぞ」

「ローテーション組んで二日ほど休ませるか。効率も落ちてきてるし、しゃぁねぇな……」

一見して職人のことを心配しているように見えるが、それ以前に職人達はぶっ続けの休みなしで働いている。

しかも魔法薬で強制的に回復させられ、回復過程でドーパミンやアドレナリン出まくりのハイテンション状態となり、ブラック企業を遥かに超えた地獄のような環境で今も作業を続けているのだ。

あまりにも過酷な状況に思考がやられ、重労働でエクスタシーを感じるまでになってしまい、傍《はた》から見れば仕事をしながら恍惚《こうこつ》な表情を浮かべているなど、かなり危険な光景に見えるだろう。

ドワーフが所属している建築事務所では、どこも同じ状況なのだから尚《なお》のことタチが悪い。

「まぁ、この現場は加工した建材を使えばすぐに終わるだろうし、それほど問題はねぇか……。だが、代わりに貴族屋敷の補修工事が遅れるだろ。復興作業を名目に頓挫《とんざ》している家屋の工事も進めちまおうかと思ったんだが、職人不足がネックだな」

「んで？　この家の設計はどうなってんだよ。もう出来てんだろ？」

「ゼロスのあんちゃんところの設計を流用している。一階を小さめの店舗にしてほしいという話だ。一応だが設計を見直してみたけどよ」

ボーリングが家の設計図を広げ、改装箇所を事細かく説明していく。

家屋の設計担当は彼が兼任で請け負っていた。

「旧市街に店？　雑貨店でも開くのかよ」

「住むヤツも魔導士らしいから、おそらくは魔法薬の専門店だろ。そろそろ例の精力剤も切れてきたからちょうどいい」

「ナグリ……おめぇ、それが目的じゃねぇよな？　アレ、かなりヤバいぞ。もう少し控えたほうがいいと思うぜ」

「新人がグダグダで育たねぇのが悪いんだろ。いつまでたっても弱音や能書きばかりたれやがって、口先でなく技術を鍛えろってんだ」

一般人の視点では至極真っ当な意見でも、ドワーフ達の視点ではただの能書き扱いにされてしまう。種族としての特色上これればかりは変えようがなかった。

そして、それが一番の問題でもあることをナグリ達は気付かない。

それでも新人職人の心配をするボーリングはまだマシな部類であろう。

「んじゃ、そろそろ基礎の工事を始めるか」

「そうだな」

測量機器などの道具を持ち、基礎工事を始めようと動きだすドワーフの職人達。

ボーリングが何気なく隣の魔導士宅に視線を向けると、そこには子供達とコッコが壮絶な戦闘訓練をしている光景があった。

連続して放たれる蹴りの応酬や斬撃、分身して翻弄《ほんろう》する超スピードのコッコ。

集団で挑み来るコッコ達と、必死で彼らの攻撃を捌《さば》き続ける少年少女達。

「なぁ、ナグリよ。コッコってあんなに武芸達者だったたか？」

「……知らん」

異常な職人気質《かたぎ》のドワーフ達から見ても、おっさん魔導士の飼うコッコ達は異様に見えるようである。

こうした日常の中で、少しずつ常識や価値観は変化していくのであろうが、その常識が当たり前となった世界を想像するだけで恐ろしいものがあった。

◇　◇　◇　◇　◇　◇

廃坑ダンジョンで一夜を明かしたゼロスとアド。

地下に構築された空間内に昼と夜があることを不思議だと思うが、『まぁ、異世界だしなぁ～』の一言で受け入れており、この二人は一般の地球人に比べて少々異質なものを持っているようだ。

そんなことを考えつつ朝食の準備を進めていた。

「ダンジョン内で普通の飯が食えるって、よく考えればおかしな話だよな？　この場合、携行食が一般的じゃないのか？」

「そうかい？　味気のない携行食を貪《むさぼ》るより、安全を確保したうえで調理したほうがやる気が出るじゃないか。少なくとも僕達ならできるんだし、やらない手はないでしょ」

「その安全の落差が極端なんだが？」

「ユイさんの生霊《いきりょう》が出てくるよりはマシでしょ……。」

延々と恨み言を囁《ささや》いているんだぞ……。体は寝ているのに頭が妙に冴《さ》えちゃってさぁ～、おかげで僕ぁ～寝不足だよ」

「なんか、すみません。うちのユイが迷惑をかけて……」

「君の枕元に朝までいたでしょうに……」

ユイの生霊が枕元に立っている時間はアドの方が長かった。

寝ているときのアドは魘《うな》されていたようだが、起きたときの彼は落ち着いた様子で、自分のように睡眠不足というわけでもないことに驚きを隠せないおっさん。

「俺は慣れてるから。いつものことだし……」

「なに、それ……怖っ………」

今さらユイの生霊くらいでは動じないアドに、おっさんは少なからず恐怖心を抱いた。

いくら浄化してもきりがないような怨念《おんねん》の如き淀《よど》み濁った情念に慣れるなど、とてもではないが普通の人間には無理だ。それほどまでにおぞましい気配を放出していたのだから。

それを『慣れている』の一言で済ませるアドの適応力が心底恐ろしい。

「ユイさんは本当に人間なのだろうか……」

「失礼だな。まぁ、気持ちは分からなくもないが……。嫉妬心が誰よりも深く重いのはゼロスさんも知っているだろ」

「本気で呪われるかと思ったんだけど？」

「余計なことをしなければ大丈夫だと思うぞ」

「余計なこと……ねぇ～」

ユイにとっての余計なこととは、主にアドを大人向けの飲み屋に誘ったり、更に踏み込んでいかがわしい風俗店に連れ込むといったことだろう。

だが、ゼロスもアドもこの世界の衛生環境がよくないことを知っており、進んで行きたいとは思わない。何よりもアドにとっては命に関わる。

このような事情から現実には起こりえないと言えるが。

「まぁ、その手の店には行きたいとは思わんがね」

「普通に酒場だったら行ってみたい気もするが……。チンピラに絡まれるテンプレイベントに遭遇してみたいし」

「そんで留置所に送られ、ユイさんの生霊が出現し、都市伝説を作ることになるんだね。なんまいだぁ～」

「留置所送りは現実的にありえるシチュエーションだな。生霊が出るところを含めるとホラー展開か……。ユイのやつ、都市伝説になると思うか？」

「あの怨念じゃぁ、確実に伝説を作れるでしょ。それより食事を済ませてしまいますかねぇ」

嫌なことは忘れるに限る。

昨夜から朝方にかけてのアンビリーバボーな恐怖体験を脳裏から消し去ろうとするかのように、おっさんはこの後のダンジョン探索の予定に思考を切り替え、広大なフィールドに視線を向けるのであった。

人はそれを現実逃避とも言う。

第十二話　ツヴェイトとクロイサスの日常

イストール魔法学院、サンジェルマン派の研究室。

ここでは主に学生達が生活に役立つ魔導具や魔法薬の研究を進めている。

彼らのレベルは既に学生の範疇《はんちゅう》を超えており、最近では倉庫でお蔵入りとなっていた錬成台を持ち出し、金属加工に挑戦し始める者達がいた。

その中心にいる人物がクロイサス・ヴァン・ソリステア。

ソリステア公爵家の次男坊であり、究極の研究馬鹿な青年である。

その彼が現在手掛けているのが、なぜか蒸気機関であった。

ソリステア商会で魔導自動車の発売が大々的に公表されたが、そもそも魔導式モーターの製造コストは高く、量産するにしても専門の職人や技術者の手が足りない。

技術者の数がある程度揃《そろ》うまで数年はかかるであろう。

だからこそ、クロイサスは簡単な動力として蒸気機関の有用性に着目し、派閥の仲間を巻き込んで研究に着手したのだ。

こうなると魔導具などではなく、どう考えても機械工学の分野なのだが、クロイサスは『蒸気は水を沸かさなければ発生しない。この絡繰《からく》りを動かす水の生成と、火を起こすための術式は魔導士の分野！　だからこれは魔導具です！』と屁理屈《へりくつ》で強引に押し切った。

実際のところ線引きが曖昧で微妙なところであった。

「ふむ………やはり蒸気圧がどれほど高くなるのか、外部から確認できないことが問題ですね。

使用している金属も耐久値の限界を超えると爆発する危険性が高いですし、やはり蒸気圧メーターの完成を急がせるしかありませんか。いや、ここは金属素材から見直すべきでしょうか……」

「そう思う前にさっさとボイラーの火を落とせよ！　水や氷系統の魔法で冷やしているが、そろそろ限界だぞ！」

「待ちなさい、マカロフ。こういうときほど焦らず慎重な対応が求められるのです。急速に冷却しても逆に危険ですからね」

加熱しすぎて赤熱化しているボイラーと、噴出して手がつけられない蒸気。

加圧限界を迎え爆発寸前のところを学生達は必至に冷却して事故を防いでいるのだが、それでもギリギリの状況だ。

その原因はクロイサスが作り出した燃焼術式にあった。

蒸気機関とは、ボイラーで発生させた蒸気の圧力でクランクを稼働させ動力へと変換するのだが、排熱に問題があり、ボイラー内の温度は下がらず、沸騰した熱湯の入ったタンクも熱膨張しているという有様。

なぜか停止させることもできず、もし爆発でもすれば蒸気機関の破片が周囲に飛散し、学生達は命の危険に晒《さら》される状況だ。いつもの爆発騒ぎとはわけが違う。

これはコスト的に魔石をたくさん用意できないことから、クロイサスが独自に自然界の魔力を流用するよう方向転換し、こっそり術式を作り変えていたことが原因である。

しかも仲間に許可も取らず勝手に組み込んでいたため、他の学生達は気付くことができなかった。

「やはり、自然魔力を流用したのが間違いだったのでしょうか？　魔石や生体魔力に比べ理論上は無尽蔵だから、かなりコストパフォーマンスに優れていると思ったのですが……」

「動きだしたら止まらない状況がマズいんだろぉ!! なんで魔石型の術式基板を変更しやがったんだぁ!?」

「もちろん、データ収集のためですよ。それほど大きな術式ではありませんし、魔石を利用した術式に比べ低コストで作れましたからね」

「制御が全くできない欠陥を忘れてんじゃねぇ!!」

「ここまで温度が上昇するとは思っていなかったんですよ。こればかりは動かしてみないと分かりませんから、欠陥が浮き彫りになって良かったではないですか」

燃焼術式基板のプレートは燃焼室の真下にある吸気口に設置されており、レバー操作によってレールを伝い奥へとスライドさせることで稼働スイッチが入り、自動的にボイラー内の温度を上げていく仕組みだ。

だが、クロイサスはボイラー内の温度上昇と、術式基板の熱耐久度を甘く見積もっていた。

耐久テストを兼ねてボイラー内の燃焼を上げ続けた結果、高温により術式基板が湾曲したことでレールと癒着してしまい、蒸気機関の暴走を引き起こしてしまったのである。

結果、暴走していると気付いたときには手遅れの状態であった。

「仕方がありません。多少強引な手段ですが、外部から術式プレートに攻撃魔法を直撃させ、強制的に停止させるほかありませんね」

「それ、爆発したりしないか？」

「攻撃を加えるのは私がやりましょう。皆さんは蒸気機関の温度をできるだけ下げてください。タンクの水が凍りつくほど冷却できれば楽なんですがね」

「マジか……。お前ら、死ぬ気で氷結魔法を唱えろ！　誰でもいいからタイミングを合わせて水魔法も使え！　ボイラーを強制的に冷やすんだ！　あとはクロイサスがなんとかする」

「「「「おう！」」」」

マカロフの指示に従い、上級生達が『『『凍れる息吹、凍《い》てつく風。全てを白く染め上げる白銀なる者よ、須《すべから》く凍てつかせよ。ブリザード!!』』』と氷結魔法を唱えると、並行して下級生達が『『『我が手に集え、空をたゆたう水気よ。汝《なんじ》、荒れ狂う本流なりて、我が障害を押し流せ。ウォータ・プレッシャー』』』と水魔法を放つ。

一斉に放たれた両魔法によって蒸気機関は凍りつく。

「【ストーン・ブリット】」

続けてクロイサスが、熱によって比較的に脆《もろ》くなっている部分を狙い、無詠唱魔法による石の弾丸を術式プレートのある箇所に向け撃ち込むと、ボイラー内部で何かが砕けた音が響いてきた。

見た目では蒸気機関内部の様子は分からない。

だが、石の弾丸が貫いた箇所と廃熱煙突から炎が噴き上がるも急速に収まり、試作蒸気機関は静かに機能を停止させていった。

「成功……したようですね。ふぅ……」

「クロイサス……お前、よくピンポイントで術式プレートを狙えたな……」

「私が設計図を描きましたから、構造は頭の中に記憶していますよ。それに熱で金属が柔らかくなっていましたから、うまく停止させることができました」

「なんにしても爆発しなくて助かった……」

「「「うおぉおおおおっ、爆発しなかったぞぉ!!」」」

学生達は歓喜の叫び声をあげた。

彼らが喜んだのは大事故にならなかった安堵《あんど》の声ではない。

いつものような爆発オチでなかったことに歓喜したのだ。

それは極めて珍しいことであった。

熱によって鋼材そのものが柔らかくなっていたことと、生徒達の必死な冷却作業が功を奏した奇跡と言い換えてもいいだろう。

「お、俺……。今度こそ大怪我《おおけが》するくらいは覚悟していた………」

「死を覚悟したよ。ついでに心の中で家族にも謝った……」

「俺もさ。生きているって素晴らしいな……」

「遺書を書いておかなかったことを後悔したよ」

「皆さんは大袈裟《おおげさ》ですね。そうそう爆発なんてさせませんよ」

「「「お前が言うなぁ!!」」」

いつも爆発の原因を作っているクロイサスにだけは言われたくなかった。

そんな学生達の心境をクロイサスが察することはなく、ただ怪訝《けげん》な表情を浮かべるばかりであった。

彼の人間性はどこかおかしい。

「やはり自然魔力を利用する術式を試すには早かったようです。もっと煮詰めないことには実用化も難しいですね。ハァ～……」

「勝手に術式プレートを変更したお前が言うんじゃねぇよ」

「そうは言いますが、自然魔力を利用したほうが魔石よりも遥《はる》かに効率がいいんですよ。研究者としてはどうしてもデータが欲しかったんですがね」

「その代わり、僕達の命が危険に晒されたんだが!?」

「そこは申し訳ないと思っていますが、だからといってデータ収集を怠る理由にはなりません。やはり必要とする魔力量を数値化して……」

「だから、勝手な真似をするなって言ってんだ！　お前はなんで研究が絡むと自分勝手な行動をするんだよ！　せめて一声かけろよなぁ、命がいくつあっても足らんわ！」

「何を大袈裟なことを……。誰も死んでいないのですから問題はなかったではないですか」

「それはただの結果論でしょぉ!!」

「結果さえ良ければいいじゃないですか」

「「「あぁ～～っ、もう！　こいつは………」」」

仲間達からの非難の声もどこ吹く風。

研究が絡んでいる時点でクロイサスに倫理観を求めるのは間違っていた。

それでもまともな人間なら文句を言わずにはいられない。

「……これをなんとか実用可能にして、小型化できればいいんですけどね」

「なんでそこまでこだわってんだ？　クロイサスにしては珍しいじゃないか」

「失礼ですね。私もこう見えて公爵家に身を置いている立場ですから、最近の周辺国の情勢には思うところがあるんですよ」

「……国境付近が荒れると？」

「確実に荒れるでしょうね。なにせ大国が一つ消えましたから」

今後、旧メーティス聖法神国だった広大な土地は、多くの権力者が覇権を奪い合う戦乱の場へと変わる。既にその兆候は表れていた。

押し寄せるであろう難民問題もあるが、その難民を追って国を興した権力者が彼らを連れ戻そうと動く可能性も高く、祖国を守るためには迅速な兵の運用が求められる。

「国を興しても民がいなければ意味がありませんから、向こうから仕掛けてくることもあるでしょう」

「だから難民を強引に連れ戻そうとすると？　考えすぎだと思うけどな」

「逃げ出した民ほど使いやすい人材はないでしょう。特に奴隷として、ですがね……」

「おいおい、随分と穏やかじゃない話だな。しかし、仮にそんな事態が起きたとして、この国は難民全員を受け入れる気か？　今のソリステア魔法王国にそんな余裕は……」

「そう、とても多くの難民を抱え込む余裕なんてありませんよ。問題なのは、逃げてきた難民達を奴隷にするため、『逃げた民を国に戻す』という名目のもと、軍隊が無断で国境を越えてくることです。もしかしたら周辺の村や町が襲撃を受ける可能性も高いですし、難を逃れた難民が飢えから野盗に変わるなんてことも珍しい話ではありません」

「だから軍備の充実を図るのか？　向こうもこの間の地震でそれどころじゃないだろ。時間的な猶予はあるはずだ」

大国が滅び、更に立て続けに起きた地震によって旧メーティス聖法神国領土では多大な被害が出ている。ソリステア魔法王国のように技術者や職人が少ない地域なので、復興にはかなりの年月が必要になるだろう。

しかし、野心的な権力者が民のことを思いやるとは到底思えず、混乱に乗じて領土拡大に走る可能性が高い。

元々他国へのヘイトコントロールで国民感情を制御していた国なので、復興の進まない旧メーティス聖法神国内の不満を周辺諸国へと逸《そ》らすことで、侵略戦争へと発展させようとする為政者すら現れるのでは、とクロイサスは踏んでいた。

だからこそ多くの人員を運ぶ鍵となる蒸気機関の完成を急ぐ必要があった。

彼ら学生魔導士の優秀さが国の上層部に伝われば、優遇されることはもちろん研究資金を出してもらえる可能性も高くなり、少なくとも研究職の学生魔導士は戦場に出ずに済むかもしれない。

「学生の身とはいえ、有事には戦場に出なくてはなりませんからね……。ただ、少し急ぎすぎたのかもしれません。私らしくもない……」

「クロイサス……お前………」

マカロフはまじまじと友人の顔を見た。

ただの研究馬鹿だと思っていたが、実は世情にも関心を持てる人間だと初めて知り、しかも国や民の未来を愁える人物であったとは思ってもみなかった。

溜息《ためいき》を吐《つ》きながら淡々と実験レポートをまとめ始める彼に対し、マカロフは『こいつ、誰だ？本当にクロイサスなのか？』との疑問も浮かんだが、にやけながらレポートをまとめ上げている間

にも燃焼術式の改良を同時進行で行う彼に、『やっぱクロイサスだ』と安心する。

「すまん……クロイサス。俺は……お前のことを見失ってた」

「そこは見縊《みくび》っていたでは？」

「いや、だってよ。お前が国や俺達のために強引に研究を押し進めるとは思ってなかったし、そこまで世間に興味を持つ頭があるとも考えてなかった。どこまでも研究にしか興味のない、非人道的なロクデナシだと本気で思っていたんだぞ？　それなのに……」

「研究にしか興味がないのは当たっていると思いますが？」

「俺は……お前のことが信じられなかった。友人として最低だ……。身の回りの整頓もできず、どこからかガラクタを集めては部屋を圧迫し、ときに研究資料の旧時代の魔導具を盗み出し、あまつさえ自分の都合で強引に実験を始めては頻繁に爆発を起こし、他人に迷惑をかけることしかできないクズだと本気で思っていた俺を許してくれ……」

「そこまで言われると、それはそれでショックなんですがね…………」

「しかも運動音痴なのに女子にはなぜかモテるし、周囲から好意の視線を一身に受けているにもかかわらず研究に没頭するようなクソ野郎のくせして、周りからの評価が高い不条理な存在だと常々思っていた……。本当にすまない」

「最後の方は意味が分かりませんよ」

今初めて明かされる友人の心の内。

それは人であれば少なからず抱く嫉妬の心であったが、やはりというべきか、クロイサスにはこのあたりの負の感情を理解できなかった。

ある意味では凄《すご》く幸せな人間なのかもしれない。

「この蒸気機関が完成すれば、技術の面で我が国の大きな飛躍になります。いきなり魔導式モーターの研究をするより、確実に国の基盤を整えるのに貢献してくれるはず。大型の蒸気機関であれば多くの人間や物資も輸送できるようになるでしょうから、マカロフ達には多少の危険を冒してでも実験に付き合ってほしいんですよ。今回のことで自然魔力の利用研究は危険なことが判明しましたし、この部分の研究は後回しにして魔石を使う方向で実証実験を続けることにしましょう」

「事故に巻き込まれそうになった俺達が言うのもなんだが、それでいいのか？　お前にとって自然魔力の利用方法の究明は重要な研究なんだろ？」

「今回の事故で気付きましたよ。これを扱うには精巧な制御術式も必要になります。残念ですが、今の我々には手の届かない領域ですね」

いつになく真剣な表情を浮かべるクロイサス。

そんな彼に対して周囲の学生は少なからず感動を覚えた。

サンジェルマン派の学生達全員が、クロイサスは研究馬鹿だという認識であったし、研究のためなら他人の命すら軽んずる鬼畜だと思っていたが、まさか国のために貢献しようとするような高い志《こころざし》の持ち主であったとは想像がつかなかったのだ。

彼の普段の行動のせいで認識を誤っていたと、学生達は猛反省し考えを改める。

「数年先の未来のために行動していたとはな。あのクロイサスが……」

「俺、間違っていたよ。どこまでも研究しか頭にない、イカレた馬鹿野郎としか……」

「僕もさ。魔導式モーターは確かに素晴らしいが、量産体制が遅れているのも事実だし、代替え動力を準備しておくのも悪くない手だと思う」

「魔導式自動車も、もしかしたら構造を簡略化できるかもしれないな」

「やるぞ、みんなぁ！　国のため、近い未来の混乱をできるだけ軽減するため、他国が遅れている今のうちに少しでも技術の幅を開拓するんだ‼」

「「「「おぉっ‼」」」」

学生達は優秀だった。

優秀すぎるがゆえに一致団結し、この日以降蒸気機関の研究に勤《いそ》しむようになるのだが、それでも彼らは勘違いをしている。

そして忘れていた。

クロイサスは自分の研究のために、こっそり燃焼術式をすり替えていた事実を。

結局のところ研究にしか興味がなく、どこまでも自己中心的な人間だということに、彼らはついぞ気付くことはなかった。

余談だが、クロイサス達は金属に関しての専門的な知識を求めてドワーフの鍛冶《かじ》師をアドバイザーとして迎え入れたことにより、三ヶ月後には蒸気機関の試作品を完成させ、その技術がソリステア派の工房へと委ねられることになる。

だが、工房では魔導式自動車の開発が既に進められており、現場としてはとても対応できる状態ではなかったのだが、案の定というべきか職人ドワーフ達が暴走し一年ほどで実用レベルの蒸気機関車を完成させてしまうのだった。

その裏では多くの魔導士達が酷使され、延々と終わらない地獄の日々を送ることになったという。

◇　◇　◇　◇　◇　◇　◇

「ハイテンション！　ミーハー気分でフォーリンラブ、君にくびったけ。完璧、究極、推し推しのアイドルぅ!!」

大図書館の前にある落ち着いたカフェ。突然叫んだエロムラをツヴェイトとディーオは一瞥《いちべつ》すると、何事もなかったかのように紅茶の入ったカップを手に取った。

豊かな香りと、口に含んだときの微《かす》かな甘みが気分を落ち着かせてくれる。

「なんとか言えよぉ、モテない同志達ぃ!!」

『なんか、仲間扱いされているぅ!?』

非常に不本意であった。

「ウチの連中も実力がついてきたな。そろそろ実戦訓練をするべきだと思っているんだが、ディーオの見解はどうだ？」

「……そうだね。ここ最近、他国の情勢が不安定だし、みんなの実力の向上を狙うのならいい案かもしれない」

「俺としては騎士団との合同訓練に参加させたいと思っているんだが、今の状況だとそれも難しいんだよなぁ～。どこも復興作業で大忙しだ」

「そうだね。そうなると国境警備隊あたりが妥当じゃないかな？　さすがに国境付近の兵を復興作業に回さないんじゃない？」

「無視っ!?　俺のことは無視なのぉ!?」

ウィースラー派の戦術研究部であるツヴェイト達だが、学生という身分なだけに訓練の内容はどうしても実戦向きではなく、安全重視のものが多かった。

もちろん、訓練時は真剣に取り組むが、安全の面で保証されているだけに現実的ではない。

求めるのは本気の実戦である。

「やはり魔物や盗賊の討伐任務を経験したいよね」

「戦場では『人は殺せません』じゃ済まされないからな。そんな甘えた考えでは味方を殺すことになる」

「好きこのんで人を殺したいわけじゃないけどね」

「殺人が好きな奴なんていないだろ。だが、騎士団に配属されれば死刑囚で嫌でも経験させられるからな……」

「……そうだね」

「放置しないでくれ、寂しいんだけどぉ!?」

騎士団に配属されれば、新人はまず死刑囚を相手に殺しを経験させられる。

戦場で敵を殺す度胸をつけるためのもので、訓練の一環として取り入れられている通過儀礼であり、騎士達は必ず経験している。

しかしながら初めて経験した者達は、人を殺したという事実を受け止めきれず精神に不調をきたし、しばらく悪夢で魘《うな》されると有名であった。

「重犯罪者を相手に集団で斬りかかるなんて、俺にはとても訓練になるとは思えねぇんだけどな……。死体も酷《ひど》い状態になるって話だぞ？」

「そのうえ片付けもさせられるんでしょ？　そりゃ夢にも出るってもんだよ」

「国内で戦争になった場合、遺体の選別作業は民だけでなく騎士もやらされることは承知のはずだろ？　武器や使用された魔法によっては酷い損壊の遺体も見ることになる。必要なこととはいえ、これればかりは俺でも慣れるとは思えないぞ」

「ツヴェイトも嫌なんだね」

「そりゃ、誰だって嫌だろ。魔物の解体でもキツいっていうのによ」

「お願いだから相手をして……。俺、寂しいと死んじゃう生き物だから……」

鬱陶《うっとう》しいエロムラを無視し、二人は話を続ける。

「実戦訓練もいいけど、臨時講師はどうするのさ。僕達が抜けたらサンジェルマン派の連中にしわ寄せが行くけど？　きっとあとで恨まれると思うよ」

「俺達の教えられることって肉体づくりの基礎トレと剣術、歴史上で起きた戦争の戦術だけだろ？この程度、講師側の仕事だろ。よくよく考えたら、なんで臨時講師なんてやってたんだ？　俺達は……」

「……抜けても大丈夫そうだね。言われてみれば、講師陣営側の怠慢に思えてきた」

「俺達に丸投げしすぎだ。そうなると、あとは学院の運営側に掛け合う必要があるか。学院長が話を聞いてくれるか、ここが問題だな」

「今は難しいかもね。平穏に見えてまだゴタゴタしているし」

「だよなぁ〜。講師連中も頼りにならんし、実戦訓練はしばらくお預けになる可能性が高いか……。

皆に実戦経験を積ませたいんだがなぁ～」

「あっ、そこのウェイトレスさん。午後はおっ暇ぁ～？　俺ちゃんと食事でもどう？　えっ？　下心はないよ。純粋に君とお話ししたいだけさ。グへへ」

ツヴェイトとディーオは一瞬だが冷めた目でエロムラを一瞥したが、何も語らず溜息を吐く。

エロムラの奇行はいつものことだ。

同類とも思われたくないので、あえて口を出すこともない。

「笑い方がゲスいって？　こんな爽やかな俺ちゃんを見て、なに言っちゃってんの？　大丈夫だって、変なことはしないよ。俺ちゃん、女の子に酷いことをするような人間に見える？　見えるって……傷つくなぁ～。何もしないから。ホント、ホント……ちょっと宿の一室を借りて、君に俺ちゃんのジョイスティックを……あっ、逃げなくてもいいじゃん！」

『そりゃ逃げるよ……』

『そろそろ通報したほうがいいか？　こいつ、護衛の仕事を何だと思ってんだ。給料をもらっているんだから真面目に働けや！』

最近のエロムラはナンパの方法が露骨に性欲丸出しになっていた。

意図的にやっているのだとしたらセクハラで、無自覚であれば通報レベルの犯罪者予備軍であり、何も考えていないのだとしたら大馬鹿だ。

そのナンパに失敗したエロムラは、爽やかな笑みでこちらに戻ってきた。

「エロムラ……お前、さっきのは何なんだよ。通報されてもおかしくないぞ」

「なんでそんなに爽やかなのさ。普通に振られたんだよね？」

「ん～……元々交際目的でナンパしていたわけじゃないし、軽い感じでエッチさせてくれるなら誰でもいいかなぁ～ってな。中にはお金目的でさせてくれる娘《こ》もいるだろうし」

『『コイツ……最低だ………』』

どうやら身体だけの関係を求めていたようだ。

スティーラの街は学院都市なので風俗店など存在せず、性欲の溜まった一般人は街外れの風俗街へと向かう。だが貴族の護衛であるエロムラは気軽にその手の店を利用することはできない。

これは犯罪奴隷からの解放を条件に、エロムラとソリステア公爵家との間で取り交わされた規約で決められており、どうしてもその手の店に行きたい場合は上司でもあるミスカに許可を取らねばならなかった。

しかしだ、ミスカはクールでSっ気があり、いささか性格に問題がある上司であり、何よりも彼女はまごうことなき女性だ。

いくらエロムラがアホでも、女性に向かって『風俗店に行きたいから許可をください』なんて言えやしない。

そもそも、そんなことを言えばあとからネタにされることは分かっているので、エロムラも許可を求めることができずにいた。

「そんなに店に行きたいなら、ミスカに許可を取ればいいだろ。いくらアイツでも、性欲の溜まった野獣をセレスティーナの近くに置いておきたいとは思わんだろ」

「エロムラ……君、彼女に変な目を向けていないよね？　いないよね？」

「おいおい、いくら俺ちゃんでも、護衛対象であるティーナちゃんをそういう目で見たことはないぞ？　命が惜しいからな。ディーオと一緒にするなよ」

「どういう意味ぃ⁉」

ディーオはエロムラから見ても、ままならない恋に身を焦がす不遇の挑戦者であった。

いくら公爵家の令嬢として正式に認められていないとはいえ、やんごとなき貴族家の血筋であることに違いはないのだ。

そんな彼女に恋慕の情を募らせるなど無謀としか言えない。

「エロムラも、そのあたりのことは理解しているんだよな。なんでディーオは分からないのか……」

「恋は人を愚かにするってやつなんだろ。俺はそこまで命知らずじゃない」

「待って、それって俺がエロムラよりも聞き分けがないって言っているように聞こえるんだけどぉ、そんなに無茶を言っているように見えるのぉ⁉」

「「いや、実際に無茶だろ」」

なにしろディーオは自分に都合の悪い話を聞こうとしない。

貴族としては認められていないものの、セレスティーナは公爵家の血筋であるために自由恋愛は難しい。なにしろ王家に連なる血統なのだ。

ディーオがいくら恋心を抱いたところで、その想いが成就する可能性は限りなく低いのだが、それでも周囲が何度も窘《たしな》めたところで頷《うなず》くことを拒否する。

彼は変な方向で根性があった。

ついでにセレスティーナは年上好みという事実も判明していた。

聞き分けのない坊やなディーオの恋が叶《かな》うことなど、今後一切ないのである。

「セレスティーナの奴、同年代の男には興味がないらしいからな」

「それってショタコン？　それとも年上好み？」

「後者だな。だが、何度言ったところでディーオの奴は……」

「知らない、聞かない、信じない！　俺は悪夢《現実》を受け入れない!!」

「なっ？」

「……重症、だな。こんな筋金入りに意固地になっちまって、マジで大丈夫なのかよ」

爺《じじ》馬鹿のクレストンが裏でセレスティーナに近づく男を調べまくっている以上、露骨に好意を見せているディーオが見逃されるはずもなく、むしろ要注意人物としてブラックリストに入っている可能性がある。

百歩譲ってディーオがセレスティーナと付き合うようになったとして、二人の行動は常に監視され続けることは間違いない。男女の関係になりそうになったら人知れず闇に葬られることも充分に考えられた。

だがディーオは、これらの最悪の事態を思考から放棄していた。

もしかしたら恐怖のあまり現実を受け入れられないのかもしれない。

「思えば不憫《ふびん》な奴だよな。一目惚《ひとめぼ》れした相手が悪すぎる」

「親父《おやじ》は筋を通せば交際くらいは認めるかもしれないが、御爺《おじい》様は駄目だ。人脈を生かして裏で徹底的につけ狙うぞ。暗部すら動かすかもしれん」

「暗部って、国の情報部か!?　まさか、そこまでするのか？　一応は国の重要な機関のはずだろ。

元公爵の一存で動かせるのぉ!?　仮に動かせるとして、そう考えるとデルサシス公爵は随分と大人の対応なんだな」

「いや、むしろ親父の方が危険だと思うぞ。裏社会の人間まで牛耳っているからな……って、この話も何度目だよ」

「わ～おぅ……前門のベヒモス、後門のドラゴンだぁ～。逃げ場ねぇ～」

立場上は表立って愛情を伝えられない父デルサシスと、露骨に愛情表現丸出しの祖父クレストン。下手するとディーオは国家権力と裏組織に絶えず狙われることになる。

「まぁ、結局のところはセレスティーナの意志次第なんだろうが、少なくとも相手はディーオでないことは確かだ。いまだ微妙に名前を憶《おぼ》えられていないし、友人関係すら構築できていないんだからよ」

「ぐはっ!?」

「おまけにティーナちゃんは、向上心が人一倍強そうだしな～。色恋沙汰にはしばらく見向きもしないと思うぞ。魔法を自在に操れるようになって、今が一番面白くて仕方がないんじゃないのか？」

「ごふっ!?」

「そもそも最初から相手にされてないんだから、さっさと告白でも何でもして玉砕すりゃいいんだ。人の忠告は無視するくせに、隙《すき》あらばセレスティーナとの接触の機会を設けろとぬかしやがる。他人任せで自分から動こうともしない奴が、セレスティーナの気を引けると本気で思ってんのか？しかもアイツは別の意味で腐っているんだぞ」

「そっち趣味なら間違いなく友好関係を築けるだろうな。ディーオ、薔薇《ばら》の道に進んでみたらどうだ？　その代わり人生が詰むけど」

「げふらぁ!!」

ディーオ、痛いところを集中的に突かれ撃沈。

そもそも彼は自分の想いは口にするくせに、潔く覚悟を決めて告白という行動に移すことはなく、どこまでも他人に頼ろうとする意気地なしの卑怯者《ひきょうもの》だった。

それに比べれば堂々とセクハラ発言をするエロムラの方が、よっぽど潔い。

「無理……俺にそんな勇気はない。けど、諦めきれないんだよぉ～」

「傷つくのが嫌なら潔く諦めろ。惰弱な」

「友人相手に同志ってば、きぃ～びぃしぃ～っ！　だが、弱音を吐いている時点でディーオに資格はないと思うぞ。本気なら、形振《なりふ》りかまっていられないはずだし」

「俺……別の意味で茨《いばら》の道を進んだほうがいいのかな…………」

『『形振りかまっていられないとは言ったが、そっちを本気で考えてるぅ!?』』

要するにディーオは自分が傷つくことが怖いだけなのだ。

現にこの手のやり取りは今までに何度も行われているが、ディーオ自身は一向に改善の兆しすらなく、いまだに恋の種火を燻《くす》ぶらせている程度で収まっている。

そのくせ裏ではセレスティーナファンクラブに入会し、彼女に告白しようとする男どもを闇討ちするなど、少々看過できないアレな一面も持っていた。

「メンタル弱すぎるんじゃね？」

「そろそろ時間だな。俺は研究部の連中と訓練に出るが、ディーオはこれから講義だったろ。教室に向かわないとまずいんじゃないのか？」

「うぅ……親友が冷たい。俺がこんなにも苦しんでいるのに……」

「俺達に色恋沙汰の相談をすること自体、間違いなんじゃないのか？　立場的には相談されても乗れないんだからよ」

「まぁ、同志は公爵家の跡取りだからな～。友人とはいえ、家族に手を出そうとする連中の力にはなれんでしょ。逆に忠告してくれているだけありがたいと思わないと駄目だろ」

意気消沈したままとぼとぼと哀愁を漂わせながら去っていくディーオ。

彼がいくら相談を持ちかけたところで、公爵家に身を置くツヴェイトには話を聞いてやることしかできない。応援するような無責任な行動は取れない立場なのだ。

エロムラも『なんで諦めきれないんだ？　たいした付き合いもしていないだろうに……』と、恋の炎に身を焼くディーオの心の内が理解できずにいる。

そんな二人は、本気の恋心がどういうものなのかを語るには、あまりに人生経験が乏しかった。

MFブックス

アラフォー賢者《けんじゃ》の異《い》世《せ》界《かい》生《せい》活《かつ》日《にっ》記《き》 19

2023年12月25日　初版第一刷発行

著者　寿安清
発行者　山下直久
発行　株式会社KADOKAWA
〒102-8177　東京都千代田区富士見2-13-3
0570-002-301（ナビダイヤル）
印刷・製本　株式会社広済堂ネクスト
ISBN 978-4-04-683162-0 C0093

企画　株式会社フロンティアワークス
担当編集　中村吉論／佐藤裕（株式会社フロンティアワークス）
ブックデザイン　Pic/kel（鈴木佳成）
デザインフォーマット　AFTERGLOW
イラスト　ジョンディー

本シリーズは「小説家になろう」（https://syosetu.com/）初出の作品を加筆の上書籍化したものです。

ファンレター、作品のご感想をお待ちしています

宛先
〒102-0071　東京都千代田区富士見2-13-12
株式会社 KADOKAWA　MFブックス編集部気付
「寿安清先生」係「ジョンディー先生」係

二次元コードまたはURLをご利用の上
右記のパスワードを入力してアンケートにご協力ください。

https://kdq.jp/mfb
パスワード
yy6z5

● PC・スマートフォンにも対応しております（一部対応していない機種もございます）。
●アンケートにご協力頂きますと、作者書き下ろしの「こぼれ話」がWEBで読めます。
●サイトにアクセスする際や、登録・メール送信時にかかる通信費はご負担ください。
● 2023年12月時点の情報です。やむを得ない事情により公開を中断・終了する場合があります。

名代辻そば
NADAI TSUJI SOBA
異世界店
西村西
Nishimura Sei
イラスト：
TAPI岡
tapioca
一杯のソバが人々の
心の拠り所となる
旧王都アルベイルには、景観に馴染まぬ不思議な食堂がある。
そんな城壁の一角に突然現れたツジソバは、
瞬く間に旧王都で一番の食堂となった。
驚くほど安くて美味いソバの数々、酒場よりも上等で美味い酒、
そして王宮の料理すらも凌駕するカレーライス。
転生者ユキトが営む名代辻そば異世界店は、今宵も訪れた人々を魅了していく――

Story

転生者である魔導具師のダリヤ・ロセッティ。
前世でも、生まれ変わってからもうつむいて生きてきた彼女は、
決められた結婚相手からの手酷い婚約破棄をきっかけに、
自分の好きなように生きていこうと決意する。
行きたいところに行き、食べたいものを食べ、
何より大好きな“魔導具”を作りたいように作っていたら、
なぜだか周囲が楽しいことで満たされていく。
ダリヤの作った便利な魔導具が異世界の人々を幸せにしていくにつれ、
作れるものも作りたいものも、どんどん増えていって——。
魔導具師ダリヤのものづくりストーリーがここから始まる！

TVアニメ
2024年放送開始!
魔導具師ダリヤはうつむかない
～今日から自由な職人ライフ～
甘岸久弥
イラスト:駒田ハチ　キャラクター原案:景

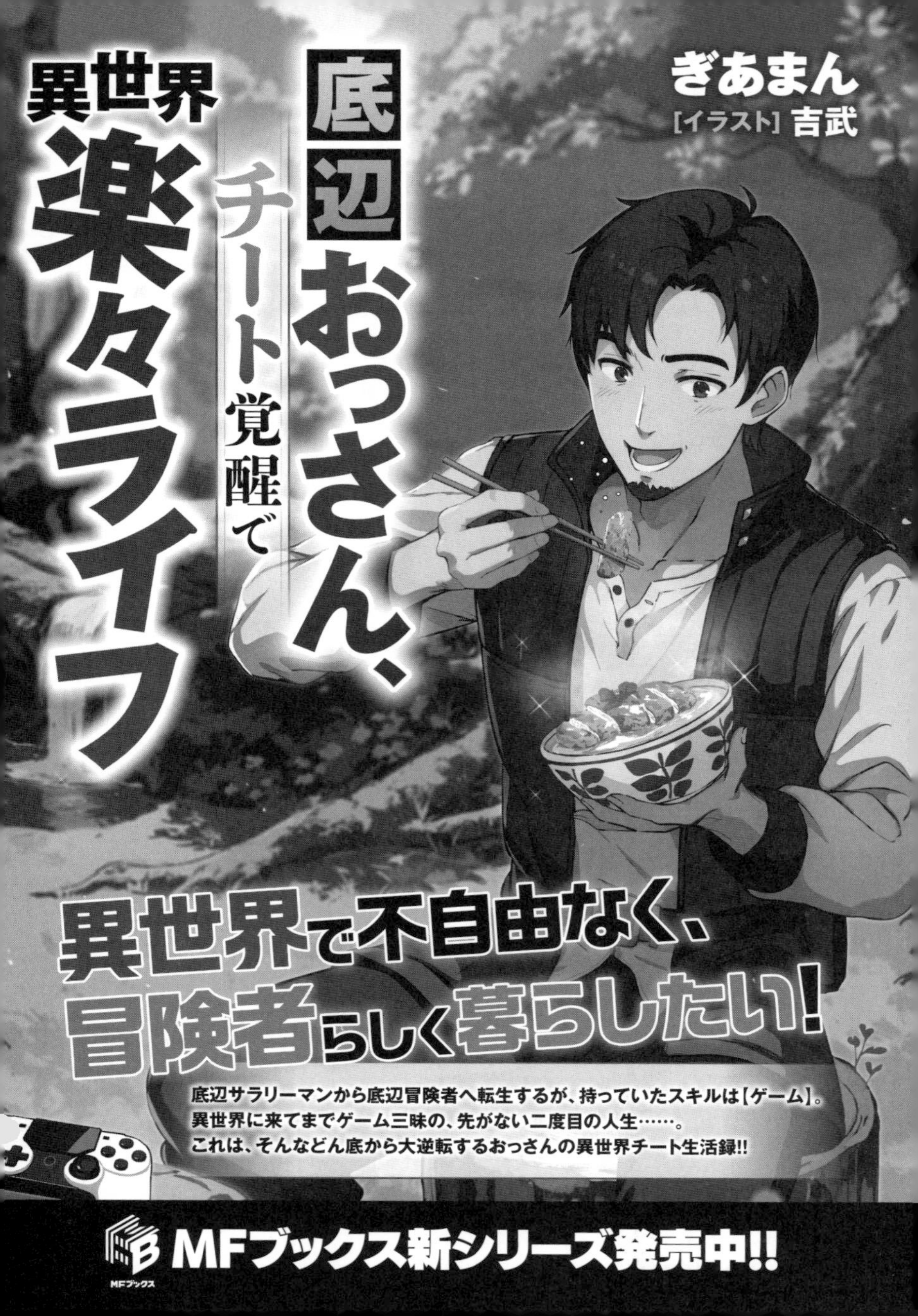

底辺おっさん、
チート覚醒で
異世界楽々ライフ
ぎあまん
[イラスト] 吉武
異世界で不自由なく、
冒険者らしく暮らしたい!
底辺サラリーマンから底辺冒険者へ転生するが、持っていたスキルは【ゲーム】。
異世界に来てまでゲーム三昧の、先がない二度目の人生……。
これは、そんなどん底から大逆転するおっさんの異世界チート生活録!!
MFブックス新シリーズ発売中!!
MFブックス

代償θ《シータ》
漂鳥
Illustrator bob
精霊に愛されし出遅れ転生者、やがて最強に至る
痛みと苦しみを代償に――
輝くは最強の精霊紋!
転生に出遅れた咲良は痛みと苦しみを伴う肉体改造を代償に、最強の魔術師の素養を手に入れ、異世界の貴族・リオンに転生した。彼は精霊達に愛されながら、時に精霊達を救うため奮闘しながら、成長を重ねていく。

MFブックス
無能と言われた錬金術師
～家を追い出されましたが、凄腕だとバレて侯爵様に拾われました～
shiryu
illust. Matsuki
仕事もプライベートも幸せ!!
凄腕錬金術師のリスタート物語♪
STORY
凄腕錬金術師で男爵令嬢のアマンダは、
職場と家族から無能扱いされていた。
ある日彼女は退職を決意するが、父親に
反対され罰として野宿を命じられる。
そんなアマンダを大商会の
会長兼侯爵家当主様がスカウトに来て!?

MF[redacted]
MFブックス
ただの村人の僕が、
三百年前の暴君皇子に
転生してしまいました
～前世の知識で暗殺フラグを回避して、穏やかに生き残ります！～
sammbon
サンボン
illustration 夕子
STORY
第四皇子ルドルフは、ある日自分の前世が
三百年後の村人で、転生していたと気づく。
前世で愛読した戦記によると彼は、婚約者である
「氷の令嬢」に殺される運命で!?
知識チートで死亡フラグを回避する
生き残りファンタジー開幕！
元ただの村人、
死亡フラグに溢れた
前世の知識で
帝政を生き残ります！